起手有回小女子 3

風 文創 648

笙歌 著

風 文創 648

目錄

第六十二章　接下來怎麼辦

林紹遠和蘇安伶的定親宴在林家村，甚至周圍的幾個村子，都引起了不小的反響，林家和縣太爺家結親，這是所有人都沒有想到的，一時間，四處都在議論這件事情。

林家如今在林家村的聲望已經很高，大家在得知林紹遠定親的姑娘是縣令千金之後，不少人都在第一時間送上了賀禮，整個林家村喜氣洋洋的。

林紹遠和蘇安伶的定親宴辦得很熱鬧，林方氏大手一揮，擺了上百桌的酒席來招待村子裡的人，幾乎每戶人家都被請來吃席，就是林泰立那裡，兩家不來往，林方氏都請了人，專門給他們家送了一桌席面過去。

這段時間林家村可謂是雙喜臨門，除了林紹遠和蘇安伶定親，最讓大家高興的就是冬小麥的大豐收。雖說也有沒過冬就被凍死的麥子，但大多數活下來的麥子還是長得不錯，而這已經是最好的結果，大家也欣然接受，至少，他們種成了，林泰華更是親自帶著人挑選適合明年種植的種子。

林家村的欣欣向榮，讓周圍的村子是又恨又氣又羨慕。恨的是，他們竟然有這麼好的運氣種成了；氣的是，他們當初為什麼不聽蘇洪安的勸，跟著種一種？如今林家村的人種成了，他們現在要種的話，就只能覥著臉上門去求人家教自己了，不少人都因此懊惱不已。

林家也因為有那一百人的加入，作坊已經上了正軌，來多少訂單都不怕了。

林莫瑤手上的錢漸漸多了，心思便又開始動了。

去年李路平帶來的西瓜，林莫瑤原本準備今年就種種看，只是作坊一直忙得不可開交，等到有人來幫忙，終於空閒下來，又趕上林紹遠的定親宴，眼看五月馬上結束要進入六月，這西瓜再不種就真的來不及了。之所以趕得這麼急，最主要還是擔心種子留到明年出芽率會變低。

再說了，若要明年的種子，大不了今年想辦法讓李路平再弄兩個西瓜來就好了。

想到這裡，林莫瑤毫不猶豫的就召集了林家眾人，將要種西瓜的事給說了。正好現在林泰華家地裡的冬小麥剛剛收了，地翻過之後還空在那裡，家裡人還沒商量好到底要種什麼，林莫瑤就來了。

經林莫瑤提起，林家眾人這才想起去年嚐到的西瓜滋味，只不過當時數量稀少，大家都沒怎麼吃就沒了，所以，對於林莫瑤說要種，林家眾人還是很支持。

種地的事情林莫瑤畢竟是外行，這件事真正動手還是得靠林泰華和林泰業兄弟們。幸好現在林福記不用他們操心，作坊裡有那一百個退伍人手，外面的事又有林紹遠，遇到大事還有林莫瑤，說到底，也就只有種地能讓他們找到點存在感。

所以，在林莫瑤一說要種西瓜的時候，三人就大包大攬地把這事給攬過去了，林莫瑤只需要在一旁指導就行。

一個月的時間，林泰華和林泰業兄弟們不是在地裡鬆土、施肥，就是和林莫瑤一起待在暖房裡看西瓜種子的發芽情況，雖說有一部分的種子沒有發出芽來，但大多數還是長得不錯。

接下來就是挑個適合的天氣，將種子移栽到地裡去了。

對於種植西瓜，林泰華堂兄弟三人可謂是盡心盡力，所有事情幾乎親力親為。因為種子少，最後也就種了不算太大的一塊地，為了方便照看和防止有人來破壞，林泰華乾脆就在西瓜地旁邊搭建了個棚子，和林泰業兄弟倆日夜都待在那裡。

後來還是趙虎知道了，跟林莫瑤建議，晚上可以讓大家輪流去看著西瓜地。他們都是戰場上下來的，警覺性比一般人要高，而且，別看他們都有舊傷在身，對付這些小偷小摸足夠了。

就這樣，趙虎從作坊裡挑了六個人專門看守西瓜地，三人一組輪流看守，每組一天，晚上睡在西瓜地的棚子裡，第二天早上起來上工。

對於這六個人，林莫瑤跟林紹遠說了一聲，在他們看地的這段時間，另外給他們多發一份工資。

六人知道之後，又是一番感激。

蘇家來提親的日子定在六月底，這段時間因為松花蛋的生意，蘇鴻博一直頗為忙碌。

原本，蘇家只是在自己的酒樓提供松花蛋的菜餚，漸漸地，蘇鴻博的目光便不侷限於此了，借著跟林家的關係，蘇鴻博拿下林家對外的零售代理。

林福記會以比對外更低一些的價格，將松花蛋和鹹鴨蛋賣給蘇鴻博，然後，蘇鴻博又可以將這些松花蛋和鹹鴨蛋再賣給別人，從中賺取差價。

興州府的生意，都是林家自己在做，而且一些本土的商人也會批發回去自己的州縣出售，雖然價格上不如蘇鴻博拿的低，卻也能讓他們有利可賺。

因此，蘇鴻博就將目光放在興州府以外的地方。原本孫超給蘇鴻博的建議是讓他先銷往京城，但卻被蘇鴻博拒絕了，孫超不明所以，蘇鴻博只說了自己有苦衷。就這樣，京城這一塊的生意，便讓給了孫超。

蘇鴻博自己，捨近求遠，將銷路放到了南方。

其實，蘇鴻博自己也知道，京城就是一個大大的聚寶盆，若是能拿下京城的市場，對他、對蘇家來說何嘗不是一件好事？但蘇鴻博很清楚，謝家有秦相撐腰，在京城可謂是隻手遮天，他明知謝家對蘇家的壓制，怎麼可能還傻傻地湊上去？

而孫超只是普通商人一個，並不會引起謝家的注意，即使引起了，這松花蛋的好處謝家也是看得到的，定不會因為這個而為難孫超。

可蘇鴻博現在卻擔心起另外一件事情。

他擔心，謝家會因為松花蛋而盯上林家，特別他們兩家如今的關係就是想瞞也瞞不住，所以，這段時間他一直在糾結，是不是要把當初的事告訴林莫瑤等人？

他擔心會因自己之故而讓謝家針對上林家，儘管林家背後有大將軍府，但也不能保證在對上如今實力雄厚的謝家之後，能夠全身而退。

只是，蘇鴻博也擔心，如果他將這些告訴林家人，考慮到利害關係之後，林家這門親事還能不能結成？

「大郎啊，一會兒儀式結束後，你和阿瑤跟我來一趟，我有事對你們說。」蘇鴻博權衡再三之後，決定還是告訴林家人，這樣一來，就算以後有什麼事發生，也不至於手忙腳亂的，無法應對。

林莫瑤和林紹遠點點頭，等到提親的儀式一結束，三人便直接鑽進了書房，更讓紫苑和司南、司北守在門外。

「二叔，是出事了嗎？」三人落坐，林紹遠便直接進入主題。

蘇鴻博臉上的表情從喜悅轉變為愁容，深深地嘆了口氣。

不明所以的兩人對視一眼。難道真出事了？

「二叔，有話不妨直說，若是有什麼困難，只要我和阿瑤能幫上的，必定竭盡全力。」

林紹遠看蘇鴻博這副樣子，有些擔心。

蘇鴻博苦笑了一聲，看向林莫瑤，問道：「阿瑤，妳如今和大將軍府的關係怎麼樣了？」

林莫瑤一愣。

林紹遠眉頭皺了皺，道：「二叔，阿瑤還小。」語氣中有著不悅。

看著兄妹倆防備自己的眼神，蘇鴻博心中苦澀，道：「此事事關重大，也顧不上禮法了。阿瑤，妳如實跟我說便是，出了這道門，這件事我絕不往外透露半分。」

「作坊裡的一百個傷兵、老兵，是我親自跟赫連將軍要來的。」簡簡單單一句話便回了蘇鴻博，話外音便是——如今我在赫連將軍面前都已經能說得上話，而且將軍也默認了我的存在，並支持著我，關係顯而易見了。

蘇鴻博點點頭，對林莫瑤道：「讓司南進來吧。」司南、司北是少將軍留在林莫瑤身邊的人，也是大將軍府的人，而且兩人對京城的情況應該還算瞭解，有他們在，有些事情說起來也簡單得多。況且司南穩重，這件事由他去知會大將軍府會比較好。

林莫瑤暫且按下一肚子的疑惑，叫了司南進來，並且交代司北一定要看好門口，不能讓任何人接近書房。莫名的，林莫瑤覺得蘇鴻博要跟他們說的事很重要，也因此多了一份小心。

司北點點頭，保證一定連隻蟲都不放進去，林莫瑤這才帶著司南回了書房，把門從裡面鎖了起來。

「司南來了，二叔，有什麼事就說吧。」林莫瑤道。

蘇鴻博深深地吸了口氣，開口道：「皇商謝家，你們可聽說過？」

蘇鴻博話落，對面坐著的三人臉上出現了不同的神情——司南疑惑，林紹遠不明所以，林莫瑤先是一驚，隨即恢復正常，讓人看不出情緒。

皇商謝家，秦氏的外祖家，更是前世將她當作工具、用完就丟的謝家。

不過，林莫瑤知道，自己今生是個連興州府都還沒有出去的小姑娘，決計不能表現出對謝家有任何的情緒。在平復了心情之後，林莫瑤抬起頭看向了身邊的司南，眼中有著詢問。

在場的人當中，只有司南在京城待過的時間最長。

收到林莫瑤好奇的詢問目光，司南開口便說：「皇家有專門在民間合作的商戶，而這個商戶除了自己平時的生意之外，還專門做皇室的生意，給皇室提供各種所需，被人稱為皇商。蘇老闆所說的謝家就是現在的皇商，不光如此，謝家還是秦相的岳家。」

蘇鴻博見司南三兩句就解釋了謝家的身分，便直接對三人說道：「我今天要說的事，就是和皇商謝家有關。」

三人沈默聽著。

蘇鴻博嘆息一聲，道：「其實，二十多年前的謝家，不過是個小小的商戶罷了……」

蘇鴻博耐心地將他們蘇家和謝家的恩怨，事無鉅細地說了出來，就連他大哥莫名其妙身死的這事也沒漏掉。

三人的神情也從最開始的驚詫，慢慢的變得深沈起來。

林莫瑤低著頭，耳邊聽著蘇鴻博的敘述，腦中開始翻找前世的記憶。

謝家的事情，林莫瑤所知不多，但也並非一無所知。蘇鴻博提到謝家當年只是一個小小的商販，這件事林莫瑤是知道的，可謝家之所以一躍成為全國幾大商戶之一的原因，林莫瑤卻一直不知道。

她本想讓人去查，可那時的她早已經被李響給洗腦，對他的癡迷到了瘋狂的地步。當初她將要查謝家的打算告訴李響，後來這件事卻是不了了之，如今回想起來，當時不就是李響讓她轉移注意力，將重點放到別的地方去了。

後來慢慢的，謝家的生意便將她給抽離了出來，那時正好趕上幫李響爭奪皇位的關鍵時期，林莫瑤也就沒有將這件事放在心上，現在想來，當時的情況應該是李響告訴了謝家什麼吧。

林莫瑤低著頭，嘴角微微上翹，露出一個嘲諷的笑容。前世是她傻，這才被謝家和李響給利用，今生他們休想再在自己手上討到好。

現在林莫琪嫁給了蘇飛揚，她也想起了前世那個因為自己，到最後都不得善終的男子，既然決心補償林莫琪和蘇飛揚，今生無論如何她也要幫蘇家重新奪回曾經的一切，就當還她前世欠下的債吧。

「……事情就是這樣，唉。」蘇鴻博端起桌上已經冷掉的茶水輕輕抿了一口，隨即道：「如今只怕謝家已經盯上你們，只是為什麼到現在還沒有動作，想來應該是顧及到大將軍府的原因。雖說現在秦相權傾朝野，但大將軍的影響力也不低於他，否則，謝家也不會遲遲不見動作。」

蘇鴻博話音剛落，司南就是一聲冷笑，說：「顧慮？大官人想多了，秦相若是顧慮我們將軍，便不會有二小姐救下我們少將軍的事了。」

一句話，讓林莫瑤直接變了臉色，從椅子上站起來，驚訝道：「你是說，當初追殺逸哥哥的人是秦相派來的？」

司南看著林莫瑤滿是憤怒和激動的神情，輕輕地點了點頭，說：「嗯，當初若不是二小姐，我們少將軍怕是已經慘遭毒手。」

林莫瑤頓時出了一身冷汗，心中滿是後怕。

「為什麼？」林莫瑤問。

司南只回了兩個字。「兵符。」

本能的，林莫瑤抬手捂住了胸口。

司南微不可見地皺了皺眉。

林莫瑤也迅速反應過來，捂著胸口的手立即轉變成拍了拍胸口，作出後怕狀，道：「幸好逸哥哥沒事。」

這裡還有外人，雖說林紹遠和蘇鴻博都是可以信任的人，但人心難測，兵符在她身上的事絕不能暴露出去。

林紹遠連忙安慰她，笑道：「好了，現在已經沒事了，我們還是先想想往後該怎麼辦吧？」

林莫瑤回望他。

蘇鴻博擔憂道：「如果是這樣，看來謝家很快就會有動作。」畢竟，松花蛋的利益真的很讓人眼饞。

隨著蘇鴻博話落，林紹遠苦笑了一聲，說道：「應該不是很快，而是已經開始了。」幾人看向他，林紹遠這才繼續說道：「趙虎之前找過我，說這段時間一直有人試圖和作坊裡的人搭上關係，想來，應該是為了松花蛋配方和製作方法，只是不確定是不是謝家的人？」

轉念一想，不管是不是謝家的人，這中間肯定也有謝家的手筆。

只不過對方算錯了一點，這些作坊裡的工人們，表面和他們虛與委蛇，掉過頭就把這些事給上報了。

其實，這些個老兵和傷兵都經過戰場上的廝殺訓練，又受了大將軍府的恩惠，現如今又有林莫瑤給了他們這麼好的生活，可以說是讓他們看到了希望，在他們的心裡，早已經將林家當成給他們新生的恩人，這些經歷過生死的人，是輕易不會背信棄義的。

再有就是，他們這些人都是些孤家寡人，可以說是完全沒有顧慮，那些人拿他們根本沒辦法。

「接下來怎麼辦？」林紹遠看向其他幾人問道。

氣氛一時間有些沈默。

林莫瑤說：「靜觀其變。通知作坊裡的工人，這段時間小心那些來打探消息的人，他們的警覺性比我們高。大哥，你待會兒就去找趙虎，把情況大概和他說一下，但一些不該說的就不要說了。」

「好。」林紹遠點頭。

蘇鴻博坐在對面看著兄妹倆，苦笑一聲問：「阿瑤、阿遠，你們可怪我連累了你們？」

「二叔，這種話就不要再說了。就算沒有你們之間的恩怨，我們也是躲不過的，松花蛋的利益太過誘人，這點我早就想過，只是沒想到來得這麼快而已。」林莫瑤淡淡道。

就算沒有蘇家和謝家的恩怨，她將來也是要對付謝家的，只不過從前是想著把謝家的一切都搶過來，現如今則是稍微改變一下，物歸原主罷了。

林莫瑤收起情緒，抬起頭看向幾人，發現蘇鴻博和林紹遠都苦著一張臉，便笑了笑，說道：「好了，二叔、大哥，你們不要這樣。兵來將擋，水來土掩，現在只能走一步看一步，見招拆招，你們這樣苦個臉就能想出辦法來了？今天是我姊和蘇大哥的好日子，你們這樣出去，只怕別人要誤會了。」

林莫瑤面上一派輕鬆的模樣，心裡則暗暗發誓，今生謝家若是敢犯到她的身上，她一定讓他們連怎麼死的都不知道！

經過那天之後，林莫瑤和林紹遠就特別關注作坊裡的情況，趙虎也因為被林紹遠打過招呼，格外的留心，果然，一番順藤摸瓜之後，其中兩個打探消息的人，其背後指使之人直指謝家。

知道了是誰，接下來的事情就簡單多了。林紹遠帶著趙虎，交代了作坊裡的人，若是那兩個人再來找他們，就挑個適合的時機鬆口。交易的時候，林莫瑤直接讓官府來拿人，至於罪狀嘛，竊取商家的機密配方，直接被蘇洪安一紙判決書打了一頓，丟進大牢。

這件事上報到謝家後，謝峰在書房裡直接就摔了一個百年的青花瓷瓶。

「廢物！一群廢物！一點事情都辦不好！」

來回報的管事跪在書房中間，渾身哆嗦，撐在地上的手已經被青花瓷瓶的碎片割破了，紅色的鮮血汩汩地往外冒，鑽心的疼痛傳來，卻不敢多吭一聲。

謝峰氣憤地在書房內走來走去，久久不能平靜。或許是聞到書房裡的血腥味，謝峰的眉頭嫌棄地皺了起來。「給我滾下去！我再給你一個月的時間，弄不到松花蛋的配方，你也不用回來了！」謝峰一聲怒喝。

跪在地上的人猶如得到大赦，連滾帶爬地退出了書房。

隨著這人離開，守在門口的下人這才小心翼翼地進到書房。

謝峰面無表情地坐在書桌後面，看著下人們將廳裡收拾乾淨，這才冷聲吩咐道：「來人，備車，去杜府。」

「是！」守在門口的下人一聽，不敢耽誤片刻，連忙跑去找人準備馬車。

林家村這邊，因為謝家派來的兩個人被抓，讓其他那些想來打聽配方的人打了退堂鼓，一時間，倒是再也沒有人跑來騷擾作坊裡的工人。

趙虎將這件事情上報給林紹遠的時候，還多問了一句。「東家，要不要讓兄弟們多注意防範？我擔心我們這次設陷阱抓了謝家的人，他們會伺機報復。」

林紹遠沈默了下，過了半晌才開口道：「好，這段時間讓大家多注意一些吧，倉庫那邊一定要讓人看好了；另外，材料上面也要萬分小心，不要著了別人的道。」

「是。」

第六十三章 妳哪位

作坊裡有林紹遠盯著，林莫瑤得空了就專心致志地研究她的西瓜。

之前種下去的西瓜苗已經成活，現在林泰華和林莫瑤每天都要到西瓜地裡轉一圈。因為擔心西瓜地遭人破壞，如今白天也增加了人力看守巡邏，甚至圍了一圈柵欄，將這片西瓜地給包圍在裡面。

不少人好奇林莫瑤家這塊地裡到底種了什麼，卻不敢靠近，生怕一個不小心會被那些五大三粗的漢子給當成賊抓起來。要知道，前段時間林家抓住了兩個想偷作坊配方的賊，那可是直接讓縣太爺給關到大牢裡去的。

只是，村人雖然安分了，不代表外面的人沒有動心思。林家如今的改變，是個人都看在了眼裡，說不眼紅是假的，不少人見林家人這麼寶貝這塊地，便想偷苗種回去自己栽栽看。

然而派來的人還沒碰到瓜苗呢，就被那些留下巡邏的退伍老兵們給抓了個正著，狠狠地揍了一頓，丟到縣衙大牢了。

「二小姐，這都是第四波了。」司北站在林莫瑤身後，看著被官差帶走、已經被打得面目全非的幾個人，張嘴感嘆道。

林莫瑤說道：「這些人還真是不死心啊！」

司北說：「以後這些人該不敢再來了吧？」

林莫瑤聳聳肩，說：「誰知道呢？或許等到我們的瓜長出來了，他們就不會來了吧，畢竟到那時候只要遠遠地看一眼，便知道這是什麼東西，再偷也沒意義。」

說完，林莫瑤不再看官差離開的方向，而是轉身走進了西瓜地。地裡的瓜苗已經開始爬瓜藤，再過不久就能開花了。

這一波西瓜種得還是晚了些，也不知道最後能長出來多少？

半個月後，西瓜藤上開出了第一朵花。

「阿瑤，開花了！」林泰華激動地衝進院子，一進門就大喊林莫瑤的名字。

林莫瑤正被林氏和林劉氏逼著學刺繡，聽見林泰華的聲音，猶如抓到救命稻草一般，啪的一聲丟下繡繃，拔腿就往外跑，林劉氏和林氏想攔都攔不住。

「大舅，您說什麼？」林莫瑤跑到門口，林泰華正好走近。

只見他滿臉興奮地笑道：「真的，開花了！剛才我去地裡巡視，看到有根藤上開了一朵小花！」

林莫瑤一聽，直接下了樓梯，抬腿就跑，林泰華緊跟其後。

到了地裡，親眼看到那一朵黃色的小花出現在眼前時，饒是在現代見過那麼多西瓜開花的林莫瑤，都難免有些興奮。

「太好了！大舅，你們四處看看，還有沒有其他要開的花苞，咱們把數量都記下來。」林莫瑤高興道。

「好！」三人領命，分別走向另外三個角落，林莫瑤自己則開始搜尋剩下的這個角落。一圈下來，還真的讓他們又發現了好幾個還沒開花、卻即將要開的花苞。

林莫瑤吩咐林泰華用筆將這些都記下。記好資料，這樣一來以後有什麼問題，都能依照資料來分析，這一點，不分古今都很好用。

做完這一切，林莫瑤看著他們，有些欲言又止。

「阿瑤，妳這是咋了？」林泰業看林莫瑤一副想說話卻又不說的樣子，便問道。

林莫瑤是準備跟他們說人工授粉的事，只是這種事情，她一個小姑娘如何跟幾個大人說？但不靠人工授粉，光靠蜜蜂未必能達到效果，不受精，瓜就長不出來。

腦子裡經過一會兒的天人交戰後，林莫瑤決定，為了西瓜，豁出去了！

「大舅、表舅，其實這花也是分雌雄的。」林莫瑤憋了半天，終於憋出了這麼一句。話既出口，後面說起來就簡單多了，漸漸地，林莫瑤的語氣也不那麼羞澀了。

和她相反，林泰華、林泰業和林泰祿三人卻越往後聽，臉上的神情越奇怪，當然，更多的卻是震驚。這些都是他們從前不知道的，儘管這一切聽起來，那麼的讓人浮想聯翩。

到了最後，林莫瑤已經是很淡定地跟他們三人解釋花朵如何授精、結果的知識。就當給他們上一堂生物課吧！

隨著話題深入，林泰華三人漸漸的也拋開腦子中的胡思亂想，陷入了沈思。林莫瑤所說的這些，是他們前所未聞的，一時間，三人彷彿打開了新世界的大門一般，感到十分新奇。

「這……簡直太不可思議了。」聽完了林莫瑤的講解，三人如醍醐灌頂一般。

三人都是成了親的成年男子，林莫瑤說的這些，只要略微往男女身上一套，便很容易就能理解。

林泰祿賊賊地笑了笑，調侃道：「我明白了，這不就是男人和女人生孩子的事嘛！」

林泰華臉色一變，直接一腳踹過去，把林泰祿給踢得踉蹌了一下。

「胡說八道什麼？阿瑤還在這兒呢！」林泰業沈著臉訓斥道。

林泰祿這才驚覺自己在小外甥女面前說了什麼，連忙抬起手，拍打了自己的嘴一巴掌，對林莫瑤笑道：「阿瑤，表舅胡說的，妳就當沒聽見！」

林莫瑤原本還覺得可以裝傻的，結果林泰祿這一道歉，倒是讓她感到尷尬了，臉也跟著紅了起來。林泰業見了，啪！一巴掌又打了過去。

「邊上待著去！」林泰業黑著臉訓斥。

林泰華也不悅地瞪了林泰祿一眼。

後者深知自己犯蠢，也不敢反駁，乖乖地站到兩個哥哥身後去了。

等到林莫瑤臉色不那麼尷尬了，林泰華才皺眉問道：「若照阿瑤這麼說，平日這些果實的花粉都是靠風、蜜蜂和鳥類來傳播的，我們自己動手能行嗎？」

話題回到正事，林莫瑤也收起了臉上的尷尬，反問道：「為什麼不行？」

林泰華不說話了，主要是，他從來沒有實際操作過，並不知道該怎麼做？

林莫瑤見了，也知道這對幾人來說需要時間學習，便放緩了語氣說道：「大舅，其實很簡單的，只需要將雄花花粉放到雌花上就可以了，這件事聽起來確實有些匪夷所思，但真的做起來卻沒那麼難，只是需要小心一些、精細一點罷了。」

三人沈吟了一會兒，林泰華就說道：「這種瓜的事我們還是得聽阿瑤的，既然阿瑤說了這樣做能行，那就能行。就這麼定了，從明天開始，我們自己給花人工授粉。」

接下來的日子，林泰華兄弟三人沒日沒夜的待在瓜地裡，就是林莫瑤沒事的時候都一個勁兒地往這邊跑。反正現在作坊和生意上的事情全部都交給了林紹遠，她也落得清閒，只要不被林氏和林劉氏抓著學東西，天天讓她下地幹活都行。

四人忙活了一天，就各自回家了。林泰華一家因為要重新裝修房子，準備林紹遠的婚事，就全家住到了林莫瑤家，這會兒帶著林莫瑤回家，遠遠的就瞧見林莫瑤家門口停了輛馬車，看著還挺華麗的，只不過他們從未見過。

因為有客人到訪，兩人便加快速度，剛走到門口，就看見紫苑著急地等在大門邊上。

紫苑一看見兩人就直奔了過來，急道：「二小姐，您可算回來了！」

林莫瑤問：「怎麼了？這是誰家的馬車？誰來了？」

紫苑低聲說道：「來了個老太太，自稱是您和大小姐的奶奶，這會兒正在屋裡，老夫人和夫人陪著呢！不過，我瞧著老夫人的臉色不大好看。」

紫苑的話讓林莫瑤皺了皺眉頭。杜家的老太婆？這個時候她來做什麼？她不是跟著杜忠國去京城享福了嗎，怎麼會到林家村來？

抱著一肚子的疑問，林莫瑤帶著紫苑，跟著林泰華邁步走了進去。

林家正房的大廳裡，林劉氏坐在上首，左手邊依次坐著林氏和林方氏，而林劉氏的右手邊則坐了個打扮華貴的老太太，頭上戴滿了金飾，手上、脖子上也都金光閃閃，一眼看過去珠光寶氣，實際上卻很土，一看就是暴發戶的德行。

此時，這個暴發戶一般的老太婆，正親熱地拉著林莫琪的手不停地說著話，林莫琪臉上沒什麼表情，倒是一旁的綠素眉頭都快扭出水來了。

這一路過來，林莫瑤已經大概猜到了杜老太婆此行目的，只見她嘴角浮起一絲冷笑。這謝家為了松花蛋的方子，還真是無所不用其極啊！杜老太婆這把年紀了，還能讓他們從京城折騰回緬縣，可見真是下足了功夫。

「外婆、娘，我回來了！」林莫瑤站在門口，稍微整理了一下儀容，便大大方方地邁進了廳房，徑直走上前去給林劉氏和林氏行禮，彷彿根本沒有看到廳裡還坐了個人似的。

林莫瑤的突然出現，將大家的目光都吸引過去，林莫琪趁此機會不著痕跡地抽回手，徑直回到林氏身後規規矩矩的站著。

沒等林劉氏和林氏應聲，那邊坐著的杜老太婆就搶先道：「這是阿瑤吧？我的好孫女，快過來給奶奶瞧瞧！這麼多年沒見，長得是越來越漂亮了！」杜老太婆這句話倒是真心誇獎林莫瑤的。林氏本就生得好看，杜忠國也是俊秀小生一個，他們生出來的孩子自然漂亮，特別是林莫瑤，集齊了林氏和杜忠國所有優點，如今越大就越發出挑了。

林莫瑤對杜老太婆的熱情充耳不聞，見林劉氏朝她招手，便走了過去，站在林劉氏的身後幫她捏著肩膀，一邊捏，一邊笑道：「外婆，怎麼家裡有客人來也不讓紫苑去叫我一聲？」

林劉氏見到外孫女，臉色才終於不那麼難看，閉上眼享受著林莫瑤的按摩，回道：「這不是怕妳忙嘛！那地裡的活計妳說了很是重要，自然馬虎不得，沒有什麼重要的事，就不必喚妳回來了。」

「謝謝外婆！」林莫瑤笑著道謝。

看著祖孫二人妳一言、我一語的親熱勁，杜老太婆頓時有些尷尬。

倒是站在杜老太婆身後的婆子臉上閃過一抹不耐和鄙夷，道：「早就聽聞親家太太年輕時是在大戶人家當差的，既然這樣，應該很重規矩才是，但在老奴看來，也不過如此。這二小姐放在親家太太跟前教養了這麼些年，怎麼連給長輩請安的規矩都沒學會？」

一句話，讓在場的人臉色都變了。

林劉氏剛要說話，卻被林莫瑤輕輕按住了肩膀，示意她不要出聲，自己則邁步走了出來，上下打量了一番說話的婆子。

「請問這位是？」林莫瑤一副好奇的模樣問道。

杜老太婆見林莫瑤問話，連忙解釋道：「阿瑤，這是夫人身邊最得力的金婆婆，這次金婆婆陪我來林家村，就是為了接阿瑤妳進京城享福、當大小姐的！」

林莫瑤恍然大悟地點點頭，「喔」了一聲，又看向杜老太婆，問道：「您又是誰？」

「我是妳奶奶啊！妳這孩子，怎麼才這麼幾年沒見，連奶奶都不認得了？也對，那時候妳還小。唉，這些年真是委屈妳了孩子。」杜老太婆沒來由的一陣尷尬，但很快就化解了，一番話說得尤為傷心，彷彿林莫瑤這些年真的受了多大的罪似的。

林莫瑤就這樣看著杜老太婆作戲，甚至還裝模作樣的擦了擦眼角。

杜老太婆繼續像哄小孩一樣地說道：「不過阿瑤啊，沒關係，等妳跟奶奶去了京城，吃好的、穿好的，要什麼都讓妳爹給妳買，好不好？」

林莫瑤突然就笑了，噗哧一聲，帶著小女兒的嬌俏，再加上她那雙靈動的大眼睛，看著確實討人喜愛。

饒是見慣了京城那些千金小姐的金婆婆都不得不感嘆一句。這林莫瑤確實天生是個美人胚子，瞧瞧，這笑起來時，那一雙眼睛就跟會說話似的。

「真的嗎？真的會給我買好吃的、好穿的、好玩的嗎？那些漂亮的裙子、首飾，是不是都會給我買啊？」林莫瑤一副天真懵懂的樣子問道，任誰看了都以為這是個不諳世事的小女娃。

金婆婆眼中閃過鄙夷，卻還是皮笑肉不笑地開口說道：「這是自然！二小姐進了京，就是府上的小姐了，吃穿用度當然得按照小姐的規格來，吃的是山珍海味，穿的是綾羅綢緞，出門也有奴僕成群的伺候著，可比這窮鄉僻壤的好太多了。」

林莫瑤聽著金婆子的敘述，臉上表現出了嚮往的神情，只見她一臉茫然地看著金婆子和杜老太婆，純真無害地問：「那……娘和姊姊怎麼辦？爹是不是要跟娘和好了？要是這樣的話，就真的太好了！」說完，林莫瑤不等金婆子開口說話，便撲到了林氏身上，高聲說道：「太好了！娘，爹要和您重修舊好，我和姊姊以後不會再被人說是沒人要的孩子了！」

林氏、林莫琪甚至林劉氏都被林莫瑤給弄懵了，只見她背對著金婆子的時候，不停地給她們擠眼睛、使眼色，林氏和林莫琪終於回過神來，跟著林莫瑤演起了戲。

「我就知道妳爹他不會這般狠心的！」林氏拿起手絹一邊抹淚，一邊說道。

林莫琪雖說沒有擠出眼淚，但還是換上了喜悅的表情，興奮道：「如此這般，我便是官家小姐了？阿瑤，以後看誰還敢欺負我們姊妹倆！」

「對！金婆婆，那我們什麼時候走？對了，我那些衣裳要不要收拾？哎呀，算了，爹都說到了京城給我買新的，不要了，通通不要了！紫苑，那些衣裳都送妳。對了對了，還有這宅子，外婆，我們去了京城怕是就不回來了，這宅子就送給您吧！」

林莫瑤噼哩啪啦的安排著，眼見杜老太婆和金婆子的臉色越來越難看，林莫瑤心中冷笑一聲，演得更加賣力。
金婆子和杜老太婆就這樣眼睜睜看著林莫瑤把所有事都安排好，一副現在就要帶著林氏和林莫琪跟她們去京城的架勢，兩人頓時感到不妙。
「哎呀，阿瑤，妳先別急，有話慢慢說！」杜老太婆一看事情即將要控制不住，連忙出聲打斷了林莫瑤。
林莫瑤茫然地看著她，一臉不解。
杜老太婆面色尷尬，直到背後被金婆子推了一下，杜老太婆這才硬著頭皮開口道：「阿瑤啊，妳爹他……只讓我帶妳一個人去京城。」
林莫瑤一聽，眼中立即蓄上了淚水，做出一副極為受傷的模樣，顫抖著聲音問道：「為……為什麼？難道姊姊不是爹的女兒嗎？」
呸！什麼女兒？不過是兩個上不得檯面的東西罷了，還想跟我家小姐平起平坐？也不看看自己是什麼身分！金婆子在心中腹誹道。
不過，這次她陪著杜老太婆回來緬縣畢竟另有目的，自然不能把這家人給得罪死了。
「雖說來的時候老爺交代了，只帶二小姐回去，但二小姐若是想接林夫人和大小姐去京城，不妨自己親自去跟老爺說啊，或許老爺會聽二小姐的也不一定。」哼，到了京城，就由不得妳了！
「為什麼？」林莫瑤依然是那副受了傷的無害模樣。

金婆子被她看得莫名的心煩，卻不得不強撐著一張笑臉，耐心地說道：「如今大小姐已經定了親，怎麼能隨意的離開興州府呢？去了京城，若到了婚嫁的日子，也不方便啊！」

林莫瑤心中冷哼，面上卻表現出興奮的模樣，說道：「這好辦啊，把蘇家的親事退了就行！爹接我們去了京城，我和姊姊就是官家小姐，蘇家一介商戶，如何能配得上我姊姊？」

金婆子被林莫瑤一句話給堵得說什麼都不對，一時間，臉上的不耐就帶了出來。

杜老太婆見狀，連忙說道：「這父母之命，媒妁之言，既然這親事定下了，哪有反悔的道理？阿瑤，妳就聽奶奶的話，讓妳姊留在家裡待嫁，妳跟我們先去怎麼樣？」說到最後，杜老太婆已經是連哄帶騙了，心中不由得惱怒。這丫頭怎麼這般難纏！

見這也不行，那也不行，林莫瑤立即表現出不耐煩和不高興。她不悅地看著杜老太婆和金婆子，道：「話都讓妳們說了，這也不行，那也不行的，既然這樣，妳們自己回去吧，我是不會離開姊姊和娘的！」

林莫瑤背對二人，臉上的純真不再，取而代之的是滿臉的厭惡和不悅。她知道，被她這麼一攪和，金婆子和杜老太婆的耐心必定快要消失了。

金婆子還好，常年待在秦氏身邊，早已磨練出了一副奸詐隱忍的性子，但杜老太婆可就沒這麼能忍了。

她本就是農戶出身，若不是自己的兒子碰巧中了狀元，又被秦相看重，她一個鄉下老太婆哪能有今天這樣的作派？偏生杜老太婆是個拎不清的，覺得自己和相爺做了親家，平日鼻子都快仰到天上去了，這次若不是兒媳婦哄著她，說林莫瑤手裡握著好東西，能賺大錢，她也不會辛辛苦苦的跑這一趟。結果到了這裡，這個丫頭竟然這般不識趣，這可把杜老太婆給氣壞了！

強壓怒氣，杜老太婆最後問了林莫瑤一遍，道：「阿瑤，我再問妳一次，妳跟不跟我走？」

林莫瑤冷笑一聲，頭也不回地說道：「我娘和姊姊在哪兒，我就在哪兒。」

杜老太婆不忍了，一巴掌直接拍在一旁的桌子上，站起來指著林莫瑤，怒斥道：「反了妳！妳爹接妳去京城享福，是妳幾輩子修來的福氣。少廢話，趕緊收拾東西跟我走！」

林莫瑤終於不再演戲了，轉過身，冷冷地看著杜老太婆。「妳算什麼東西，也配跟我指手畫腳？」

杜老太婆沒想到林莫瑤竟然翻臉這樣快，這副冷冽的模樣和剛才的純真完全就是兩個人，饒是杜老太婆再蠢，這個時候也知道自己被耍了！她氣得渾身顫抖，伸出手指著林莫瑤，怒道：「妳這個小賤蹄子，敢這麼跟長輩說話！」說著，上前就想對林莫瑤動手。

金婆子臉色大變，卻阻止不及。

只不過，沒等杜老太婆碰到林莫瑤，就被人反手一推，直接坐回了椅子上，硬邦邦的凳子磕到了杜老太婆的腰。

「哎喲，我的腰！妳這個小賤人，竟敢動手推我？」杜老太婆一邊扶著腰，一邊罵。

林莫瑤目光冰冷地看著她，說道：「推妳？妳想多了，碰妳一下都嫌污了我的手。」說到這裡，林莫瑤的聲音陡然提高，冷聲道：「司南、司北，把她們給我丟出去！以後若是再敢來，來一次打一次，不用問過我！」

司南、司北立刻上前，一人抓一個，直接就丟出去，毫不客氣。

林莫瑤隨後出現，居高臨下地看著兩人，冷笑道：「回去告訴妳的主子，以後要是再敢讓人來擾我們清淨，就不要怪我不客氣。滾！」

「妳這個小賤人！我是妳親奶奶，妳竟然敢這麼對我，就不怕天打雷劈嗎？」杜老太婆怒道。她何曾受過這種待遇？

「奶奶？妳也配？聽好了，我姓林，不姓杜，就妳這個不知哪來的老婦，也配當我的長輩？趕緊給我哪裡來的滾回哪裡去，要是再讓我看見，見一次打一次！」林莫瑤冷聲道。

杜老太婆還想跟林莫瑤叫嚷，卻被金婆子攔住了。

金婆子黑著臉，一把將杜老太婆拉回來，沈聲道：「我們走！」說完，不顧杜老太婆的意願，直接把人推上了馬車，隨後回過身冷冷地看了林莫瑤一眼，撂下狠話。「你們等著，夫人和相爺不會放過你們的！」

林莫瑤回以冷笑。「好啊，我等著。」

金婆子冷哼一聲，爬上了馬車，交代車夫離開。

直到馬車走遠，林氏這才扶著林劉氏，慢慢從二門處走了過來。

看了離開的馬車一眼，林劉氏嘆息道：「阿瑤，她畢竟是妳親奶奶，妳這樣，會被人戳脊梁骨的。」

百善孝為先，一個不孝的名聲若是壓在林莫瑤身上，她將來如何嫁入大將軍府？

「我不在乎。外婆，這樣的人不配讓我叫她一聲奶奶。」林莫瑤倔強道。

司南跟著面無表情地說道：「老夫人放心，我家將軍和將軍夫人不是這般膚淺的人。再說了，夫人早就和那姓杜的和離，她杜家的老太婆算二小姐哪門子的奶奶？老夫人的心儘管放在肚子裡吧！」

「這……人言可畏啊！」林劉氏始終有些擔心，怕杜老太婆對外敗壞林莫瑤的名聲。

「好了，外婆，您就不用擔心了，我們做好自己的事就行，別人怎麼說就隨便他們說去！」林莫瑤滿不在乎地道。前世時她揹的罵名還少嗎？只是一個不孝的罪名罷了，只要能保住家人，她不在乎。

第六十四章　送瓜上京

西瓜的授粉很成功，不過半月的時間，地裡已經能看到一個個拇指般大小的小瓜長出來了。眾人高興不已，林泰華和林泰業兄弟倆，更是天天恨不得和那些老兵一樣，住在地裡守著。

九月中旬，西瓜熟了。

孫超和蘇鴻博可是眼饞那片西瓜地裡的西瓜許久，這次，聽說西瓜成熟了，兩人便迫不及待地跑到了林家。

林莫瑤見兩個長輩這般眼巴巴地看著自己，無奈之下，只能帶著兩人去了西瓜地，親自挑了兩個熟透的西瓜抱回家，切開給兩人品嚐。

林莫瑤他們種出來的西瓜雖說比不上番外種的甜，但勝在水分夠足，切開後，紅紅的瓜瓤上面點綴著黑色的瓜子，煞是好看。

蘇鴻博和孫超也不客氣，接連吃了好幾塊，直到林莫瑤出聲阻止。

「二叔、孫大叔，這西瓜雖說是解暑好物，卻性涼，一次不可多吃，否則傷及腸胃便得不償失了。」林莫瑤看著兩人說道，揮手讓紫苑把切好的西瓜端下去，和司北他們分去了。

兩人眼巴巴地看著紫苑把西瓜端走，想到林莫瑤說的，只能依依不捨地收回了目光。不過，兩人雖然不盯著西瓜了，卻把目光落在林莫瑤的身上。

林莫瑤被兩人這樣熱切的看著，不由得縮了縮脖子。

「二叔，你們這麼看著我幹什麼？」

蘇鴻博和孫超二人相視一笑，同時看向林莫瑤，笑道：「阿瑤，妳這西瓜……」蘇鴻博想說的是「賣不賣」，不過兩家合作這麼多年了，蘇鴻博一個眼神，林莫瑤就知道他是什麼意思。

林莫瑤看著目光熱切的兩人，嘴角抽了抽，隨即搖搖頭，道：「二叔、孫大叔，這一批西瓜，不賣。」

兩人沒想到等了半天竟然等來林莫瑤這一句話，不由得有些驚訝，更多的是著急。

「阿瑤，妳應該知道，這西瓜是番邦之物，咱們大齊還沒有誰種出來過，就算種出來的也不好吃，如今妳這批西瓜可謂是大齊的第一批，妳有沒有想過，若是拿去賣，定能賣不少錢的！」

不說興州府了，這些西瓜賣到京城去，那些個達官貴人定會捨得花錢來買！兩人的心裡盤算著。

林莫瑤自然知道這批西瓜若是拿去賣，定能賺不少錢，但她志不在此，只能駁了蘇、孫二人。

「二叔、孫大叔，你們也看到了，這塊西瓜地並不大，產出的西瓜不過幾千斤，就算值錢，這幾千斤西瓜能賣多少錢？而且這些西瓜，我有用。」林莫瑤苦笑說道。

「妳準備用來做什麼？」蘇鴻博追問。

這也沒什麼好隱瞞的，林莫瑤便說道：「這些西瓜除了留種的，其他的我準備挑一些來送人，你們兩家、蘇縣令那裡、文州的將軍府、京城的將軍府都要送。另外，太子殿下已經知道我種了西瓜，這批瓜怕是一個也留不住，都得進內務府。」

林莫瑤的話讓蘇鴻博藏在袖中的手不由得握成了拳頭。他本以為沾上林家，能夠接近大將軍府已經很不錯，沒想到，這裡頭還有太子的事！

「阿瑤，太子殿下是怎麼回事？」蘇鴻博感覺自己說話都哆嗦了。

「逸哥哥和太子殿下還有太子太傅家的公子，是從小一起長大的好友。」林莫瑤簡單的一句話便解釋了他們和太子的關係。

蘇鴻博內心激動，卻還算鎮定。

可一旁的孫超就沒這麼淡定了。原本孫家只是興州府一個小小的酒樓商人，他跟著蘇鴻博和林家做生意之後，不但酒樓越開越多，甚至連生意都做到了京城。當初知道林家和大將軍府的關係之後，他已經夠震驚，覺得自己真是抱上了一條大粗腿，現在居然還有太子殿下，那可是一人之下、萬人之上的人啊！他驚得抬起面前的茶水，咕嚕咕嚕的全給喝了，都沒能壓下心中的那抹激動。

「大姪女，我那份妳就不用送了，都給太子殿下送去吧！我不要了，真的！」孫超激動道。

林莫瑤失笑，道：「孫大叔，這倒不必了，太子殿下那一份我定不會少的，你們的也不會少。只是，阿瑤有一事要拜託兩位叔叔。」

「妳說。」兩人齊聲開口。

「西瓜之後我會派人給你們送到府上，到時還煩勞兩位叔叔交代家人一句，這瓜子留著給我可好？」林莫瑤笑著說道。

好不容易才種出這麼多西瓜，要送一半去京城已經損失許多種子了，要是其他幾家的種子也拿不回來，那她明年想要大面積種植的想法豈不是要夭折？

最後，蘇鴻博和孫超兩人雖說沒買到西瓜，卻收穫了一個更大、更好的消息。在得了林莫瑤的暗示之後，便屁顛屁顛的，每人拉了幾個西瓜回興州府了。

要送去京城的西瓜該準備了。從興州府到京城，加快腳程的話，至少也要走上十天，更何況上千斤的西瓜，肯定得好幾輛馬車才能拉完，再加上一路上的護送，這可不是林莫瑤能自己辦到的事。

既然牽扯到太子，她決定乾脆找蘇洪安出面。有免費的勞動力，她幹麼不用？

林莫瑤帶著司南直奔縣衙，把情況跟蘇洪安說明了，並且表示，這次的西瓜可是太子殿下點名要的，為的就是獻給皇上。

蘇洪安一聽，這可是難得一次能夠和太子殿下牽上線的大好機會啊，又能在皇上面前討個好！於是立即就幫林莫瑤調集了人手，即刻出發。

以防萬一，林莫瑤讓司南親自將這批西瓜護送到京城，留下了司北。

因為西瓜的重要性，司南等人一路上不敢有一點怠慢，兩撥人輪流趕車，日夜不停，硬生生的將十天的路程走成了八天。

到了京城，司南領著車隊直接先到了將軍府，安頓好了眾人，這才去見赫連軒逸和徐氏。

「見過夫人、少將軍。」司南一進門便跪在地上，給徐氏和赫連軒逸行禮。

司南的膝蓋剛剛接觸地面，就被赫連軒逸扶了起來，笑道：「一路趕過來辛苦你了，就不用跪了。」

「逸兒說得對，司南啊，這一路上沒怎麼休息吧？我讓人把你的屋子收拾好了，你待會兒先吃點東西，然後去好好休息一下，有什麼事，等你緩一緩再說。」徐氏也笑著說道。

徐氏如今三十好幾了，丈夫常年在軍中，家中又只有一個獨子，對於和獨子從小一起長大的司南、司北，自然也是當成自己的孩子來看待，所以，見到司南這般風餐露宿的模樣，頓時心疼不已。

司南常年不見變化的臉立即溫暖起來，對著徐氏行了禮，回道：「夫人不用擔心，司南還受得住。這次林二小姐給夫人送來了不少西瓜，都是林家親手種的，除了送給太子殿下的一千斤，餘下的都留在府上。」

對於這個從未見過面的林二小姐，徐氏已經從司南、司北及赫連軒逸口中知道了她不少事情，是個很聰明、明事理又能幹的姑娘，卻從未見過一次面。

聽說得多了，徐氏對林莫瑤也更加好奇，只可惜，如今林莫瑤不便進京，而自己和兒子又出不去，只能再等等看了。

「呵呵，她有心了。好了，安也請過了，你先下去洗漱休息，明日一早，隨你們少將軍將西瓜送到內務府去。」徐氏吩咐道。

司南聞言，也不扭捏，躬身行禮，道了聲謝，又對赫連軒逸抱拳行禮便退了下去，出了廳門，就直接奔著自己的屋子去了。承蒙將軍和夫人厚愛，他和司南自小就在赫連軒逸的院子裡有各自的屋子，不用和府裡的下人們擠在下人房。

等到司南走了，徐氏才看向下首坐著的赫連軒逸，嘆了口氣說道：「娘這心啊，真是被你們一個個的弄得好奇得不行，這林家的丫頭，究竟是個什麼樣的人？讓我兒，甚至司南這個木頭也在無形中替她在我跟前說著好話，搞的好像我這未來婆婆是洪水猛獸一般。」

赫連軒逸的臉皮沒有林莫瑤那般厚，被徐氏一聲「未來婆婆」直接打趣得臉紅起來，回道：「母親很快便能見到她了，不急於一時。」

徐氏挑了挑眉，笑道：「喔？莫非逸兒有什麼安排不成？」

赫連軒逸也不隱瞞徐氏，只見他搖了搖頭，道：「沒有。只不過臨近孝期結束，只剩大半年的時間，到時候兒子親自去一趟林家村，將人帶來給母親看看如何？」

徐氏一愣，隨即笑了，嗔怪地瞪了赫連軒逸一眼，說道：「你這孩子，到時候就算你不說，娘也會讓你將人帶來看看的。只是這林家丫頭好像還有好幾年才及笄吧？看來我兒還有得等了！」

赫連軒逸的臉更紅了。

徐氏見狀，便將心中擔憂的事情說了出來。「不過，娘也有話要跟你說清楚。因為守孝，你和林家這丫頭近三年都沒見過面，光憑著每月的那一封信，也不能妄斷你將來就非她不娶了。而且，這幾年的變化，誰都料想不到，若是明年孝期結束，你們再見，那姑娘變了模樣，不再是你喜歡的，你也切不可太過傷人家的心；若是人家姑娘另有所愛，你也不可強求，知道了嗎？」

赫連軒逸的臉色一下就變了。這兩年多來，每天想念那個丫頭已經變成了他的習慣，可如今徐氏的話就猶如當頭一棒，直接敲在他的心上。

娘說得對，近三年的時間，能改變的東西太多，若是再見，她不喜歡自己了，自己又該怎麼辦？抱著這個疑問，赫連軒逸一整晚都沒有睡好，直到今天起床跟司南一起押送西瓜前往內務府時，都有些恍恍惚惚。

「少將軍？」司南發現赫連軒逸的異樣，騎馬走到他的身邊低喊了一聲。

赫連軒逸回神看向他，眼神還一度有些茫然，不過轉瞬便恢復了清明，問道：「怎麼了？」

司南搖了搖頭表示沒事。

赫連軒逸「喔」了一聲，又把目光放在正前方，繼續前行。

走了兩步，司南終於還是問道：「少將軍，您是有心事嗎？屬下看您一路上都有些迷迷糊糊的。」

赫連軒逸聞言皺了皺眉，抬起手捏了捏鼻翼，回道：「我沒事，可能昨天沒睡好吧。我們趕緊把東西送到內務府，交給太子殿下吧。」

司南見他不願多說，也不再繼續追問，點點頭，掉轉馬頭，對後面的隊伍揚聲喊了一聲。「快走！」

等到一行人趕到皇宮側門時，赫連軒逸發現，除了內務府的總管之外，還有太子殿下的親隨也在那裡候著。

當看到他們的隊伍過來，太子殿下的親隨便親切地迎了上來。「少將軍，你們可算來了！」

赫連軒逸下馬，對著面前的小太監點了點頭，又看了一眼內務總管的方向，笑著抱了抱拳，算是打招呼了。

在他的身後，司南一行人跟著下馬。

到了宮門口，馬車自然有內務府的太監來接手，那些被林莫瑤選來護送的老兵們倒還好，神色淡定，但那些蘇洪安派來的衙役們就沒有這麼的冷靜了。一行人看著面前巍峨的皇宮，手和腳都不知道該放在哪裡？若不是旁邊的老兵們拉著他們，怕是要丟人了。

司南向前一步，將西瓜的情況跟內務府的總管彙報一下。這些人都是人精，只需要告訴他們，西瓜在摘下來時只有六成熟，他們在給皇帝吃的時候，自然會挑熟透的送上去，這就不是司南要擔心的了。他交接完後，便退回到赫連軒逸的身後。

太子派來的親隨名喚小豆子，從進宮就跟在太子的身邊，平時常幫著太子跑跑腿，和司南也是老熟人，兩人對視了一眼，互相點了點頭，小豆子這才恭敬地對赫連軒逸說道：「少將軍，太子殿下交代奴才，您一來就直接帶您去東宮。」

赫連軒逸點點頭，對司南交代了一聲。

司南回頭叫上從府裡跟著過來的護衛，在他耳邊耳語了兩句，便揮了揮手，示意他帶著人先離開，而司南自己則回赫連軒逸身後跟著。

赫連軒逸對小豆子做了一個請的手勢，道：「煩勞公公帶路。」

其實，東宮他不是沒有去過，三人從小都跟著沈太傅讀書，沈太傅又是太子太傅，平時他和沈康平沒少在東宮混，但這會兒宮門口都是人，他自然也不好表現得太過。

小豆子也知道其中的彎彎繞繞，笑著應了一聲，便帶著兩人進了宮門。

到門口盤查的時候，司南自覺地將腰間佩劍解下，交給看守宮門的禁衛，目不斜視地跟著赫連軒逸和小豆子進了皇宮。

多少年沒進過宮了，皇宮依然這般讓人萌生敬畏。

兩人跟在小豆子身後，在皇宮裡七拐八拐的，便到了一座宮殿面前，抬起頭，上面寫著「東宮」兩個大字。

「少將軍，到了。」小豆子回頭對赫連軒逸笑了笑，隨即走上樓梯和守在門口的禁衛招呼了聲，只見那禁衛點點頭，往他們這邊看了一眼，便進去通報。

赫連軒逸看著兩人說話，又看著那個禁衛離開，不急不躁地帶著司南在宮殿門口候著，直到裡面傳來太子大笑的聲音。

「你這人真是，每次來都要守這些規矩，還在那兒愣著幹什麼？還不快進來！」李賦笑著站在宮殿門口，並未下樓梯，就這樣居高臨下地看著赫連軒逸。

見李賦出來了，赫連軒逸便帶著司南徑直行禮跪了下去，口中喊道：「參見太子殿下！」

李賦看著他，無奈地搖了搖頭，一抬手，道：「起來吧！」

「謝太子殿下。」赫連軒逸和司南這才從地上站了起來。

「隨本宮來吧。」李賦轉身就走。

到了會客的大廳坐下，李賦才問道：「西瓜呢？送來了？」

赫連軒逸回道：「回稟太子殿下，已經交給內務府了。」

李賦點點頭，連說了兩聲「好」，這才說道：「辛苦南侍衛了，這一路過來舟車勞頓的，來人！」

剛剛喊完，外面就有人端了個托盤進來，上面赫然擺著兩錠銀元寶，一個足有五十兩。

李賦笑了笑，指著托盤上的銀子對司南說道：「這一路上南護衛辛苦了，這些銀子，一個是本宮賞你的，另外一個，你拿回去給底下兄弟們分了吧。」

司南往托盤上瞥了一眼，便抱拳跪了下去，高聲道：「奴才謝太子殿下賞。」話落，那個端著托盤的人便在李賦的示意下，將托盤放到司南的手上。

司南領了賞，便自覺地退到了一邊。

赫連軒逸這才看向李賦，從懷裡拿出一封奏摺交到他的手上，道：「這是興州府細縣縣令蘇洪安的摺子，這次的西瓜，就是他發現管轄區域內有人種植，特意尋來上貢給皇上的。」李賦接過奏摺，赫連軒逸繼續道：「這個蘇洪安是個不錯的，只是時運不濟，礙了別人的路，這才被人給打發到那麼個小地方當個小小的縣令。」說完這些，赫連軒逸適時的露出了一個嘲諷的笑容，冷哼了一聲。

蘇洪安的事，他查過，這人本該入戶部，等了三年總算看到希望，卻被杜忠國橫插一腳。秦相為了讓杜忠國進戶部，自然就得將蘇洪安打發得遠遠的了。

放下奏摺，李賦也不管這是林莫瑤種的還是蘇洪安發現的，他此時疑惑的是另外一件事。

「按理說，蘇洪安是個好官，那冬小麥這麼大的事，他為何不上報朝廷？」這件事到現在李賦都想不通。

赫連軒逸也跟著奇怪了起來。這事，他好像還真的沒聽林莫瑤說過。

司南端著托盤站在後面，聽了兩人的話，就行禮道：「太子殿下，奴才知道是怎麼回事。」

那次，林莫瑤趁著林紹遠和蘇安伶舉行定親宴時，詢問過蘇洪安關於冬小麥推廣的事。蘇洪安也不隱瞞，直言告訴林莫瑤，他上報過了，只是，他的上級幾個月都不給他回覆，想來，這事怕是被上級給壓下。當時司南在旁邊，這事他是知道的。

司南面無表情地將事情經過如實敘述給李賦和赫連軒逸聽，等到他說完，兩人的臉上都帶上了怒容。

啪！李賦一掌拍在了桌子上，怒道：「好大的膽子！竟敢為了一己私慾，棄萬民於不顧！」

廳內兩人頓時一跪，道：「太子殿下息怒。」

「你們起來。」李賦讓兩人起來，隨後道：「我這就去稟報父皇，你們先回去吧。」

「遵旨。」赫連軒逸和司南謝了恩就出東宮，由宮人領著出了皇宮。

第六十五章 小心之舉

內務府的辦事效率果然迅速，不過半天的時間，就已經將西瓜整理完畢，丟了壞的，挑了熟的，直接用冰塊冰鎮送到帝后所在的正陽宮。

皇帝和皇后嚐過之後，讓內務府的人給各個宮室都送過去。得知這是太子讓人尋來的，皇后心中自豪，皇帝心中高興，金口一開，便賞賜不少東西到東宮，並讓人傳召太子到正陽宮陪皇帝和皇后吃西瓜。

李賦跟著正陽宮的管事到了正陽宮正殿的時候，皇帝正和皇后坐在一起說話，李賦臉上不由露出一抹欣慰的笑容。父皇和母后許多年不曾這般說笑了。心中感嘆著，李賦沒等宮人通報便直接邁步走了進去，對上首的帝后行禮。「兒臣參見父皇、母后。」

皇后等李賦將禮行完，這才對他招了招手。「太子殿下來了，快過來。」

李賦起身走了過去，皇后拉著他的手上下打量一番，見他額上有汗，便心疼道：「怎的弄得一頭的汗，走這麼趕做什麼？」說著，抽出手絹，輕輕替李賦擦拭額頭上的汗。

李賦開心地受著。

皇帝在一旁看著他們母慈子孝，心情也分外的好，等到皇后幫李賦擦乾了汗，這才看著他，問道：「朕聽說，這些西瓜是你找人弄來的？」

李賦彎了彎腰，行禮回道：「回稟父皇，其實也不算是兒臣找到的，最先知道有人種西瓜的，是軒逸。」

皇帝聞言挑了挑眉，疑惑道：「赫連家的那個小子？他不是在京城守孝嗎？」

「軒逸是在京城守孝，可他的隨從卻留在文州呢，父皇可還記得前段時間兒臣從民間尋來的松花蛋？」李賦笑道。

皇帝隨即點了點頭，道：「當然，那東西看著雖然黑漆漆的，吃起來卻別有一番風味。怎麼了，難道這西瓜和這松花蛋還有關係不成？」

李賦笑著點了點頭，繼續說道：「這種西瓜的農戶，就是生產松花蛋的這家人。」

皇帝來了興趣，好奇地問道：「說來聽聽。」

李賦就將赫連軒逸和林家的淵源解釋了一下，又簡單地說明林家的情況和所做之事，最後才把話題繞到冬小麥上面。

皇帝的神情也從最初的輕鬆愉悅，漸漸變得凝重，直到李賦說完，臉色已然變得難看。

「這麼大的事情，你竟然也跟著瞞不上報？」當皇帝知道李賦自己種了一年的冬小麥，卻現在才說的時候，也有了怒意。

李賦連忙跪下，回道：「父皇，兒臣也是擔心貿然推廣會適得其反，所以才大膽在京城外自己先試種一年，還請父皇恕罪！」

一旁的皇后也跟著求情。「皇上，太子也是小心之舉，這關係到民生的事，確實小心一些為好。」

皇帝一聽，臉色稍微好看了些，又問：「你剛才說的興州府州府之事可屬實？」

李賦行禮，說：「父皇，司南常年跟在林家小姐身邊，他所言必定不假，何況這麼長時間了，也不見興州府上摺子通稟此事，怕就是真的了。」

「哼！」皇帝冷哼一聲，說：「真是好大的膽子，朕給他們權力，竟然用到了這種地方？來人！」

皇帝一聲令下，立刻有太監跑進來候命。

皇帝吩咐道：「傳朕旨意，令吏部徹查興州府州府之事，不得有誤！」

「遵旨！」太監領旨退了出去。

李賦跪在地上，高呼了一聲。「父皇英明！」

皇帝揉了揉眉心，看著李賦說：「既然這興州府的州府這麼辦事不力，那這州府的位置就換個人坐好了。這件事交給你，務必要處理好。」

「兒臣遵旨。」李賦心中竊喜，面上卻不顯。

看著桌上的西瓜，皇帝又開口。「這家人人品確實不錯，也有能力。這樣吧，朕也給他們一些賞賜，賞什麼你看著辦。另外，緬縣的縣令有護送之功，也賞了！」

「是，父皇。」李賦躬身行禮。

皇帝揮了揮手，讓太子退下。「行了，你趕緊去把這些事都辦了吧。還有，麥子的事，你也安排下去，工部的人，能用的你都用上，這是大事。」
「兒臣遵旨！父皇、母后，兒臣告退。」李賦行禮起身。
「去吧。」皇帝一聲令下，李賦轉身出了宮室。
李賦一走，皇后就開口道：「皇上，您也別怪太子隱瞞，這事做好了是好事，做不好可是得罪萬民的事，他也只是小心一些罷了。」
皇帝看了看皇后，說：「朕知道，所以朕將這事交給他辦，也算是給群臣們找個理由，到時若有人以此非議，朕也大可說是朕命他這麼做的。」
「多謝皇上！」皇后欣喜謝恩。
皇帝臉上的神情柔和了許多，看著桌上的西瓜說道：「這林家人也是有意思，哼，赫連家的那個傻小子倒是個命好的！」
「是。」皇后點頭附和。赫連家是太子的助力，她當然希望赫連家越來越好了。
李賦回到東宮，做了些安排之後，就徑直出宮去了太傅府。
有些事情他得找太傅商量一下才行，比如，該由誰來頂替興州府州府的位置？
第二日早朝，朝中官員才知道，原來太子一聲不吭的竟然做了這麼一件大事！支持太子的一眾人看著這樣的太子，心中滿是欣慰，見太子如此心繫萬民，一個個的更是對太子崇敬不已。

而今年已經可以參加早朝的二皇子李響，看著李賦在大殿上侃侃而談的自信模樣，心中五味雜陳，很不是滋味。趁著沒人注意的時候，他悄悄朝秦相使了個眼色，眼中滿是不甘和怒意。

秦相無奈。這件事他之前竟然一點消息也沒收到，看來太子現在是越來越長本事了。只是此時不適合輕舉妄動，所以秦相只能對李響微微搖頭，讓他稍安勿躁。

李響心中冷哼，卻不得不強忍不悅，看著李賦在皇帝和百官面前表現。

李賦將冬小麥一事事無鉅細的說了，林家的部分自然也沒隱瞞。

而此時站在百官末列的戶部侍郎杜忠國，臉色卻很難看。從李賦的形容來看，這林家人極有可能就是他前妻的娘家人。

當太子說出「林泰華」的名字時，杜忠國整個人都懵了。竟然真的是他從前的大舅哥！怪不得，怪不得夫人接連兩次讓他派人去把女兒接回來，都被她們拒絕了，這最近的一次，甚至敢將他的老母親直接丟出門外，原來底氣在這裡！

忽然，杜忠國覺得，自己當初決定和離實在太過衝動。想到這些，他心中突然有些犯怵，也不清楚太子殿下對於他和林家的關係知道多少？就這樣，杜忠國滿腹心事地堅持完了一個早朝，就連最後皇帝給林家什麼賞賜都沒有認真聽。

恍恍惚惚地下了朝後，杜忠國沒回家，而是直接找個地方借酒消愁去了。

「夫人，老爺下了早朝就沒有回府。」一個小廝跪在地上，對著坐在上首的華服貴婦磕頭回道。

華服貴婦正是杜忠國如今的正室夫人秦氏，她年紀不大，和林氏相仿，但保養得當，顯得比林氏年輕了許多。聽了下人的回報，她眉頭一皺，說：「去找，務必把人給我找回來！」

「是！」下人應了一聲，便退出去繼續找人。

等到人一走，秦氏便從椅子上站了起來，淡淡地對身後站著的婢女道：「不等他了，我們先回丞相府，別讓父親等急了。」

婢女應聲，跟在秦氏身後，一前一後離開了廳門。

今日早朝結束之後，便有相府的人來通知她，說秦相讓他們夫妻二人回去一趟。可自從下朝之後，秦氏都已經等了將近兩個時辰，杜忠國依然不見蹤影，心急的秦氏只能派人出去繼續尋找，自己則帶著貼身婢女回相府。

相府裡，秦相眉頭緊皺地坐在上首，在他的左下邊坐著的，正是杜忠國和秦氏夫妻二人。

杜忠國因為在酒肆被人找到，連官服都沒來得及回家換，直接就急匆匆地趕到了相府，這會兒見岳父大人面部表情陰鬱，隱隱的，杜忠國就覺得沒什麼好事。

「本相記得，忠國的祖籍便是緬縣吧？」秦相冷冷地說道。他當初以為這女婿是個頂用的，把女兒嫁給了他，想著能多一份助力，沒想到，卻是個空有皮囊的廢物！

杜忠國哆嗦了一下，回道：「回稟岳父，小婿祖籍確實是緬縣。」

秦相冷笑一聲，又問道：「那今日太子殿下所說的林家村那戶林家人，你可認識？」

杜忠國只能硬著頭皮點頭。

秦相見狀，一甩手，將手旁的茶杯直接打到了地上，指著他怒道：「真是個成事不足，敗事有餘的東西！」

杜忠國被嚇得直接僵在椅子上。

秦氏大著膽子問道：「父親息怒，不知相公這是做了什麼事惹父親生氣了？」

秦相冷哼，看也不看她，而是指著杜忠國說道：「妳問他！」

杜忠國知道，自己這完全就是無妄之災。秦相一脈扶持的是二皇子，這事他是知道的，今天太子在早朝時出盡風頭，讓秦相很不高興，而正好這幫著太子得到嘉獎的林家，又和他有著千絲萬縷的關係，所以，杜忠國也知道，自己這是成了秦相發洩怒火的對象。

「岳父大人，您聽小婿解釋啊！這、這些事小婿事前是真的不知情啊……」杜忠國喊道。

一聽父親提到林家人，秦氏就猶如吞了臭蟲般難受。

之前謝峰就找過她，讓她務必想辦法把杜忠國留在林家村的兩個丫頭給弄上京城，為的就是從這兩個丫頭身上下手，拿到林家松花蛋的配方。

秦氏儘管內心有千萬個不願，也只能硬著頭皮派人去接。第一次的失敗讓她長了記性，第二次派人去，就直接讓杜忠國的老娘跟著一道，畢竟是嫡親的奶奶，總能說服她們吧？可讓她沒想到的是，非但人沒帶回來，就是杜老太婆自己都讓人給轟出來了！對方絲毫不顧念這一點親情，更不顧忌杜老太婆是她的長輩，根本沒把對方看在眼裡！

秦氏有心卻無力，在回了謝峰之後，就再也沒有將這件事放在心上，沒想到，就是到了這個時候，還能扯上林家，這怎能讓她不鬱悶？

看父親的樣子，顯然事情已經很嚴重了。秦氏心中一顫，小心翼翼地又問道：「父親，這林家怎麼了？」

秦相看著眼前的三女兒。秦氏的生母謝氏是商人之女，當初嫁給秦相也只是做了個妾室，可如今隨著謝家的壯大，秦相少不得謝家的支持，所以謝氏也跟著被抬為了二夫人，而秦相的正妻常年清心寡慾，待在自己的院子裡禮佛，這相府上上下下，都是謝氏在打理。

秦相耐著性子，簡單地向秦氏說明緣由。

秦氏直到這個時候才知道，原來今日早朝還發生了這樣的一件大事，聽完後，她整個人都懵了，忽然，她打了個寒顫。若是父親知道她已將林家人得罪，會不會怪罪於她？

「妳是不是有事瞞著我？」秦相一直看著秦氏，發現了她的異樣，遂問道。

秦氏很快收斂心神，回道：「回父親的話，女兒沒有。」

「是嗎？」秦相冷哼一聲。

秦氏最終還是頂不住秦相的壓力，老老實實地交代了所有的事情。

當得知秦氏夫妻已經將林家的人得罪死了，秦相直接氣了個倒仰，抬起手指著二人，顫抖著罵道：「成事不足，敗事有餘的東西！還不給我起來！」

夫妻二人連忙起身，不敢再坐。

事到如今，還是先想想該怎麼補救吧。秦相嘆息一聲，看著兩人，嫌棄地說道：「算了，去後院給妳娘請個安就歸家去吧！」

二人如獲大赦，行了禮，就迫不及待的離開了。

秦相背著手站在書房的門口思考著。林家已經得罪，想再拉攏是不可能，眼前的問題是，該怎麼才能讓二皇子在皇帝面前長臉……

第六十六章 嘉獎

一個月後，緬縣縣令蘇洪安和轄區內的林家村都收到了封賞的聖旨，這件事，在整個興州府引起了轟動，人們這時才知，林家不光種出了冬小麥，還種出了西瓜。

瞧著前來宣旨的禮部官員，林莫瑤笑了。這還是個老熟人呢！

禮部侍郎羅永正，此人也算是太子黨一派當中的清流。當年對自己罵聲最大的便是禮部，而這個羅永正，林莫瑤之所以記得清楚，是因為他一個小小的禮部侍郎，竟然敢公然在大殿上之中指著她的鼻子罵她是禍國殃民的妖女。後來他的下場是什麼來著？好像是滿門抄斬，九族之內男子充軍、女子充妓。

林莫瑤在心中無奈地嘆息了一聲。又是一個被她欠了債的，她前世到底造了多少孽啊？她之前還一直擔心，怕來的人會是秦相的人，到時候就有些棘手了，不過幸好，太子辦事還是可靠的，派了個他的人來。

村長和族長將蘇洪安及禮部眾人領到了祠堂。

羅大人往上面一站，就開始宣旨。「奉天承運皇帝，詔曰……」一番場面上的措詞說完，總算是到了重點。「林家村人氏林泰華，冬日種出小麥，救萬民之饑，解朕之憂，特此給予嘉獎，賞白銀千兩、良田百畝、綾羅錦緞百疋、御賜牌匾一枚。另，林氏族人凡是參與冬小麥研製種植者，賞銀百兩、良田十畝；其餘族人，享五年賦稅減免，欽此。」

旨意一下，全場都傻了。

羅大人揚聲道：「林泰華，還不快接旨？」

林泰華這才回神，帶著一眾人磕頭謝恩，接下了羅大人手中的聖旨。此刻，林泰華覺得自己手中的聖旨竟有千斤般重。「草民謝主隆恩！」林泰華再次磕頭謝恩，隨後，便在羅大人的示意下站了起來。

羅大人這時抬了抬手，做了個手勢，便有身後儀仗隊的人搬著東西上前擺在桌案前，好幾個大箱子同時打開，頓時又嚇傻了一眾人，裡面白花花的銀子堆滿箱；另外有幾個箱子裡，整齊地擺放著各色綾羅錦緞，只看那顏色，便知道這些料子不俗。

這還不夠，就在眾人驚得閉不攏嘴的時候，一個宮人將一個小盒子交到了羅大人的手中。

羅大人點頭接過，將盒子當著眾人的面打開，只見裡面整齊擺放著好多張地契。

「這些良田是我昨日和蘇大人商量之下，就近在林家村附近挑選的，你可以先看過，若是覺得不適合，再找蘇大人商量著調換一下。另外，不知當初和先生一起種植小麥的人家可來了？本官好一併將賞賜給了。」羅大人笑著說道。

「來了！」村長立即接話，然後把林二老爺、林二老爺那位堂兄，還有春生爹全叫了上來。

三人又是下跪行禮。
隨後羅大人將地契分別交到幾人手上，說：「好了，賞賜都給你們了，接下來，請林先生迎接御賜牌匾吧！」話落，牌匾被人送上前，掀開紅布，上面赫然寫著「朝耕暮耘」四個大字。
「此乃聖上親筆，諸位還不快跪下謝恩？」羅大人話一說出口，立刻烏拉拉又跪了一片。
等到眾人跪拜過，羅大人才問：「林先生，這牌匾你準備掛在哪兒？我好讓宮人給你送過去。」
林泰華一聽，正發愁這個牌匾不知該放在哪兒？一抬頭，就瞧見祠堂正上方的空位，腦中靈光一閃，便道：「大人，草民想將御賜牌匾掛在我林氏宗祠當中，世世代代享受我林氏子孫的香火祭拜，以示草民以及草民的族人對皇上的敬畏之心。」
羅大人微不可見的點了點頭。不自私、不自利，到了這個時候都能替家族考慮，倒是個識大體的。
村長和族長直接嚇了一跳。這個他們昨天可沒商量過啊！林泰華的決定讓兩人又驚又喜。
族長顫抖著聲音問道：「大華，你說的是真的？」
林泰華點點頭，道：「族長，我也是林氏族人，這御賜牌匾就掛在宗祠之中，受族人香火吧。另外，我願意拿出賞賜的一半白銀，將宗祠重新修葺一番，還請族長允許。」

族長眼中閃著淚花，哽咽道：「好孩子……」

最後，族長和村長強壓下心中的愉悅，將御賜牌匾掛上林氏宗祠的正上方，聖旨也一併封存在祖祠當中，享受林氏族人世代的香火供奉。

對於這個安排，羅大人並沒有表現出任何異議，相反地，他還對林泰華的處事方法很是滿意，默默在心中點了點頭。

封賞結束，就是宴請羅大人和禮部眾人的宴席。

村子裡碰到這樣的好事，熱鬧得不行，直到送走禮部眾人，氣氛依舊火熱，一直鬧騰到半夜，眾人才依依不捨地回了家。

林家眾人也在這個時候，才能安靜地坐下來說話。

林二老爺等上門祝賀的客人們都走完了，才一頭鑽進林家這次重修房子時，單獨起的一間小佛堂裡，這裡供奉著林老爺子和林老太爺、林老太太。

一把年紀的林二老爺坐在蒲團上，對著上面的三個牌位，哭得像個孩子，離得好遠都能聽見小佛堂裡傳出來的哭聲。

「娘，二叔他沒事吧？」林泰華有些擔心林二老爺。

林劉氏這會兒眼眶也是紅紅的，搖頭道：「沒事，你二叔那是高興的。誰都別去吵他，讓他和你爹、你爺爺、奶奶多待一會兒吧。」

林家如今能有如此殊榮，林老太爺和林老爺子在泉下有知，也應該能安息了。

林二老爺在小佛堂裡待了許久才出來，林泰華也是這個時候才有空和一家人坐下來商量接下來的事情。

牌匾和聖旨這就不必說了，放在族中祠堂肯定比放在他們自己家好。另外，他們家現在也不缺這點銀子，拿出五百兩來修一下林氏宗祠，既能得名聲，也能讓他們家在族裡的地位越來越高。

剩下的，就是那一百畝地的事。

林泰華家，現在大兒子忙著生意，二兒子忙著讀書，小兒子一門心思想去從軍，他自己也是一堆的事情，這地肯定不能自己家種了。

「我想著，乾脆租給別人種吧。」林泰華說道。

現在也沒別的辦法，只能這樣，所以眾人也沒啥意見。

林莫瑤卻在這時道：「大舅，不如你把地租給我吧？租子和外面收的一樣就行。」

林泰華問：「阿瑤，妳拿這麼多地幹什麼？」

林莫瑤回道：「我準備拿來種西瓜。」

林泰華當即同意將地給林莫瑤種西瓜，林莫瑤卻堅持要付租子。

「大舅，這地是朝廷獎賞給你的，我斷沒有白用的道理，這租子你若是不收，那我就不要了，我另外再找吧。」林莫瑤斬釘截鐵地說道。倒不是她和林泰華一家見外，只是這時間長了，如今產業也多，有些東西還是分清楚比較好。

林泰華生怕兩家生分，林莫瑤將其中的緣由一說，林泰華也只能應下。

那地方太大，林莫瑤就說，乾脆蓋個莊子好了。林家人對於她提出來的事，基本上沒有反對的，所以這事很快就定下，只等哪日林泰華有空，帶著林莫瑤一起去看看那些地。

等商量得差不多，司南才開口說他也有事要說。眾人只當是赫連軒逸或者徐氏帶話了，沒想到，卻是李賦。

司南說，太子想在皇莊種西瓜，這意思不言而喻，就是想要西瓜種植的方法。

林家眾人齊齊看向林莫瑤。這西瓜能種出來，多虧了林莫瑤，這事得她作主，可瞧林莫瑤眉頭緊鎖的模樣，以為她這是不願意。

眾人便開口勸道：「阿瑤，咱們家能有如今的榮譽，可多虧了太子殿下，反正就是在皇莊裡種，又不會拿去賣，咱們就把西瓜種植的技術交給太子殿下好了。」

林莫瑤搖了搖頭，說：「我不是擔心這個，西瓜上貢的時候我就已經做好了準備，要將西瓜種植的技術教給太子殿下。我只是在想，這西瓜種植極為複雜，若只是透過文字，總有不明之處，而且許多細節都需要實際操作。最主要的一點，我們家的西瓜是人工授粉種出來，單單這一點就是別人跟著書本怎麼學都學不會的。」

林莫瑤有些為難。這個問題真的很難解決，除非讓太子派個人過來跟在他們身邊學習，只是這樣一來，必然會多耽誤一年的時間，她是沒問題，只怕皇帝不願意等了。

看看家人，林泰華突然說道：「要不，我去一趟京城？」

「孩子他爹，你瘋了嗎？你知道京城是什麼地方、皇莊是什麼地方？那裡到處都是當官的，有權有勢，你一個小小的農民去那裡，你是去找死嗎？」林方氏喊道。

林劉氏比她沈穩一些，卻也開口問道：「你想好了？」

林泰華點頭，說：「娘，咱們不能抗旨不遵啊！您放心吧，我到了京城，就老老實實地待在皇莊裡幫太子殿下種西瓜，絕不會到處亂跑，也不會得罪人的。大不了，我出去都避著人就是。」

林莫瑤也在考慮這事的可行性。跟她一起種西瓜的三人當中，只有林泰華行事穩妥，若他去京城，只要不是有人故意陷害，應該不會有什麼事。而且，有李賦和將軍府護著，只要他安分守己地在莊子上待上一年，肯定能平安回來。

「也只能這樣了。」林莫瑤點頭。

司南適時地開口寬慰。「老夫人、舅夫人，妳們也不用太擔心，舅老爺去了京城，有太子殿下和將軍府護著，不會有事的。」

京城那個地方，權貴是多，可再多的權貴能越過皇家嗎？

事情到了這個地步，他們家也不能抗旨不遵，只能任由林泰華去京城了。反正現在時間還早，就算要去，也得等過了年。

找了時間，林泰華帶著全家，決定去看一看賞賜下來的那百畝良田。到了地方才發現，蘇洪安挑的地是真不錯，一面靠山，一面靠河，且所有的地還連成一片。

地裡還種著莊稼，都是這附近的佃農種的。以前這些佃農直接將租子交給縣衙，現在地給了林泰華，租子就只能交給林泰華了。

想到這地以後自家要收回來種西瓜了，林泰華就給這些佃戶免了這一季的租子，只等他們將地裡的莊稼收了才收回地。

林莫瑤和林泰華圍著地走了一圈之後，選定了用來種西瓜的一半；至於另一半，林泰華找來佃農裡負責的人說了，可以繼續租給他們，租子不變。

那些失了地的佃農只能可惜，但也知道，新東家既然要自己留下五十畝地，想來是要種東西的，所以便大著膽子求新東家僱他們幹活。

林莫瑤瞧著這些人可憐，就同意了。反正莊子上也要找長工，不如就繼續用這些人，他們還熟悉這些地。

只是這人也不能太多，太多她也用不了，乾脆就每家挑一個出來，這樣安排既能公平一些，也不會耽誤各家本來的事情。

這些佃農知曉了林莫瑤的安排之後，心中感激，一群人遠遠的給林莫瑤和林泰華磕了頭。

兩人遠遠地點了點頭，隨即離開，他們還得去找個適合的地方蓋莊子。

最終，他們決定將莊子蓋在山腳下。

林莫瑤站在田間，抬頭看著面前的山頭，突然開口問：「大舅，若想買下這座山，要多少錢？」

「山？」林泰華跟著抬頭，瞧著面前的山頭問：「阿瑤，妳買山做什麼？這山上又不能種東西。」

「誰說不能？」林莫瑤遠遠地指了指，山上零零散散的還有幾棵果樹呢！「可以種果樹啊！」

林泰華一看，還真是有幾棵果樹。

「這山估計得不少錢吧！」林泰華感嘆。這麼大座山，肯定很貴。

林莫瑤收回目光，說道：「這個明天去問問縣太爺就知道了，如果價格適合，我就把它買下來。」

林泰華笑了，說：「妳還真準備種果樹啊？」

林莫瑤理所當然地說：「那當然了！買下這山，就等於這一片都是咱們家的了，到時候莊子蓋好，咱們閒來無事還能到這裡來住上幾天，上山摘摘果子，或者去地裡幹幹農活也挺好的。」

林泰華一聽，也沒了意見，說：「那妳去問問大人吧，若是錢不夠，就跟妳大舅母說。」他們跟著林莫瑤幹作坊，也賺了不少錢。

「嗯，知道了，謝謝大舅。」林莫瑤笑著說道。

林泰華笑笑，想像小時候一樣伸手去揉林莫瑤的腦袋，卻發現眼前的人不知不覺中長大了。「阿瑤長高了！」林泰華感嘆了一句。

林莫瑤一愣，隨後笑了。「大舅，我要是不長的話，那我豈不成了怪物？」

林泰華一聽，也跟著笑了。是啊，幾年的時間，小丫頭都長成姑娘了，他們家也有了翻天覆地的變化。

有了家人的支持，林莫瑤第二天就跑去縣衙找蘇洪安，表達了自己要買山頭的意願，倒是把蘇洪安給嚇了一跳。

「買山？那個破山頭妳要來幹什麼？」蘇洪安還以為林莫瑤在胡鬧。

林莫瑤又將自己的打算跟蘇洪安說了一遍。

蘇洪安點頭，說：「可是，這山頭不便宜啊！」每個州縣的土地都有定數，哪些是公家的，哪些是賣出去的，像這種屬於公家的山頭，若是賣出去，須將所得的銀錢上交到戶部。蘇洪安能做的，就是在自己的權力範圍之內，幫林莫瑤將價格壓下來。

儘管有蘇洪安的幫忙壓價，最後這座山頭都要賣五千兩，這還是蘇洪安借著職位之便抹掉零頭的結果。

「好貴啊！」林莫瑤突然又有些捨不得。她本以為三、四千兩就差不多了呢！

蘇洪安見她這樣就笑了笑，說：「妳以為只有妳知道那片山頭是好地，別人都是傻的？」

林莫瑤深知蘇洪安說得有道理，卻還是不高興地撇了撇嘴。五千兩啊，若是買了，就等於她現在手裡的錢有一大部分都沒了。

可儘管這樣，林莫瑤最後還是一咬牙，把山頭買下來了。反正馬上就年底了，蘇家酒廠會有分紅，且作坊裡的分紅也是一筆錢。

林莫瑤付了錢，揣著地契回家，又和林泰華一起規劃了一下山上的區域，這才回了書房。

坐在桌後，林莫瑤開始提筆給赫連軒逸寫信，信中先是說明林泰華要親自去皇莊幫李賦種西瓜的事；另外則是她買下了一座山頭，要種果樹，想讓赫連軒逸幫忙在京城找幾個擅長侍弄果樹的人；最後，又千叮嚀、萬囑咐的，讓赫連軒逸一定要照顧好林泰華，這才把信封了，讓司南送出去。

司南走後，林莫瑤揉了揉肩膀，看著桌上還放著的她畫的農莊圖紙，心中想著，她得找個人來給自己打下手了，總不能事事都依賴林泰華和林紹遠。

遠在京城的赫連軒逸收到信之後，立即去找了李賦，跟他說明林家的安排。

事。

李賦倒是沒想到林家的人竟然考慮得這麼周全，心下滿意，當即就攬下了幫忙找人一事。

全天下最擅長侍弄果樹的人，怕就只有皇家莊園裡的那些人了。皇莊裡那麼多會種果樹的，派幾個去給林莫瑤也不是什麼大事。

一個月後，當三個皇莊裡專門負責種果樹的人，被將軍府的人護著抵達林家時，林莫瑤還意外了一下。她以為，李賦能給一個人就不錯了，沒想到一下子給了三個。

這三人都是種果樹的一把好手，林莫瑤見了三人，只簡單的交代了幾句這邊的情況之後，就讓人將他們送到了莊子上，還專門安排幾個人留在那伺候三人的生活起居。

安頓好京城來的三人後，她又派人在興州府周邊開始搜羅果樹苗。

不知不覺中，林家迎來了今年最重要的一個日子。

第六十七章 婚禮

臘月初二，宜嫁娶。

這日天還沒亮，整個林家村就已經開始動了起來。

原本各家娶親，到了成親這日都是請人上門幫忙，而天不亮就忙活起來的，也都是請來幫忙的人。不過，林家情況特殊。

林泰華幫著村子裡和族裡掙來了榮耀，這是其一；再加上這林紹遠娶的不是別人，正是他們縣太爺的千金。衝著這兩點，到了這天，村子裡的人家幾乎每家每戶都自發的來幫忙。

林方氏第一次娶兒媳婦，還娶到一個這樣好的兒媳婦，自然要大辦特辦一場，還沒到這天，就已經早早的找了人，買了許多的菜，愣是足足準備了夠全村人吃上三天的吃食！這般手筆，可是林家村前所未有過的。

為著這事，林氏和林周氏他們沒少取笑林方氏，說她大兒子娶親就這般排場，等到二兒子、三兒子的時候，看她怎麼辦？

林方氏心情好，也不跟她們惱，大大方方的一揮手，直接對林紹安和林紹傑說：「等將來你們倆娶媳婦的時候，娘也給你們這樣大操大辦的，吃上個三天流水席！」

兩人無來由的被波及，只能羞紅了臉，拉著林紹平幾人跑出去玩了。

迎親的隊伍要等到初日升起才能出發，這會兒大夥兒都準備好待在林家院子裡，等初日升空，族長一聲令下，就去縣城迎親了。

這天，光準備的迎親馬車就有十八輛，上面掛滿了紅綢，遠遠看去，一長溜的紅綢飛揚，煞是好看。

林紹遠迎親用的馬，是司南、司北特意去文州尋來的戰馬，因為有關外的胡馬血統，身量比其他馬要高出來許多，新郎官坐在這樣一匹氣派的馬上前去迎親，就是女方家也會臉上有光的。

新人還有一會兒才會回來，大家閒著無聊就待在屋裡說話，沒過多久，掛在門上的簾子被人掀開，一個手裡牽著個小男孩的中年婦人走了進來。

這進來的婦人，臉上雖說塗了脂粉，卻完全掩蓋不住蒼白之色，雖然笑著，可她眼中卻有淡淡的鬱色。

她牽著的小孩，約莫五、六歲的模樣，小小瘦瘦的，一雙眼睛大大的，一進門就好奇的觀看，饒是如此，小孩還是挺懂規矩，沒有亂跑，乖乖地跟在那名婦人身邊。

見到婦人，林周氏和小周氏就先起身迎了過去，一邊走，還一邊嗔怪道：「大姊，不是讓妳在家裡多休息一會兒再來嗎？這會兒天還沒亮，妳這麼早早的起來，就是不為著自己，也得想想業哥兒啊！」

婦人略帶歉意的微微一笑，道：「沒事的，妳們都來了，我也不好再睡，就收拾收拾過來了。」

林莫瑤恍然大悟。這就是她那個嫁到興州府去的表姨母了！

「好了，大姊既然來了，就趕緊把人扶到炕上來，明知道大姊身子不好，還這般不懂事！」林氏笑著說了林周氏和小周氏兩句，雖說是責怪的話，卻沒有惡意。

兩人這才連忙賠著不是，將剛進門的婦人和孩子引到炕上坐好，林周氏更是將那個小男孩抱上了炕，放在林紹勝之前待過的被窩裡。

「業哥兒，凍壞了吧？你娘也真是的，這麼大冷的天也不讓你在屋裡待著，盡瞎跑！」林周氏笑著幫他蓋上被子，一邊說道。

小男孩年紀畢竟還小，以為林周氏是在責怪他娘，開口就想替他娘解釋。「舅媽，不是的，是我自己要跟著娘出來的！」

林周氏聞言，臉上滿是心疼，輕輕的摸了摸業哥兒的腦袋，安慰的笑了笑。「嗯，舅媽知道，咱們業哥兒最懂事了。」

見她這樣，一旁的小周氏和林氏、林方氏等人臉上也滿是心疼不捨。

婦人笑了笑說道：「大好的日子，妳們這是做什麼？」

幾人這才收起表情，繼續剛才的話題。

人們都說，等待的時間是最漫長的，特別是林方氏這樣第一次娶兒媳婦的人。

「大嫂，妳就別晃來晃去了，好好的坐一會兒吧！」林周氏幾人見林方氏不停在房間裡和門口來回的走動，便笑著打趣了一聲。

林方氏嗔怪的瞪了幾人一眼，回到座位上坐好，說道：「妳們別笑話我，等到妳們將來娶兒媳婦的時候，看妳們像不像我這般。」

屋裡這會兒坐著不少人，不光是林家的人，還有一些村子裡和林方氏關係好的，或者是和林老爺子家有著親戚關係的婦人，都是些長輩，林氏怕林莫瑤等幾個小輩的待不住，便讓她們幾個先回家去玩著，等新人到的時候再過來。

林莫瑤早就想跑了，得了林氏的批准，便直接拉著林莫琪和林思意閃人了。跟著她們一起的還有幾個村子裡的小姑娘，林莫瑤不是太熟，但還是禮貌的招待幾人。

林莫琪知道林莫瑤不喜別人進她的屋子，所以一進門就把人帶到自己的屋子，反正自己房間裡沒什麼東西是別人不能看的。

幾人剛剛坐下，綠素和紫苑便端著熱茶和點心進來，好在一屋子都是小姑娘，乾脆就全部脫了鞋子，爬上了炕。莊子那邊修房子砍樹的時候，備下了不少柴火，故而林家的炕頭冬天都是燒著的。

一幫小姑娘湊在一起，嘰嘰喳喳，無非就是聊著衣料、首飾，林莫瑤實在是插不上話，也提不起興趣，乾脆坐在一邊打盹。

不一會兒，木蘭打了簾子進來，對幾人說道：「大小姐、二小姐、表小姐，夫人讓我來請妳們和各位姑娘過去，新人差不多要回來了。」

小姑娘們都想看新娘子，不用木蘭催促，一個個的搶先穿了鞋子下地，三三兩兩的往外走。

林莫琪和林思意手牽手走在前頭，林莫瑤乾脆帶著紫苑落在了最後。

古代的婚禮，禮節繁多，看著一臉幸福的林紹遠牽著紅綢那端的蘇安伶，林莫瑤心中有些微微泛酸。前世貴為皇后，卻只是名義上好聽，實際上，她連一場正式的婚禮都沒有過，有的，只是一場簡單得不能再簡單的婚禮，甚至，她連嫁衣都沒來得及做，而是隨意在街上的裁縫鋪子買了一件穿。

想到這些，林莫瑤心中很不是滋味，看著林紹遠和蘇安伶，就越發的羨慕了，不由得期盼，她今生的婚禮會是什麼樣的？

新人行禮過後，新娘子被帶到新房裡。林紹遠要去陪賓客，新房蘇安伶那裡也是一堆人圍著，林莫瑤就只能去主屋那邊找林氏了。

林劉氏和林方氏在外面招呼賓客，林氏和林周氏待在屋裡陪蘇夫人一行人，林莫瑤進來的時候，幾人正說著話。

林莫瑤挨個問好後，就站到了林氏身邊，卻發現，在蘇夫人和孫夫人身邊還坐著一位華服夫人，那夫人身後站著一個十五、六歲的少年，見林莫瑤打量他們，少年還禮貌地對林莫瑤笑了笑。

少年長相一般，並不出眾，但是笑容真誠，一看就是本分人。

林莫瑤記得，剛才孫夫人介紹過，這夫人是她娘家嫂子，那個少年是她姪子。林莫瑤就想，像王公子這麼大的少年，不是應該被打發出去跟男賓待在一起，怎麼會待在屋裡陪著她們這幫女人呢？

正當她猜測的時候，門上掛著的簾子被木蘭從外面打開，林思意端著盤子慢慢走了進來。

「娘、姑姑，茶點來了。」林思意今天身穿一條藕色長裙，外面加了一件桃紅色的夾襖，將她的膚色襯托得雪白雪白的；再加上她平日很少出門，曬太陽的機會也少，這皮膚就更好了。今日為了林紹遠的婚禮，她們姊妹三人都是精心打扮過的，自有一股小家碧玉的溫婉。

林莫瑤發現，自從林思意進門之後，那位王夫人的視線就落在了她的身上，從未離開過，就是孫夫人都不跟蘇夫人說笑了，而是時不時的打量林思意。

林莫瑤恍然大悟，又去看那個少年，果然在他臉上看到害羞的紅暈，甚至悄悄地偷看林思意，見林莫瑤看他，還強裝鎮定，只是那紅撲撲的臉卻怎麼也掩飾不了。

林莫瑤心中好笑。原來是給林思意相親來了！不過，林思意也到了談婚論嫁的年紀，有人來相看也正常。瞧著林周氏的樣子，像是很滿意這門親事，只是不知道林思意能不能看上這個王家少爺了。

林思意上了茶點之後，就站在林周氏和林氏的身後，低著頭候著。

孫夫人和蘇夫人交換了一個眼神之後，便笑著問：「這位就是周妹妹家的大姑娘吧？」

林周氏點了點頭，道：「正是小女。思意，去見過孫夫人和王夫人。」

聽了林周氏的話，林思意便走了過去，規規矩矩地對孫夫人和王夫人行了個禮。「思意見過孫夫人、王夫人。」

孫夫人拉過林思意的手，將她拉到身前，上上下下的打量，笑道：「真是個標緻的姑娘！」隨即，孫夫人「咦」了一聲，盯著林思意身上的繡花看了一會兒，問道：「思意啊，這些花兒，都是妳自己繡的？」

林思意紅著臉點了點頭，低聲道：「回夫人話，正是思意自己繡的。」

孫夫人眼睛一亮，和一旁的王夫人對視了一眼，兩人都在對方眼中看到驚豔，孫夫人便誇讚道：「線條工整，顏色搭配鮮明又不突兀，不錯！」

被人一誇，林思意的臉更紅了。

一旁的王夫人眼裡更全是滿意，只見她趁著幾人不注意，悄悄回頭看了一眼自己的兒子。

那少年微不可見的點了點頭，王夫人便悄悄地給孫夫人使了個眼色。

孫夫人會意，直接拉著林思意的手，將自己手腕上戴著的白玉鐲子褪了下來，套上了林思意的手腕，笑道：「妳這孩子，一看就跟我有緣，這只鐲子送給妳當見面禮。」

孫夫人的動作很快，林思意還沒來得及反應，手上就被套了只鐲子，讓她有些措手不及。

「夫人，這太貴重了，我、我不能要！」林思意連忙想褪下來還給孫夫人，可是手被對方緊緊地握著，沒有辦法，只能求救地看向林周氏。

林周氏見狀，只是笑了笑，道：「既然是孫夫人送妳的，妳便收著吧，還不快給夫人行禮道謝。」

林思意見林周氏都這麼說了，只能行禮，收下了這只手鐲。

林莫瑤雖說坐得遠，卻看得分明，那白玉鐲子可不便宜，不過，看林氏和蘇夫人一副見怪不怪的模樣，想來幾人是先前早就商量好了的。

收了孫夫人的禮，也不能白收，林周氏想了想，自己的女兒能拿得出手的就是那一手繡功了，想到這裡，林周氏便對林思意說道：「思意啊，娘記得妳前幾日不是繡了許多帕子？要是孫夫人幾位不嫌棄的話，妳去取幾方過來，送給幾位夫人把玩。」

孫夫人和王夫人忙道：「不嫌棄，這孩子的繡功一看就不俗，且去拿來給我們瞧瞧吧。」

林思意被林周氏打發回去拿帕子，今日人多，林氏便讓木蘭跟著一道去了。

那邊王夫人也笑著讓一旁的少年出去尋他姑父，也就是孫超。少年知道沒自己什麼事了，便給幾人行了禮，退了出去。

林莫瑤儘量降低了自己的存在感，但還是被林氏給攆了出去。

直到晚上，賓客都走得差不多，回到自己家裡，林莫瑤才有空問起林氏今天的事。現在事情基本上已經定下來，林氏也沒什麼好隱瞞的，便直接說了情況，和林莫瑤猜測的一樣。

倒是林莫琪有些好奇，問：「阿瑤，這王家公子怎麼樣？」

林莫瑤並沒有深入瞭解，不知道他的品性如何？不過就今天的照面來看，對這人，林莫瑤的印象還是不錯的。「我也說不上來，但是感覺人還不錯。」

林氏也跟著點頭道：「這王公子我看著溫文爾雅，很懂禮貌，行事也不輕浮，我瞧著妳們舅母的樣子，也挺滿意的，只是不知道思意那邊怎麼樣了？」

與此同時，林二老爺家裡。

林二老爺一家人坐在堂屋裡，林周氏看著對面的林思意，小心翼翼地開口道：「思意啊，妳看呢？今天王公子妳也見著了，妳覺得怎麼樣啊？」

林思意這會兒滿臉通紅，低著頭，恨不得找個地洞鑽進去。

一旁的林紹平和林紹勝聽著他們之間的談話，林紹勝還小，懵懵懂懂的不知道是什麼意思？可林紹平已經大了，沒等林思意回話呢，他就搶先道：「娘，哪個王公子？可是跟著孫大官人來的那個少年？」

呢！」

「嗯。」林周氏點頭。

想到那個少年，林紹平對他的印象還不錯。「要是那個人的話，我看著還行。雖說長得沒有蘇公子好看吧，可這人品也不錯，我瞧著那些人勸大哥喝酒的時候，他還幫著擋了呢！」

林紹遠今天是新郎官，是主角，而來參加婚宴的都是村裡熟悉的人，大家鬧起來就沒完沒了，原本他們兄弟幾個都是跟在林紹遠身邊幫著擋酒的，可是他和林紹安年紀小，還沒上呢，就直接被淘汰，倒是司南、司北幫著擋了不少。

後來，蘇飛揚也被拉進來幫忙，只是，蘇飛揚是誰？那可是林家未來的大姑爺！本來灌林紹遠酒的人，有一部分就衝著他去了，他自顧不暇，哪裡還能幫上林紹遠？

這個時候，跟著蘇飛揚一起的另外一個少年，就主動站出來幫著林紹遠擋了不少，最後也沒少被人灌了酒，若不是林二老爺及時出來阻止，說他們胡鬧，這場鬧劇也不知道什麼時候才能結束，他們幾個非得被灌得不省人事不可。

聽了林紹平的話，林周氏狠狠地瞪了他一眼，喝斥道：「長得好能當飯吃啊？要選個貼心的、會對你姊好的人！你這個臭小子，我看你就是想挨打！」

林紹平頓時乾嚎道：「娘，您也太偏心了吧？」

林周氏眼睛一瞪，罵道：「你給我再嚎試試，看我不抽你！」

林紹平不吱聲了，往林思意那邊靠了靠，低聲道：「姊，妳放心，以後不管妳嫁到哪兒去，要是有人欺負妳了，我第一個不放過他！」

看著如今和自己一樣高的弟弟，林思意笑著點了點頭，也小聲地回道：「嗯。你也真是的，別總是惹娘生氣，不然娘要是真的揍你，我也護不住你。」

林紹平一聽，笑了，拍了拍胸口說：「妳放心吧，娘捨不得打我的！」

看著姊弟倆相處的好，林周氏也高興。「你們倆嘀嘀咕咕的說什麼呢？思意，娘問妳話呢。妳放心，妳如果不同意的話，娘不會逼妳的。」

「對，姊，妳就說唄，妳覺得怎麼樣？」林紹平跟著起鬨，被林周氏一把給拍到旁邊去了。

林思意這會兒臉色通紅，也不知是羞的還是憋的？那個少年給她的印象還不錯，聽說家裡是做布疋生意的，也有自己的繡坊，想到嫁過去還能繼續繡花，光衝著這一點，林思意就覺得這家人不錯了。

憋了半天，林思意總算是憋出了一句話，就四個字。「我聽娘的。」

這麼說的話，那這門親事就是成了！林周氏大大地鬆了口氣。

林二老爺看了幾人一眼，說：「既然思意也喜歡，那這事就早點定下吧。老大媳婦，我和妳娘老了，這事妳自己看著辦吧，只是，這人千萬要選好了，不能委屈了咱們家的姑娘。」

「知道了，爹，您放心吧！」林周氏連忙保證。

林二老爺點點頭，又看向幾個小的，說道：「行了，你們幾個今天跟著瘋跑了一天，也該去睡覺了。平兒，帶上業哥兒，去給他洗洗，然後帶他睡覺去；還有你們倆，也都回屋去吧，我們大人說點事。」

林思意和林紹平一聽，就起身對長輩們行了禮，隨後帶著兩個弟弟從屋裡退了出去。四人走了，屋裡就只剩下家裡的幾個大人。

林二老爺掃了一眼一旁的二兒子和二兒媳，道：「老二，送你媳婦兒回屋歇著吧，大著個肚子也累了一天了，仔細肚子裡的孩子。」

小周氏輕撫肚子，笑道：「爹，我不礙事，這孩子乖巧，在肚子裡一天都沒鬧騰，還撐得住。」她知道，老爺子單獨把孩子們支出去肯定是有事情要說，這種時候，她還是留在這裡的好，最起碼家裡若是有什麼事，她心裡也有個底，不至於擔心。

林二老爺也不勉強，看向一旁一直沒有說過話的林瑾娘，開口道：「這會兒家裡人都在這兒了，有什麼事，妳就說吧。」對於這個大閨女，林二老爺這兩年心中一直有愧疚，如今看著她越發憔悴的臉，心中更是心疼和自責。當初，若不是多貪了那麼點聘禮，何至於到了今天這個地步？

林泰業兄弟倆就問：「大姊，妳咋了？」

林瑾娘看著兩個弟弟，又扭頭看向林二老爺，說道：「爹，算了吧。」

誰知，林二老爺似乎鐵了心要讓她說出來，絲毫沒有算了的意思。「早晚他們也是要知道的，說吧！」

林周氏也跟著勸道：「是啊，大姊，瞞得了一時，瞞不了一世。況且咱們家現在和以前不一樣了，有什麼事情，說出來大夥兒還能想想辦法，一起出個主意，妳這樣憋在心裡，最後吃虧的還是只有妳自己。」

林瑾娘聞言，眼淚啪地就下來了。

林泰業一看就急了，指著林周氏說：「妳來說！到底咋了？」

林周氏看了一眼林瑾娘，就將這幾年，她們一直幫著林瑾娘隱瞞林泰業兄弟倆的事給說了。

第六十八章 收拾黃家

林泰業這時才知道，原來林瑾娘這幾年的日子不好過。丈夫納了妾室，還威脅她不許告訴娘家人；妾室得寵，這些年她在黃家過得簡直就是下人的日子，吃著粗茶淡飯，穿著粗布麻衣。

林周氏也是偶然去興州府見林瑾娘的時候，發現這些事的，黃家用兒女威脅林瑾娘，林瑾娘沒辦法，只能求著林周氏保密。

這件事，只有婆媳二人和林二老爺知道，幾人也悄悄地瞞著其他人接濟林瑾娘許久。後來，林家開了作坊，黃家本在府城就有點小生意，見松花蛋大賣，就打上了松花蛋的主意，找上了林家。

林泰業兄弟倆並不知道姊姊在黃家的處境，想著既然是姊夫開口了，大家都是一家人，就和林紹遠說了，給了黃家一個特別優惠的價格，甚至比外面的人進貨還低了好幾成。

林二老爺看著這一切，想到大女兒的懇求，只能將不甘往肚子裡吞，看著黃家的生意越做越好。不過，他心中也抱著一絲僥倖，覺得有了這層關係和利益在，大女兒在黃家的日子應該會好過一些。

只是，他萬萬沒有想到，黃家非但沒有善待他的女兒，甚至比從前更變本加厲！不光如此，黃家為了拿捏林瑾娘和林家聯繫，將兩個孩子都掌握在手裡，大女兒黃月華比林思意長一歲，到現在還沒定下婚事；而小兒子黃業今年六歲，竟然到現在連族譜都還沒上！

這次，趁著林紹遠成親，黃家打發林瑾娘回來，為的就是讓林瑾娘將松花蛋的配方弄回去，甚至還想要西瓜的種植技術。黃家對她許諾，只要林瑾娘能把這些東西帶回去，他們立刻就給黃業上族譜，給黃月華尋門適合的親事。

隨著林周氏說完，林瑾娘已經哭得不行，整個人撲在林二奶奶的身上，彷彿要將這一生的委屈都哭盡才好。

而林泰業兄弟倆早已經怒火中燒。

「畜生！混帳！我這就找他去！我倒要問問，他們家憑什麼這麼對大姊和兩個孩子！」林泰業憤怒大吼，轉身就要往外走。

林周氏拖著他不讓他出去，一邊急道：「孩子他爹，你先別急，現在大晚上的，你要去哪兒？你先冷靜一下，聽聽爹和大姊的意思吧！」

林周氏試圖安撫林泰業的怒火，卻絲毫沒有作用。

「大姊當初是為了我們一家，才答應黃家的婚事，如今她過得不好，妳讓我怎麼冷靜？」林泰業怒吼道。

一旁的林泰祿被妻子拉著，若不是顧忌妻子的大肚子，他只怕也要去找黃家人算帳了。

林二老爺看著兄弟倆，跺了跺腳，道：「都先坐下！聽聽你們大姊怎麼說。」

兩人只能按捺住憤怒坐下，紅著眼睛看著林瑾娘，問：「大姊，他們這次說什麼了？」

「他們要松花蛋的配方。」林瑾娘哽咽道。

林泰業閉了閉眼，說：「這個我已經知道了，我是說，他們拿什麼威脅妳？」

提起這個，林瑾娘幾乎崩潰，再一次嚎啕大哭起來。「他們威脅我，如果我不把配方拿回去，他們就要把月華嫁給一個快死的老頭！還有業兒，沒上族譜，他連書院都去不了！這次我出來，他們怕我告狀，就把月華關起來了，說、說……」

「說什麼？」林泰業渾身顫抖地問道。

林瑾娘哭著說：「他們把月華關起來了，說我如果敢不回去或者告狀的話，他們就把月華給賣了！」

「他們都是畜生嗎？月華可是他們黃家的親閨女啊！」林泰業暴喝道。

兄弟倆的忍耐已經到了極限，因為憤怒，兩人頭上的青筋凸出，看著很是嚇人。

「這事，得跟大哥和阿瑤他們說。」過了一會兒，林泰業的理智恢復了一些，想到這件事的關鍵點，決定還是得告訴林泰華和林莫瑤他們。看著姊姊眼中的擔憂，林泰業安撫道：「姊，這事妳先別慌，阿瑤肯定會有辦法的。」

林瑾娘雖然心中害怕，卻只能將希望寄託在林莫瑤的身上了。

第二天，知曉今天大房那邊新人還要敬茶什麼的，所以林二老爺一直拖到快中午才帶著家人去到大房，召集了一家人，將林瑾娘的這件事給說了。

「這砰的一聲，林泰華一巴掌拍在了桌子上，桌上放著的茶杯都被震得晃了晃，怒道：「這黃家，欺人太甚！」

林劉氏更是哭紅了雙眼，一雙手不停地打著林瑾娘，哭罵道：「妳這孩子！受了這麼多的委屈，妳怎麼就不肯跟家裡人說呢？」

或許是因為感受到家人的關懷，也可能是心中的委屈得到了釋放，隨著林劉氏這句話落下，林瑾娘不再壓抑，徹徹底底的放聲大哭起來。

林莫瑤和林瑾娘幾乎沒有接觸過，說感情還談不上，但也知道，當初林家日子不好過的時候，有不少人家上門給林家兩個姑娘提親，林瑾娘是老大，為了能讓家裡的日子好過些，就選了當時聘禮給得多些的黃家。

沒想到，卻挑了個狼窩。

林莫瑤嘆息一聲，覺得這事要想解決也不是沒有辦法，關鍵得看林瑾娘的態度。

「娘，您過來，我有話跟您說。」林莫瑤悄悄拽了拽林氏的衣服，讓她過來。

林莫瑤本想讓林氏悄悄去問問林瑾娘的意思，結果兩人的小動作被林二老爺看到，直接就問道：「阿瑤，妳有什麼主意嗎？」

既然這樣，林莫瑤也不打算悄悄的問了，直接坐回原位，看著幾人，說道：「其實我也不是有什麼主意，這事主要還是得看大姨怎麼想的？」說到這裡，林莫瑤看向了林瑾娘，慎重其事地問道：「大姨，我就問您一句，黃家，您還要繼續留在那裡嗎？」

林莫瑤的話，讓林家眾人都沈默了，紛紛將目光投向林瑾娘。這句話同樣也是他們想要問的，只要林瑾娘一句話，她若是不想留在黃家了，那他們就是和黃家撕破臉，也會把她帶回來的。

林瑾娘呆呆地看著眾人，眼角還掛著淚水，搖了搖頭說道：「我不能丟下月華和業兒，我不能眼睜睜看著他們留在黃家受罪。若是我真的離開了，這兩個孩子留在黃家，不會有好日子過的！」林瑾娘哭得傷心，說到底，就是捨不得兩個孩子。

既然這樣，那就好辦了。「大姨，您看看我娘如今過得好嗎？」林莫瑤問了一句。

林瑾娘一愣，隨後看向林氏，略顯羨慕地說道：「當然好了，有妳和妳姊姊陪著妳娘，如今家裡的條件也好，怎麼能過得不好？」

林莫瑤看著她，兩手一攤，道：「那就是嘍！我娘能帶著我和我姊過得這麼好，您為什麼不能帶著月華姊和業哥兒一起生活？」

這句話點醒了林瑾娘。對啊，她為什麼不把月華和業兒一起帶走呢？與其讓他們留在那個家裡受罪，還不如跟著她回來的好，堂妹都能帶著兩個孩子過得這麼瀟灑，她也可以的。

可是……一想到那家人的作派，林瑾娘頓時就有些失落。「沒用的，現在的情況，他們不可能會讓我帶著月華和業哥兒一起離開，就算我和他們家撕破臉，他們為了拿捏我、拿捏我們家，斷不可能將月華和業哥兒給我的。」

林莫瑤狡黠一笑，道：「那就好辦了，只要在業兒上族譜之前和離就行。他們黃家不要業兒上族譜，我們林家要啊！上了我們林家的族譜，以後的前途肯定比在他們黃家好，咱們林家現在可是有御賜牌匾的家族了！」

林瑾娘愣了，完全沒想到還能這樣，只能順著林莫瑤的話往下問：「那月華怎麼辦？」這確實是個問題，黃月華是上了族譜的黃家長女，若是林瑾娘想要帶著她一起走，幾乎是不可能的。

一直沈默著的蘇安伶這時突然開口了。「其實，若要帶走月華，還有一個辦法。」

眾人忙問：「什麼辦法？」

蘇安伶突然被大家盯著，還有些不習慣。「報官。」

基本上是蘇安伶剛說完這話，就被幾人否定了。

林紹遠說道：「不行，若是報官，就算黃家最後將月華給放了，可大姑作為原告，將夫家告上公堂，會被視為不孝、不敬、不義，是要挨板子的。」

蘇安伶聽了他的話，噗哧一聲就笑了出來，嗔道：「平日看你是個穩重的，怎麼今天我才說了一句，你就等不及了？」

林家眾人一聽，就愣了。

林紹遠急道：「好伶兒，妳別繞彎子了，直接說吧，有什麼辦法？」

「大姑就儘管去告吧，至於縣衙那邊，挨板子是肯定要挨的，但不會讓大姑受傷就是，我爹就是再公正廉明，也有徇私枉法的時候，他總不能拿起板子打自家人吧？」蘇安伶說道。

「可岳父大人不是在緬縣嗎？黃家在府城，岳父大人管不到那裡去吧？」

「大嫂，蘇大人升官了？」

林紹遠和林莫瑤同時出聲，前者皺眉，後者驚喜。

蘇安伶點頭，說：「嗯，文書已經到我爹手裡了，只是這幾天忙著婚宴的事，他就暫時沒跟你們說。我爹說了，等我和大郎回門過後，他就要去府城上任了。」

林莫瑤當即就拍手了，說：「蘇大人當上了州府大人，那這事就好辦了啊！大姨，您就只管放寬心的回去吧，黃家的好日子要到頭了！」

林瑾娘放下心中長久以來的鬱結，當天晚上，睡了幾年來的第一次安穩覺。

第二天一早，林瑾娘就跟林二老爺和林二奶奶等人告辭回府城了，她現在迫不及待的想帶著兒女脫離黃家，開始新生活。

林紹遠和蘇安伶三日回門過後，蘇洪安和蘇夫人就來了林家，一是跟林家說升官的事，再者也算是來告別。

林莫瑤乘機將林瑾娘的事跟蘇洪安說了，蘇洪安保證，這件事就交給他，林家眾人這才徹底鬆了口氣。

一轉眼就到了過年，林泰華因為要上京去教皇莊的人種西瓜，為了不耽誤最佳的種植日期，只能提前趕到京城，定下正月初十出發，連上元節都不能在家過。

「大郎，我進京後，家裡的事情就交給你了，照顧好你奶奶、你娘還有幾個弟弟們。另外，你大姑那邊的事，你多注意點。」林泰華仔細交代了林紹遠，又看向了一邊的蘇安伶，道：「伶兒，妳爹那邊，就麻煩妳再去幫忙說說了，妳大姑她……也是個可憐人。」

蘇安伶連忙福身行禮，道：「爹，這是兒媳應該做的，大姑的事您就不用擔心了，交給我吧！」

有了蘇安伶的保證，林泰華就放心多了。

正月初十這天，連下了好幾日的雪正巧都停了。林泰華在林家眾人的簇擁下，爬上了馬車。

林泰華的離開，讓林家陷入了短暫的安靜，直到正月十五上元節，為了讓林方氏和林劉氏等人放寬心，加上蘇洪安去府城後，也在蘇鴻博的幫助下安頓妥當了，林莫瑤便提議，他們舉家前往府城，過上元節、參加燈會。

節日的歡鬧漸漸沖淡了林泰華離去的愁緒，過了上元節，一家人又在府城多待了兩天，直到林紹安的書院開學，將他送進了書院，一家人才啟程離開府城，回了林家村。

他們剛進村子，就有人跑去通知村長，一行人剛剛進家門，村長就帶著族長直奔林家而來，當著眾人的面，直言要找林莫瑤。

「阿瑤，妳這次真的得幫幫舅公啊！」剛剛落坐，村長臉上的愁容便展現出來。

此刻的正廳裡，林莫瑤和林紹遠坐在左邊的椅子上，而村長和族長坐在他們對面，兩人一聽村長這話，便對視了一眼。

「村長，您先別急，慢慢說。」林紹遠開口道。

村長和族長看了彼此一眼，這才覺得自己似乎有些著急，便舉起茶杯喝了一口，漸漸平靜下來之後，才看向兄妹二人，嘆了口氣，一臉愁容地開口。

「前年村子裡的養殖場賺了不少錢，去年大家就想著，多買點豬崽、雞崽什麼的來，可是到了年底，豬肉賣出去的不多，如今養殖場裡還有好幾百頭豬在豬圈裡呢！這肉啊，要是再養上一年半載的就要老了，到時候就更賣不出去。」

林莫瑤和林紹遠一愣。這一年來他們忙著自己家的事，倒是沒怎麼關注村子裡的養殖場，畢竟村長他們都經營得很不錯，也就沒怎麼多問。

「舅公，之前的買家們問過了嗎？」林莫瑤問道。

兩人點頭，道：「都問過了，只是今年各家的需求都不是很大，所以現在也沒辦法了。若是將豬賣到其他州府去，路上的路程耽誤不說，還賣不上價格，這可怎麼辦好？」

林莫瑤想了想，幾百頭的豬，確實不是一般人能吃得下的，而且豬肉這東西，現在的條件又不能存放，不像後世還有冰箱能保存，現在的豬只要殺了，就必須在一段時間之內吃完，否則肉就壞了。

除非，全部做成鹹肉或者臘肉。可這幾百頭豬，總不能都做成鹹肉、臘肉吧？想到這裡，林莫瑤也微微皺了皺眉。

林紹遠跟著陷入了沈默，一時間，兄妹倆都不說話了。

村長和族長看著兩人的模樣，不敢開口催促，只能等著。

過了一會兒，林莫瑤抬頭看向兩人，說道：「舅公，你們先別急，這樣吧，我想想辦法，找蘇大官人問問，能不能聯繫到府城的買家？」

林莫瑤話一出口，林紹遠的眉頭就皺了皺，不是很贊同地看了她一眼；村長和族長則迫不及待地站起身對林莫瑤道謝，完全無視林紹遠那不贊同的目光。

林莫瑤起身避開了兩位長輩的禮，叫紫苑將人送出門去，才重新坐回了椅子上。

第六十九章　肉脯作坊

等到人走出院子了，林紹遠才皺著眉頭看向林莫瑤，不贊同地說道：「阿瑤，妳怎麼能把這事攬到自己身上呢？若是蘇大官人那邊找不到買家，豈不是很麻煩？」

林紹遠發現，自從御賜牌匾賜下來之後，村子裡的事，不論大小，村長和族長都喜歡跑來找他們家商量或是出主意，這種被家族看重的感覺是好，但相對的，肩上的責任就更重了。

林莫瑤看著林紹遠緊皺的眉頭，知道他是擔心自己，怕自己好心辦壞事，到時候討不到好處，心中感動。她微微一笑道：「大哥，你放心吧，我不是無緣無故就應下來的。」

聽了她這話，林紹遠先是一愣，隨後問道：「阿瑤，妳是不是早就有主意了？」

林莫瑤噗哧一聲，笑了起來，說道：「大哥，我又不是先知，會預知未來，怎麼可能提前知道村子裡養殖場的豬會過剩啊？我只是之前有過一個想法，卻因為總是有事耽誤，一直沒有實施罷了。」

林紹遠知道，林莫瑤從來不會說沒把握的話，便好奇地說道：「說來聽聽。」

林莫瑤就簡單地解釋了一下自己的打算——她要做肉脯。

若不是之前林紹傑去山上掏了一個蜂窩，弄回來許多蜂蜜，她也不會想到這個，現在村長一說，她倒覺得，這是個開作坊做肉脯的好時機。

聽完了林莫瑤的計劃，林紹遠並未多問，只是詢問林莫瑤準備將作坊建在哪裡？準備什麼時候開始動工？要準備什麼？可以告訴他，他去幫忙安排。

林莫瑤早在之前就想過不能什麼事都依賴林泰華和林紹遠，所以讓蘇鴻博幫著她找了個能幹的掌櫃，簽了賣身契。

「大哥，這件事我會交給劉管事去辦，你現在新婚燕爾，我哪裡好意思煩勞你做太多事？至於作坊蓋在哪兒……咱們村子當初向蘇大人要來的那塊地不是還空著嗎？乾脆就趁著這次，咱們在河上架座橋，把兩邊連起來，將作坊蓋在河對岸好了。」

林紹遠一聽，也覺得這樣可行。既然林莫瑤說她能自己解決，那他就不多過問了。

林紹遠去找村長商量修橋的事，林莫瑤乘機開口買下了那邊的一塊地用來蓋作坊，兩邊同時動工，等到橋修好，作坊也差不多蓋好了。

而林莫瑤這段時間要做的，就是研究肉脯的口味，然後用她做出來的古代版烤箱，實驗出適合的溫度和烘烤時間。

烤箱做好了之後，林紹遠特地在松花蛋作坊裡給林莫瑤闢了一間屋子放她的烤箱，又給她撥了兩個瘸腿但雙手能正常活動的傷兵，跟著做實驗，前前後後試了一個月，總算是讓他們找到了掌控溫度的訣竅。

現在只等橋和作坊完工，就能搬進去開始批量生產了。

林莫瑤開始著手讓人大量打造烤箱，為的就是在作坊蓋好了之後，能第一時間投入生產。

而她也用第一個拿來做實驗的烤箱，烤了不少肉脯出來，受到了林家眾人的青睞和追捧，特別是幾個年紀小的孩子，更是時不時的跑到作坊裡去，纏著她把用來做實驗烤出來的肉脯拿去吃，連糊了的都不放過。

隨著嗷嗚一聲大叫，一群孩子追著林紹傑衝出了作坊。在他的手上，抱著一個紙包，裡面就放著林莫瑤等人剛剛烤好的豬肉脯和魚脯。

看著嬉鬧跑遠的幾個孩子，林莫瑤的嘴角微微上揚，露出了一抹微笑。

在她身旁，林瑾娘正一手拿著專門用來烤肉脯的薄石板擦洗，一邊笑道：「阿瑤，妳太慣著他們了。」

林莫瑤笑了笑，說道：「大姨，您身上的傷好了嗎？其實這裡有我和栓子他們就夠了，您還是多在家休息休息吧！」栓子就是被林莫瑤調過來跟她一起實驗烤箱的人。

林瑾娘手上動作不停，回道：「早就好了，那兩個差大哥下板子的時候很是討巧，沒有傷著筋骨，就是一些皮肉傷，十來天就好了。」

林莫瑤見她這樣，也不好再勸。

她看著林瑾娘放在水裡的手，袖子被挽了起來，可是光滑的手臂上面，卻有一道疤痕顯得異常突兀，隨著林瑾娘的動作，也跟著一晃一晃的，讓林莫瑤慢慢皺了眉頭。這道疤，搞不好會一直跟著林瑾娘，想到這裡，林莫瑤就在心裡把那個該死的黃家給臭罵了一頓。

幸好現在林瑾娘母子三人都解脫了，黃家和他們林福記的合作也終止了，有蘇鴻博和孫超兩家在府城，黃家就等著慢慢衰落吧，這也算是給林瑾娘母子三人報仇了。

為了給林瑾娘找點事做，林二老爺把她打發到林莫瑤這裡，幫著一起折騰這個肉脯。

「大姨，這邊這幾天就麻煩您看著了，我要去莊子那邊看看。」林莫瑤對林瑾娘說道。這段時間忙著折騰烤箱試溫的事，莊子上的果林和西瓜種植都沒有去看，現在總算有了空閒的時間，林莫瑤決定還是過去一趟。

「好，妳去吧！」林瑾娘點頭。

林莫瑤見她答應了，就帶著紫苑離開作坊，叫上司北，直奔莊子。

林莫瑤的到來並沒有提前通知莊子上的人，此刻正是下地幹活的時候，莊子上除了做飯的兩個婆子以外，並沒有其他人。

林莫瑤問清楚了林泰業兄弟倆在哪兒，便帶著紫苑和司北直接過去。

林泰華去了京城，在莊子上種西瓜的事情，就落到了林泰業兄弟倆的肩膀上，兩人為了方便帶著人種這些西瓜，乾脆直接搬到莊子上住。

林莫瑤到地裡的時候，林泰業正帶著一群人親自在示範，該如何給秧苗去除那些多餘的葉片，好讓它長得更好，看見林莫瑤過來，就把手上的活交給了林泰祿，自己則到了林莫瑤的身邊。

「大表舅！」林莫瑤甜甜地喊了一聲。

林泰業看向林莫瑤，笑著問道：「妳咋來了？」

「我來看看這邊弄得怎麼樣了？」說完，林莫瑤越過林泰業，看向那邊田間，只見莊子上的長工們分散在各個地裡，正蹲著幹活，而林泰祿的身後則跟了一群人，認真地在觀摩和學習林泰祿的每一個動作。

林莫瑤看到這裡，嘴角浮起一絲嘲諷的笑容，道：「這些人倒是專心。」

林泰業聽了也呵呵地笑了起來，說道：「是啊！也多虧妳這孩子主意大，出手整治了兩個人，這剩下的幾個，自然就老實了。」

林莫瑤只是看了一會兒，便揚起頭對林泰業笑道：「反正有免費的勞動力，不用白不用。大表舅，你們不用和他們這些人客氣，儘管使喚，不聽話的只管攆出去。既然想學西瓜的種植技術，那就老老實實的，不然……哼，管他是天王老子呢，一樣滾蛋！」

林泰業也知道林莫瑤這話不是說笑，便跟著笑了起來。

其實，這群人都不是他們莊子上的長工。

早在西瓜進京之後，不少人就動了心思，想要弄到西瓜的種植技術，種出西瓜好發一筆財，可這怎麼種，只有林家人知道。

於是有人就動了心思，想用錢買，只可惜，這種植西瓜只能言傳身教，就算是林莫瑤出了一本冊子，他們只怕也學不會的。

由於這其中有不少達官貴人派來的人，林莫瑤不敢輕易得罪，所以在詢問李賦之後，便出了這麼個主意——讓這些人過來跟著林泰業兄弟倆學習一年。換言之，不但要給林家學費，還要免費給林家幹一年的活。

林泰華是直接去京城就開始在皇莊帶著人種西瓜了，而這些人則需要在這裡勞作一年，學會了怎麼種植，回去後才能在來年開始種。也就是說，在時間上，這些人就落後了皇莊一年。

李賦也不想林莫瑤得罪這些人，雖說有赫連軒逸和他護著，但難保不會有小人使卑鄙手段算計林家人，便同意了林莫瑤的這個安排。

儘管這些個人從前在京城也是種地的，但從根本上卻是看不起他們這些窮鄉僻壤的農民，有那麼幾個，甚至壓根兒就不把林泰業兄弟倆當回事，而林泰業兄弟倆覺得，這些人都是京城來的，不好得罪，也就忍了。

這事被林莫瑤知道之後，直接派了司北，帶著兩個長工，把那兩個帶頭找事的人給丟出了莊子，並且，連錢都沒退。

林莫瑤的說法也很簡單，既然想學，那就得遵守她林家的規矩，不然，就哪兒來的就回哪兒去！他們不是不教，而是不伺候這些大爺。

那兩個被丟出去的人回到主家後，狠狠地告了林家一狀，只可惜，對方也只能氣呼呼的將人臭罵一頓，卻一點辦法也沒有，畢竟現在林家有太子殿下和大將軍府護著，若要對付他們，怕是要好好的思量才行。

在這兩個被丟出去的人當中，就有謝家派來的人，而另外一個，不過是個跟在秦相屁股後面溜鬚拍馬的奸臣，林莫瑤根本就沒將他們放在眼裡，同時，也是想趁著這個機會，把謝家的人踢出去罷了。

拋開蘇鴻博之前告訴她的蘇、謝兩家的恩怨不說，就是她自己，現在看見謝家的人就煩，更不會放過任何一個讓謝家不痛快的機會。

莊子上的長工被分為兩部分，一部分跟著林泰業兄弟倆種西瓜，一部分則跟著太子派來的周平三人種果樹。

林莫瑤在莊子上巡視了幾圈之後，發現大家幹活都頗用心，也就放心了，將這邊交給林泰業兄弟倆，自己帶著司北他們回林家村。

月底的時候，橋樑和肉脯作坊竣工了，為了方便大家分辨，直接以河流為中心，將村子分為東村和西村，原本的這邊就叫東村，另外一邊，就是西村。

作坊竣工，定製的烤箱也差不多快好了，接下來就要解決人手的問題。

肉脯和松花蛋的概念不同，這可是實打實的要將手藝教給每一個看守烤箱的人，而且肉脯的配料、做法這些都算是商業機密，若是招工，難免會有人動手動腳，一時之間，林莫瑤陷入了兩難。

「二小姐，要不，還是去文州招工唄？」司北見她每天都在發愁，便出了個主意。

林莫瑤看了看他。其實她自己也不是沒有想過再去文州那邊招人，只是，這肉脯作坊不比松花蛋作坊，松花蛋那邊，做工的時候可以坐著，而且單手也能操作，一些人就是瘸了腿或是缺隻手、短個胳膊的，都沒關係。

可肉脯作坊不同，需要隨時關注烤箱裡面的情況，而且用來鋪肉脯的石板，雖說已經儘量打磨得很薄了，卻還是有些重量，這樣一來，腿腳不便或手有殘疾的就不行了。

當然，退下來的老兵當中也有手腳健全的，可是，這些人不是年紀大了，就是有其他的殘疾，不是耳不能聽，就是目不能視。一時之間，林莫瑤還真是犯了難。

不過，這件事很快就得到了解決。林莫瑤給了司北一個任務，讓他去文州找大將軍，跟他說明自己的意思，這次依然幫他安頓傷兵，只是，她這次要的人，一定要手腳健全。

另外，林莫瑤還承諾大將軍，若是這次他能緊著自己挑人，以後等到這邊的肉脯作坊上了軌道，她一定把方子雙手奉上。

赫連澤看著司北帶來的這封信，有些哭笑不得。這丫頭還沒過門呢，就敢跟公公討價還價了，膽子倒是不小。

「這是那丫頭自己說的？」赫連澤放下信，看向司北，沈著臉問道，說完，硬是繃著臉，將信拍到了面前的桌子上，冷聲道：「膽子倒是不小，把我大將軍府當成什麼地方了？還任憑她挑人？哼！」

司北打小就跟在赫連軒逸身邊，自然對赫連澤的脾氣再熟悉不過，知道他並不是真的發怒，便行禮笑道：「大將軍，二小姐她也是一番好意，而且，屬下也參與了這肉脯的烘烤過程，確實如二小姐所說，手腳若是不靈活的話，真的幹不了這活兒。再說了，二小姐也是想幫大將軍府緩解一下安頓傷殘老兵的壓力嘛，您就不要跟她一般見識了。」

赫連澤看著司北這副嬉皮笑臉的模樣，一張臉最終還是繃不住，抬起手，隔空對著他點了點，道：「你這個臭小子，到底誰才是你的主子？」

司北見他笑了，也不說話，只是嘿嘿嘿的直笑，心中則是腹誹：二小姐早晚是要嫁給少將軍的，那不也是我的半個主子了嗎？而且二小姐做的都是好事，我當然是向著她了！

赫連澤也沒指望司北會接他的話，繼續說道：「倒不是我不讓她挑，只是最近兩年沒什麼大的戰事，都是一些小打小鬧的，也就沒有多少人重傷到要退下來的地步。之前的老兵和傷殘，都已經安排進了釀酒廠和松花蛋作坊，現在城裡剩下的，都跟著師傅在學手藝，還有一些新的傷兵，卻也沒有符合她要求的人。」

其實在邊關，除非真的瘸腿到不能跑了，那才會退下來，實際上，一些小小的殘疾，只要不影響上陣殺敵，都是要繼續留在軍隊的，要想找到符合林莫瑤這些要求的人，還真是沒有。

這下，司北犯了難。

赫連澤看著他一臉愁容，腦子裡突然想到了什麼，說道：「我這裡倒是有一些手腳健全的人，就看這丫頭敢不敢用了。」

司北看他，眼有期盼。

赫連澤便繼續說道：「前段時間文州來了一批流民，家都讓胡人給毀了，現在人暫時被我安頓在貧民窟，若是這丫頭需要人手，倒是可以去那裡看看。」

只是，這些流民若是想要得到林莫瑤的信任，那就只有賣身一條路可走了。

「這事屬下得問過二小姐才能決定。」司北想了半天，只能這樣回覆。

赫連澤也知道，這事司北怕是作不了主，便點頭允許他下去給林莫瑤送信。

司北領命後，便直奔驛站，給林莫瑤寫了封信，說明情況，讓人快馬加鞭地送往了林家村。

林莫瑤收到信的時候還有些意外，考慮一番之後，決定親自去一趟文州，一方面，若是真的要從流民當中選人，她必須親自去看過才行；再者，她也可以趁此機會去見一見赫連澤。

前世，林莫瑤並沒有親自見過赫連澤，見到的，只是他的屍首。前世赫連澤著了秦相的道，死在大將軍府，今生自己既然要守護赫連軒逸，他的家人便是自己的家人，她必然不讓他們受到半點傷害。

第七十章　流民

林莫瑤要來文州，提前收到信的司北，早早的就等在城門口，一見到林家的馬車，沒等車停穩，就直接跳了上去。

這次除了從作坊裡挑兩個身手靈活的人之外，蘇鴻博還特意尋了幾個鏢師，一路將林莫瑤護送過來。

聽林莫瑤說起，司北這才往馬車的後面掃了一眼，果然看見幾個身帶佩刀、騎在馬上的壯年男子緊緊地跟著。

「文叔，我們先找個地方安頓下來吧，然後好好謝謝鏢局的這幾位大哥，等到安頓好了，再去將軍府拜見大將軍。」林莫瑤坐在馬車裡，出聲吩咐道。

趕車的這人有些年紀，是之前文州這邊退下來的老兵，這次被趙虎選中陪著林莫瑤回來，因為年紀大了，林莫瑤在詢問他的姓氏之後，便直接叫他文叔了。

聽見她的吩咐，文叔便應道：「是，小姐。」

司北聞言，笑呵呵地說道：「二小姐，大將軍說了，讓您進城之後直接去將軍府，院子已經收拾好了，您一來就能住進去。」

林莫瑤有些意外，說道：「那好吧，就聽司北的，去將軍府。既然我們要去將軍府，這些鏢師就不方便跟著了，雖說護送的費用蘇大官人已經給過，但是，司北，這些錢你給他們送過去，交給主事的人，就說是我請兄弟們吃酒的。」

司北聽了她的話，便去後面跟主事的人說話了。

過了一會兒，那人便跟在司北身後來到馬車前，對著馬車裡的林莫瑤揚聲問道：「小姐可是不需要我們繼續護送了？」

林莫瑤沒有出聲，是紫苑掀了車簾出來，直接跳下馬車，對著來人福了福身行禮，笑道：「這一路上辛苦各位大哥了，這位是將軍府派來接我家小姐的人，幾位大哥大可放心的回去交差。正好，這裡便是客棧，幾位大哥也可休整一番再回去。」

來人見到了紫苑，又往馬車裡看了一眼，從掀開的縫隙中看到林莫瑤對他微微點了點頭，便略微行了個禮，說道：「那好吧，我們就護送小姐到這裡，這便啟程回去了。」

「好嘞，不過舟車勞頓這麼久，幾位大哥還是休息一會兒吧？」

隨著紫苑話落，跟文叔陪林莫瑤來文州的另一個人，便從一旁的客棧裡走了出來，對紫苑說道：「紫苑姑娘，裡面都安排好了。」

紫苑點點頭，又對鏢局的人笑道：「大哥，客棧裡我家小姐都吩咐好了，幾位大哥一路護送我家小姐過來著實辛苦，就不要推辭了。」

來人聽見林莫瑤都安排好了，他們走南闖北的人也不拘小節，便點點頭，揚聲對馬車裡的林莫瑤道了謝，又隔著車子對她抱了抱拳，便帶著兄弟們進了客棧。

客棧的夥計早已等在門口，見幾人牽著馬過來，便主動去將馬給拴了，領著人，直接上了二樓的包廂。

見人都安排好了，司北先將紫苑扶上馬車，隨後一個翻身，便跟文叔和另外一人坐到車轅上，對趕車的文叔說道：「走吧，去將軍府。」

文叔在文州城待了不下二十年，哪個方向是將軍府再熟悉不過，聽了司北的話，一揚馬鞭就直接出發。

馬車動了，林莫瑤坐在馬車裡，抬手輕輕地將車窗簾子掀開，看向外面的街道。文州城的風俗民情和興州府那邊，可以說是大相逕庭，穿著打扮也不一樣，林莫瑤甚至還能看到不少做民族裝扮的人。

也不知是不是因為最近幾年沒有戰事，文州城內的街道並沒有邊關城市該有的那種蕭條，反而人聲鼎沸，林莫瑤坐在車裡，都能時不時聽見商販和顧客討價還價的聲音。

馬車在街上走了很久，漸漸的人越來越少，林莫瑤乾脆放下了簾子閉目養神起來。也不知過了多久，車簾外面傳來司北的聲音——

「二小姐，將軍府到了。」

林莫瑤掀開簾子，在紫苑的攙扶下慢慢下了馬車。

站在馬車前，林莫瑤抬頭看著將軍府大門，發現這裡和京城的將軍府並無差別，斗大的「將軍府」三個字讓整座大門氣勢恢宏，朱紅色的院門敞開著，在大門兩側，站著兩名門房小廝，樓梯下方，一左一右兩座石獅巍峨壯麗地守衛著這一片土地。

「二小姐，這就是將軍府了，裡面請。」司北跟在一旁，笑著領林莫瑤往裡走去，臉上盡是自豪的神色。

這是林莫瑤兩世第一次踏入文州將軍府的大門，或許是因為地處邊疆，不宜太過奢華，將軍府裡的裝飾極為簡單，院子裡栽種的樹木花草也都是極其常見的。

兩人進了府裡，很快就有一票人從不遠處迎了出來，看腳步應該是匆忙之間往這邊趕來的。為首的是一個看起來五、六十歲的婆子，但看穿著打扮並不像主人，而她的身後跟著四個氣息平穩的婢女和好幾個小廝。

林莫瑤在腦海中翻找了一番，沒發現有這個人的記憶，想來自己從未見過她。看著一行人越走越近，林莫瑤奇怪地看向司北尋求答案。

司北正要張口解釋，就被那邊的聲音搶了先。

一個略顯蒼老，卻依然精神抖擻的聲音說道：「老奴來遲了，竟讓小姐等了這麼久。」

司北見林莫瑤一時間不知道該怎麼回應，便快速地解釋道：「二小姐，這位是將軍府的崔嬤嬤，專門負責大將軍、軍師大人還有少爺生活起居。」介紹完了，還低聲在林莫瑤的耳邊悄悄補了一句。「崔嬤嬤還是我們大將軍的乳母。」

林莫瑤心中一驚，手比腦子快，連忙往前走了幾步，快速將崔嬤嬤扶起來，口中連連賠禮道：「哪裡能煩勞嬤嬤親自來接？自該是小輩去給嬤嬤請安才是！」說完，便鬆開扶著崔嬤嬤的手，往後退了一步，對著她就是盈盈一拜，禮數上讓人挑不出一點錯處。

廢話，赫連澤的乳母啊！如今赫連老夫人已死，雖說崔嬤嬤的身分是個下人，可這畢竟是奶大了赫連澤的人，身分地位擺在這兒呢，容不得她拿喬。

崔嬤嬤早在剛才來的時候就開始在打量林莫瑤了——這個未見其人便先聞其名、少將軍看上的小丫頭。剛開始，崔嬤嬤只覺得一介鄉下丫頭，能成什麼氣候？不求她幫著他們少將軍，只求不要拖後腿就行。

後來，連將軍都開始誇讚這個丫頭如何的聰慧、如何的懂禮，甚至還幫赫連家解決了老兵和傷兵的問題，這讓崔嬤嬤很是意外，心中早已經好奇，究竟是什麼樣的女子，能有這般本事了？

林莫瑤這會兒和崔嬤嬤站得近了，才發現她的額角竟然有些許細汗，想了想，便將自己放在袖子裡的一方新帕子取出來，遞給了崔嬤嬤，笑道：「嬤嬤大老遠的走過來，瞧瞧，都走出汗了，您快擦擦吧，不然小輩這心裡該愧疚了。」

崔嬤嬤正在心中審視林莫瑤呢，就看見她遞給自己一方乾淨的帕子，也不多言語，直接接了過來，將額角的細汗擦過之後，便對林莫瑤福了福身，道：「老奴多謝小姐。給小姐準備的院子已經收拾穩妥，小姐請隨老奴來吧。」

林莫瑤聞言微微一笑，又是一拜，道：「那就有勞嬤嬤了。」

崔嬤嬤微笑著點點頭，轉身走在前方引導林莫瑤，心裡已經對她頗為滿意了。看起來倒是禮數周全，讓人挑不出任何錯處，且眼神清澈，也不似裝的。崔嬤嬤的第一印象，得了個不錯的結論。

林莫瑤不知道自己在崔嬤嬤心裡的評價，只是乖巧地跟在崔嬤嬤身後，七拐八拐的到了一座院子前。

這座小院並不是獨立的，而是和另一座院子相連，兩院只隔著一堵牆，院門都是朝著一個方向開的。林莫瑤微微側頭掃了一眼，發現那邊的院門上掛了個小小的牌匾，上面寫著「庭軒閣」三個字。

崔嬤嬤見她停下腳步，扭頭看去，就見林莫瑤正看向那邊的院門，便低聲解釋道：「那邊是我家少將軍的院子，這府裡除了將軍的主院，便是這兩處院子最好了。反正少將軍現在也不在府上，小姐住在這裡也不要緊的。」

林莫瑤這才知道，原來那裡便是赫連軒逸在文州所住的地方了。她心中突然生出了一絲想要去看看的衝動，只是理智告訴她，不能這麼做。

回過神來，林莫瑤便對崔嬤嬤露出了一個笑容，客氣道：「嬤嬤的安排自然是好的，小輩就先謝謝嬤嬤了。」

崔嬤嬤一聽，微微一笑，福了福身回道：「這都是老奴應該做的。」說完，便起身推開了面前的院門，對林莫瑤笑道：「小姐請。」

林莫瑤點點頭，抬腳走進了這個和赫連軒逸的院子僅一牆之隔的小院。

這裡顯然是被人精心打掃和佈置過的，不像是臨時找來招待客人的庭院，院子裡擺滿了當季所開的鮮花，地上也都打掃得乾乾淨淨。

林莫瑤跟在崔嬤嬤身後穿過花園，到了寢室，隨著崔嬤嬤推開房門，林莫瑤才看清裡面的佈置，簡潔大方，香爐裡還燃著淡淡的熏香。

進院門的時候，司北和另外幾個小廝就留在院子門口，而崔嬤嬤則帶著四個婢女跟著林莫瑤進了院子，這會兒進了房門，四個婢女分別候在門的兩旁，由崔嬤嬤陪同林莫瑤將寢室內好好的打量一番。

參觀過後，林莫瑤發現，這間屋子竟是按照小姐閨房來佈置的，林莫瑤只一看便知道這是崔嬤嬤的手筆，心下感動崔嬤嬤怕是早已經在準備了，看著好些東西都像是新的，想來是知道她要來，特意去置辦，這讓林莫瑤心中感動，表達出的謝意就更加真誠了。

「嬤嬤有心了。」林莫瑤真心實意地對著崔嬤嬤福了福身，對她的精心安排道謝。

崔嬤嬤大方回禮，笑道：「小姐且住著，若有什麼不滿意的地方儘管跟老奴說，老奴再幫小姐準備。另外，這四個婢女都是老奴專門挑過來伺候小姐的，小姐若是有什麼事就儘管吩咐她們。」

林莫瑤看了看那邊四人一眼，還沒答應呢，就聽見崔嬤嬤喊道——

「妳們四個，過來見過小姐。」

「是。」四人齊聲應道，緊跟著便整齊地來到林莫瑤面前，對她盈盈一拜，隨即自我介紹。

「奴婢墨香。」

「奴婢墨蘭。」

「奴婢春意。」

「奴婢春回。」

最後，四人齊聲喊道：「見過小姐。」

林莫瑤微微一笑，對幾人抬了抬手，道：「幾位姊姊免禮。」

崔嬤嬤隨即接過話道：「啟稟小姐，這四個丫頭，墨香和墨蘭是房裡伺候的，春意和春回是外面灑掃的，小姐有什麼事，直接使喚她們來尋老奴就行。」

「有勞嬤嬤了。」林莫瑤再次道謝，接著，便對紫苑使了個眼色。

紫苑連忙點頭，自腰上解下荷包，從裡面抓了一把來之前就準備好的金花生，下面四人，一人給了兩個。

至於崔嬤嬤，卻是林莫瑤親自將自己手上戴著的一只金鐲子給摘下來，戴到了崔嬤嬤的手上，一面陪著不是笑道：「嬤嬤別介意，來之前司北也沒告訴我將軍府上都有些什麼人，小輩就沒怎麼準備禮物。這個鐲子是我這次來文州之前才讓人打的，只戴了路上這幾天，就送給嬤嬤做個見面禮吧，您可千萬別嫌棄才好。」

崔嬤嬤手上托著鐲子，只略微掂了掂便察覺出來這鐲子的分量不輕。對於林莫瑤這般出手大方，崔嬤嬤心裡還是挺高興的。他們將軍府的主母，最不需要的便是小家子氣了。

崔嬤嬤心中點頭，嘴上卻推辭道：「老奴豈能收小姐的禮。」

林莫瑤見她這樣，就道：「嬤嬤若是不收，便是瞧不上我這鄉下買來的禮物了。」

崔嬤嬤哪裡是這個意思，只能把手鐲給收下了。

幾人又說了一會兒話，崔嬤嬤見時辰不早，將軍和軍師去軍營也應該要回來了，便跟林莫瑤說了一聲，告辭離開，準備飯菜去了。

崔嬤嬤走後，林莫瑤總算自在了一些，又拉著墨香、墨蘭說了一會兒話，感覺有些累了，便吩咐兩人，她去休息一會兒，若是將軍回來了，定要第一時間叫醒她，好去拜見將軍。

一覺睡了許久，直到那邊有人來喊——

「小姐，大將軍派人來問您可起來了，邀您過去用飯呢！」

林莫瑤心下一驚，連忙扭頭問一旁的墨香。「什麼時辰了？」

墨香恭敬回答道：「回小姐話，剛到戌時。」

林莫瑤一聽，壞了，自己竟然睡了這麼久，而且還錯過飯點！她連忙喃喃道：「糟了，都這個時辰了，大將軍怕是要惱我！妳們也真是的，為何不早早叫醒我？」

墨香見她這般焦急，便笑著安撫道：「小姐莫急，大將軍平日用飯也晚，不會怪罪小姐。」

林莫瑤有些忐忑，不大相信地問道：「真的嗎？」

「小姐放心，比那珍珠還真呢！大將軍平日去軍營訓練，一般要到酉時才回來，收拾洗漱一番之後也要到戌時才能用飯，所以小姐不用擔心，這個時辰是剛剛好的。」墨香輕聲說道。

林莫瑤不瞭解赫連澤的作息時間，也只能當墨香說的是真的了，趕緊收拾穩妥，懷著忐忑的心去飯廳見赫連澤。

第七十一章 小心翼翼

林莫瑤到前廳的時候，赫連澤和郭康早已經在飯廳等著她，桌上的飯菜雖然還沒上，但碗筷卻已經擺好。

在赫連澤的身後，站著的是上午帶她去院子的崔嬤嬤。

「民女阿瑤，見過大將軍。」林莫瑤對著主座上的赫連澤福身拜了拜。

「起來吧，自家人，不用這麼客氣！」赫連澤大笑一聲說道。

一句「自家人」讓林莫瑤紅了臉頰，但還是依禮向郭康行了禮，又跟崔嬤嬤打了招呼，這才在赫連澤的右下首隔了兩個座位坐下。

為求給赫連澤留下一個好印象，林莫瑤在坐下之後便一動不動，只是低著頭，一副聆聽長輩教誨的模樣，臉頰兩邊的紅暈一直都沒有散去。

赫連澤看著她這副樣子，微微笑了笑，這才開口道：「阿瑤是吧？到了這裡就是一家人，不用這麼客氣的，妳也不用大將軍、大將軍的叫我，直接叫我一聲伯父吧！呵呵，說來，妳也算是幫了我不小的忙了。」說到這裡，赫連澤語氣一頓，繼續道：「而且，我聽司南說，當初就是妳和妳的表哥在山上救了渾身是血的逸兒，是嗎？難為妳當時有那個膽子，竟不害怕。這麼多年過了，我一直想當面跟妳說聲謝謝，只是一直沒有機會，沒想到，妳自己卻跑來了。」

林莫瑤一聽，連忙乖巧的表示，能幫到赫連澤，就是她最大的福氣了。在赫連澤提起赫連軒逸的時候，林莫瑤更是露出一抹小女兒的嬌態，聲若蚊蚋卻堅定地說道：「若是重來一次，阿瑤也一定會救逸哥哥的！」

接下來，等著上菜的時間裡，赫連澤又問了林莫瑤許多問題，全程都是一個問、一個答，而林莫瑤表現出來的模樣是乖順謙遜，卻不矯揉做作，第一次見面，給赫連澤的印象就很不錯。

其實，林莫瑤雖然面色平靜的和赫連澤交流，內心卻早已經緊張得不行，生怕自己一個不小心會說錯話，給赫連澤留下不好的印象。

前世裡，就是為了李響去見皇帝的時候，林莫瑤都沒有過這種緊張和小心翼翼的感覺，這個時候想來，那時的她滿心傲氣，或許，連皇帝都是不放在眼裡的。

可是如今，林莫瑤內心對赫連將軍是由衷的敬重，所以在他面前，自己才會表現得乖巧謙卑，也正因為赫連澤是赫連軒逸的父親，無論如何，林莫瑤都是要敬著他的。

其實，即使林莫瑤表現得再平靜，還是讓赫連澤看出了她的緊張和不安，他心中失笑。這丫頭是第一次見到自己，大概怕給自己留下不好的印象，所以緊張了。

赫連澤也不想她這般為難她自個兒，吃過飯便找了個藉口帶著郭康去書房，留下林莫瑤和崔嬤嬤。

「小姐在將軍府的這段時間，有什麼事情就儘管吩咐老奴。」崔嬤嬤帶著丫鬟給林莫瑤行禮說道。

林莫瑤連忙扶起崔嬤嬤，笑道：「那我就先謝謝嬤嬤了。我這次來是有事要辦，想問一下嬤嬤，這在文州出門時，可有什麼要注意的地方？」

林莫瑤這話問得很是小心翼翼。這個時代雖說也有女子從商涉政，可這裡畢竟是大將軍府，眼前這位嬤嬤是赫連澤的乳母，也算是赫連家說得上話的人，若是給她留下了不好的印象，只怕將軍夫人那裡自己就過不去了。

崔嬤嬤早在林莫瑤來之前就已經聽說了她的事，也知道她這次來就是為了流民一事，心裡覺得這個丫頭是個心腸好的，何況那些流民能夠得到安置，對於大將軍來說也是好事一樁，這種時候，她自然不會給林莫瑤製造麻煩。

「小姐無須擔心，在咱們文州沒有那麼多規矩，想來小姐來的路上就已經看到，街上也有不少的妙齡少女閒逛，只要小姐出門的時候將奴僕們帶上，再加兩個侍衛護衛安全就可以了。」崔嬤嬤笑著說道。

林莫瑤一聽，眼前一亮。這樣一來的話，她辦事就方便多了。

緊跟著，崔嬤嬤又說道：「老奴安排在小姐身邊的墨香和墨蘭，兩人都是有身手的，小姐出門可帶上她們二人，就是春意和春回都會一些簡單的拳腳功夫，對付一般混混是決計沒問題。」

林莫瑤心下驚訝，回想起自己剛進門時，墨香四人跟在崔嬤嬤身後疾步而來，姿態平穩，便猜到這四人怕不是普通的婢女，沒想到，竟是有功夫的。

林莫瑤想不到的是，墨香和墨蘭兩人和司南、司北一樣，都是按照侍衛的標準來進行訓練，她們本來也算是赫連軒逸的侍衛，只不過赫連軒逸不習慣有婢女伺候，再加上平日跑腿幹活的事都有司南和司北，她們倆也就只需要做做比較輕巧的活，像是端茶倒水、針織縫補等等，漸漸的，倒是讓人們忘了她們侍衛的身分。

而今天崔嬤嬤也並沒有言明，只是跟林莫瑤說兩人會些功夫，讓林莫瑤出門時將人帶著，至少安全能夠得到保障，司北雖說天天跟著她，可到底有男女大防，還是有諸多不便的。

林莫瑤不知道崔嬤嬤心中還想到這層，只是在聽聞墨香和墨蘭有功夫時頓感驚訝，隨後便是高興。有這樣兩人在身邊，自己在文州做起事來也就更安心了。

休息一夜，為了不耽誤事情，林莫瑤在將軍府的第二天就找司北，讓他帶自己去貧民窟，親自看一看那些流民。就像赫連澤說：「他們都是無家可歸的可憐人，若妳能給他們一個安定的住所和未來，不再流離失所，不再饑寒交迫，我想，他們不會拒絕的。」

其實，赫連澤也不忍心，一個個的良民最後都變成了一紙契書，但有些時候，也唯有如此才能讓對方活下去，有什麼比活下去更重要呢？

這一次，林莫瑤沒有乘坐自己家的馬車，而是由司北趕著掛有將軍府標誌的馬車，朝著貧民窟駛去，一路上，不少人都看到了馬車上的徽記，沒等司北揚馬鞭呢，就全都自動讓開了。

很快的，馬車再一次停了下來，坐在車裡的林莫瑤和紫苑、墨香、墨蘭四人聽到外面司北的聲音響起——

「小姐，到了。」

隨著他話落，車上的四人動了動，墨香和墨蘭最先跳下馬車，緊跟著是紫苑，最後才是林莫瑤。不過，林莫瑤可沒有像她們一樣直接跳下去，司北在停穩馬車之後，跑到後面的車架上搬了一個腳凳來，林莫瑤就是踩著這個下來的。

站在貧民窟的入口，高高的牌坊聳立在面前，因日久失修，牌坊上面的字已經漸漸不清晰了，林莫瑤盯著看了半天都沒看出個所以然來。

沒等她研究牌匾多久，耳邊就響起司北的聲音——

「二小姐，咱們進去吧。」

因為感覺聲音好像少了一些往常的嬉皮笑臉，林莫瑤還特意扭頭看了司北一眼，發現他此時臉上的溫和之色不再，取而代之的是跟司南一樣的冰塊臉，看起來挺嚴肅的。

而她身後的墨香和墨蘭兩人，臉上始終帶著適宜的笑容，一左一右的護在林莫瑤身後；而在兩人和林莫瑤的中間站著的，是今天全程話少、臉色也不大對的紫苑。

林莫瑤此時也沒工夫管她，只當紫苑一會兒就好了，便跟在司北身後，穿過牌坊，邁進了文州城的貧民窟。

裡面的人身上穿的衣服都是破爛不堪，有些甚至已經洗得泛白，上面打滿了不知道多少補丁，到處都是破敗的房屋，和似乎輕輕一碰就會倒下的圍牆。

林莫瑤看著這一切，心中觸動，很是難受，只能全程沈默，不露出任何情緒。

司北在前頭帶路，一行人在貧民窟裡穿梭，很快便到了一個看起來稍微完整一些的院子門口。司北上前輕輕敲了敲門，喊道：「杜大叔，在家嗎？我家小姐來了。」

院門打開，一個頭髮花白的老人家出現在眾人面前，只見他一臉忐忑的看著幾人，最後目光落在林莫瑤的身上，緊跟著便往前邁了一步，竟直接跪到了地上！

「見過小姐。」

林莫瑤一驚，看見老人家跪在地上，連忙走上前將人扶住，驚訝道；「老人家，您這是做什麼？快快起來！」

司北見狀也連忙上前幫忙，將人給扶起來，說道：「杜大叔，您先起來吧。」隨即看向周圍，注意到已經有人偷偷摸摸躲在牆後或者門後看了，便開口道：「二小姐，咱們先進去吧？」

林莫瑤沒有反對，點了點頭。

被司北扶著的老者聞言，連忙讓開了一條路，將林莫瑤一行人引進院子，然後關上院門，將那些偷偷觀看的人隔絕在外面。

這是座四合院，裡面每間房門前都站著一、兩個人，有老有少，有男有女，他們看向林莫瑤一行的眼神皆透露著小心和敬畏，年長的拉著年幼的，林莫瑤清楚地看見，自他們進門之後，那幾個看起來年紀不大的孩子還縮了一下身子，顯然有些害怕。

司北站在林莫瑤身旁，低聲解釋道：「這個杜大叔算是這次來文州的這批流民中，比較能說得上話的人，小姐您之前來信讓我提前來問問他們的意思，我不知道這邊的情況，就找了杜大叔，讓他去問那些流民。我已將作坊裡的待遇及要求都告訴他了，讓他去挑適合的人，等您來了以後再確定到底要哪些？」

看著前面佝僂的身影，林莫瑤緩緩地點了點頭，道：「知道了。」便不再言語。

杜老頭將他們一行人帶進一間客廳，裡面顯然是情急之下簡單的收拾了一下，只有一張桌子和一張椅子擺在那裡，桌面上還有帕子擦過的水痕。

林莫瑤是主子，這唯一的一個座位就成了她的。

直到她坐下之後，杜老頭才賠著不是，小心翼翼地說：「這裡又髒又亂的，委屈小姐了。」

林莫瑤微微笑了笑，當著老者的面，端起桌上放著的一個茶杯，輕輕抿了一口。說是茶杯，其實也只是一個普通的喝水杯子，裡面裝的也不是什麼茶水，而是普通的白開水。

杜老頭見林莫瑤毫無嫌棄地喝了他們準備的水，心中的緊張才稍稍放下了一些，但依然還是一臉的小心翼翼。

林莫瑤放下杯子，看向司北，使了個眼色。

司北會意，便對老者說道：「杜大叔，我們這次來就是來問問，上次跟您說的事，可有人願意跟我們去興州府？」

聽了司北的話，老者雙手絞在一起，臉上盡是緊張的神色，猶豫了好一會兒才開口道：「小人已經問過了，目前為止，有八家人願意，只是，他們家中老的老、弱的弱，就怕……」

林莫瑤見他猶豫，便說道：「老人家有話但說無妨。」

杜老頭這才壯著膽子繼續道：「就怕小姐會嫌棄他們都是一些老弱。其實，說來也可憐，咱們一起逃難過來的人家，家裡但凡有壯丁活下來的，到了文州都投了軍；一些家中只剩孤兒寡母或者只有獨子的，就只能在這裡混日子，在城裡打打零工；至於連壯丁都沒有的人家更是可憐，那些個孩子才一丁點兒大，就天天起早貪黑的出去乞討，到處看人臉色，受人置氣，只為了一口飯吃。也多虧了大將軍心善，時不時的還會送一些糧食接濟我們，不然……不然我們這麼多人，怕是都要死了……」

林莫瑤聽了心酸不已，嘆了口氣道：「老人家，您跟我說說願意跟我回去的這幾家的情況吧。」

杜老頭一聽，連忙擦乾眼淚，開始介紹起願意賣身給林莫瑤的八家人。只是這些人老的老、小的小，真正能做事的反倒沒有幾個，杜老頭說完之後，心都是懸著的。

林莫瑤聽完，臉上也沒什麼表情，只說：「杜大叔，能不能讓他們過來給我見見？」

杜老頭臉上出現了喜色，連忙躬身道：「能！小姐您稍等，我這就去把人叫來！」

等到杜老頭一走，司北就皺眉說道：「二小姐，要不咱們還是去牙行選吧？這老的老、小的小，能有什麼用啊？」

林莫瑤輕輕笑了笑，說道：「不急，先看看再說吧。」

司北見她這樣，只能閉了嘴，陪著等。

不一會兒，杜老頭就帶著一幫人來了，林莫瑤索性起身，走到門外。

林莫瑤看著眼前站在一起的幾家人，粗略地掃了一圈，和杜老頭說的人數符合。在人群裡，林莫瑤看到了幾個人，竟是剛才一進院子時所看到的那幾個半大孩子。

和林莫瑤大大方方打量他們不同，被杜老頭叫來的幾家人，只敢偷偷的打量林莫瑤，但也都是只看了一眼之後便將頭給低下了，看似平靜，可是那瑟縮的身體卻讓林莫瑤看出了他們的緊張。

「小姐，人都帶來了。」杜老頭上前一步向林莫瑤行禮說道。

林莫瑤淡淡地「嗯」了一聲。

司北搬了屋裡面那張椅子出來，林莫瑤就這樣坐在了臺階上，看著下面站在一起的一群人，淡淡地開口道：「你們不必害怕，我之所以叫你們來，主要是想問一個問題。」

「什麼？」一行人都有些茫然。

林莫瑤看著他們，心中有些不忍。自己已經重活了一世，依然無法徹底習慣這個世界的生存法則，但除了強迫自己去適應之外，別無他法，所以，她只能做出一副冷情冷血的模樣。

「我就想問一句，你們是不是真心想隨我回興州府，心甘情願的賣身與我？」林莫瑤淡淡地開口。「我不需要三心二意的人，若有人不是心甘情願賣身的，此刻便自己主動離去吧。這個時候走，我不會怪你們，但是，若在和我簽了賣身契之後，做出了背叛我的事，那下場便只有一個了。要知道，只要簽了賣身契，你們的生死，便就由我了。」

第七十二章　於心不忍

林莫瑤的話說完，這些人便跪了下去，說道：「小姐放心，我們都是心甘情願賣身給小姐，絕不會做出背叛小姐的事。」

林莫瑤清楚地看到，最小的幾個孩子一臉的懵懂，看了看她，又看了看身邊的大人或者哥哥、姊姊，一副不知道發生了什麼事的模樣；而孩子們身邊的大人，則是用手強壓著孩子們的腦袋，不許孩子們到處亂看，戰戰兢兢地等著林莫瑤宣判他們的生死。

林莫瑤願意買了他們，他們就是生；若是林莫瑤嫌棄或者只挑中他們其中一些，那剩下的人，無非就是一個死字罷了。沒有勞力、沒有土地，他們根本就無法養活自己。家毀了，地沒了，這是他們唯一的活路了。

林莫瑤就這般冷著臉坐了許久，看著下面跪著的一行人，能看得出來有幾個孩子已經快要支撐不住，卻依然堅持的跪著。林莫瑤心中嘆息，臉上還是那副冰冷的模樣，在掃視了一圈跪著的人之後，便淡淡地開口，對身旁的司北吩咐道：「帶他們下去簽字畫押，把錢給了，再帶著賣身契去衙門落案，然後各自回家收拾一下，我們明天出發回興州府。」

林莫瑤的話說完，只見底下跪著的一片人中，有幾個竟然低聲抽泣了起來，也有的人眼中含淚，卻不敢出聲，生怕觸怒了林莫瑤，將他們最後這一條生路也給丟了。

儘管之前杜大叔就跟他們說過了，要想跟著小姐去興州府，就只有賣身一條路，可當賣身契擺在面前時，一行人的心裡終是五味雜陳。

最後，竟是那幾家只有孩子的家庭中，年齡最長的那個少女先按了手印，緊跟著是她的弟弟、妹妹。聽杜老頭說，那弟弟已經十四了，卻很是瘦弱；而妹妹今年六歲，可看起來竟比胡氏家的妞妞還小。

被姊姊抱在懷裡，抓著她的手畫押的時候，小丫頭還一臉的懵懂，不知道發生了什麼事，殊不知，她一生的命運，都已經被這一張紙給定下了。

這種場面讓林莫瑤看著有些不忍，便吩咐了司北一句，帶著其他人回了將軍府。

崔嬤嬤見林莫瑤回來就直接進了房間，便詢問墨香和墨蘭發生何事？她聽完後嘆息一聲，感嘆了一句「小姐是個心善的」，就帶著丫鬟離開院子，讓林莫瑤好好的獨處一會兒。

林莫瑤躺在床上，腦海中回想著看到的情景，不知不覺的就睡著了，等她再次醒來的時候，已經到了午時，而司北也早已經在小花廳候著了，聽紫苑說，是帶著那些人的賣身契來的。

林莫瑤任憑紫苑和墨蘭伺候自己梳洗，坐在梳妝檯前時，因為不用紫苑給她梳頭了，紫苑就規規矩矩地站在一邊，低著頭，一聲不吭。

林莫瑤透過鏡子看向她，回想她今天一天的表現，總算後知後覺的發現了不對的地方——紫苑今天太安靜了，而且對自己的態度，竟是比從前多了些小心翼翼。一時之間，林莫瑤覺得有些奇怪。

「紫苑，妳今天到底怎麼了？」林莫瑤的語氣中帶上了絲不悅。加上這次，她今天總共問過紫苑三次，可紫苑都是一聲不吭，要嘛就說沒事。

聽出林莫瑤的語氣中有著怒意，紫苑嚇了一跳，撲通一聲就直接跪在地上，口中喃喃道：「奴婢該死。」

林莫瑤眉頭皺了皺。紫苑這副樣子，哪裡還有半分從前跟隨自己時的古靈精怪？她抬手止住了墨蘭的動作，坐在凳子上轉了個身，看著紫苑問道：「紫苑，妳這是幹什麼？」

這一次，林莫瑤的語氣雖說淡淡的，可言語之間的關切卻讓紫苑紅了眼眶，最終控制不住，眼淚吧嗒吧嗒的落了下來。

林莫瑤一見，還以為在這將軍府裡誰給紫苑氣受了。

「是不是有人欺負妳了？」畢竟是自己的貼身侍女，倘使被人欺負了，若是紫苑的錯，那便帶著紫苑去道歉賠不是；若不是，那就不要怪她了。

紫苑一聽，連忙抽抽搭搭地搖了搖頭，哽咽道：「小姐，沒有人欺負奴婢。」

「那妳倒是說說妳今天怎麼了？」

紫苑抬頭看了林莫瑤一眼，再次低下了頭不說話。

林莫瑤隨即看向一旁的墨蘭，吩咐道：「妳先出去吧。」

墨蘭恭敬地彎了彎腰，應了聲「是」就退出了內室。

等到外面傳來關門的聲音之後，林莫瑤才看著紫苑，問道：「說吧，到底咋了？看看妳今天一整天都心神不寧的樣子，不知道的人還以為妳受了多大委屈呢！」

室內沒有人了，紫苑這才抬起頭看向林莫瑤，哭得更加委屈了，一邊哭，一邊說出了事情的經過。

原來，昨天崔嬤嬤在和林莫瑤相處了一段時間後，對於紫苑的一些行為不甚認同，在她看來，奴婢就是奴婢，要有奴婢的本分。於是崔嬤嬤便找了個機會將紫苑叫過去，其實也沒對她怎麼樣，只是跟她說了會兒話，但是，崔嬤嬤字裡行間的意思，就是紫苑沒有做好奴婢的本分。而且，崔嬤嬤還提醒紫苑，若不出意外，將來林莫瑤可是要嫁到大將軍府的，將軍府一脈單傳，林莫瑤也想必會成為未來的當家主母，紫苑作為貼身丫鬟，以後必定是府裡的頭等丫鬟，若是自己都不注重規矩，日後怎麼給下面的人做表率？

紫苑被林莫瑤從老金那裡帶走後，因為林家一家人待人寬厚，幾乎不將他們當成奴才看待，所以時間長了，紫苑也漸漸就變得隨意了，被崔嬤嬤這一提醒，之前在老金那裡學習的各種規矩猶如泉湧一般，全部回到腦海之中。

回想她和林莫瑤的相處，發現她真的有許多地方逾矩了。回到房裡，紫苑想了一夜，今天便開始改掉自己的毛病。只是，她心中忍不住有些難過，這才一整天悶悶不樂，倒是讓林莫瑤擔心了。

聽完紫苑的敘述，林莫瑤有些震驚，心底對崔嬤嬤的肯定感到開心，可見紫苑眼淚汪汪，只能出聲安慰道：「崔嬤嬤也不是故意這麼說的，他們大戶人家規矩多，而且崔嬤嬤又是大將軍身邊的老人，自然要嚴格一些，妳也別太怨崔嬤嬤了。」

聽了這話，紫苑連忙搖頭，說道：「不不，不是的，小姐，奴婢沒有怨崔嬤嬤，只是奴婢一時間轉換不過來而已。而且崔嬤嬤說得對，奴婢之前確實太過逾矩，都是小姐心善，不和奴婢計較，以後奴婢會改的。」

林莫瑤見她眼神清澈，不似口是心非，看得出來是真的沒有怨氣。而且，崔嬤嬤的話也提醒了林莫瑤，她現在還在林家村，隨意一些無所謂，可她早晚要回京城，紫苑作為她的貼身丫鬟，最是容易讓人抓到把柄，這個時候讓她改一改，將規矩樹立起來，也未嘗不是一件好事。

「好了，妳快起來吧。崔嬤嬤說的其實也沒錯，妳是我身邊最得力的丫鬟，將來不管我到哪裡，必然都是要帶著妳的，這些事情妳早些明白過來也好，不然以後咱們真的到了京城，妳若得罪了人，我怕是都護不住妳。」林莫瑤由衷地說道。

和林莫瑤一番談話後，紫苑此時已經散盡內心的鬱氣，她擦了擦眼淚，從地上站了起來，點頭道：「奴婢知道了，以後奴婢一定會注意，絕對不會給小姐添麻煩。」

當天下午，崔嬤嬤來過一趟林莫瑤的院子，見紫苑經過她的點撥，表現和之前完全不同，便露出了滿意的神情。

林莫瑤坐在主座上，將崔嬤嬤的表現看在眼裡。雖然崔嬤嬤干涉了她的事，可一想到對方干涉的原因，林莫瑤就怎麼也怪不起來，畢竟，崔嬤嬤也是好意。

「多謝嬤嬤對紫苑的提點，這丫頭跟在我身邊後，向來隨意慣了，若是有什麼不合規矩的地方，還請嬤嬤多包涵。」林莫瑤笑著對崔嬤嬤道了聲謝。

崔嬤嬤挑了挑眉，有些意外。她提點紫苑這事，可以說是有些越俎代庖。她是赫連澤的乳母，雖說是奴，可她卻是將赫連軒逸當成孫子來看待的。

說實話，一開始聽說赫連軒逸竟然看上了一個農女，崔嬤嬤的內心很是反對。在她眼裡，赫連軒逸是那麼優秀，唯有最出眾美好的女子，才能配得上他們的少將軍。

後來，林莫瑤的名字在大將軍府出現的次數越來越多，她為大將軍府做的事也讓崔嬤嬤漸漸對她改觀。一個農女能有這般智慧，能幫助大將軍及少將軍，也能勉強讓她同意了。只是，崔嬤嬤還是有些擔心，這樣小門小戶出來的丫頭，就算是有幾分聰明又怎麼樣？規矩上面過不去，日後只怕會讓人笑話，到時候還會連累大將軍府的名聲。

所以，林莫瑤到了文州之後，崔嬤嬤一直在暗中觀察她的一言一行，結果發現林莫瑤絲毫沒有小門小戶的小家子氣，反而大大方方、規規矩矩，讓人挑不出一點錯處，比起京城那些千金小姐們也不遑多讓。這下子，崔嬤嬤算是滿意了。

心中有了認可，這看人就只會越看越順眼了。崔嬤嬤一輩子都是操心的命，因此在發現紫苑的問題之後，便想著提點她幾句，沒想到，這丫頭竟然把這事跟林莫瑤說了。

崔嬤嬤本想著，這下子林莫瑤該要怨她了吧？但讓她意外的是，林莫瑤非但沒有怪她的意思，看那模樣，彷彿還有幾分感激。若換成其他人，怕是會惱了自己，可林莫瑤卻大大方方的當面向自己道謝，就是把這件事直接放到明面上講的意思了，這讓崔嬤嬤又對她滿意了一分。做事光明磊落，不耍心機、不玩手段，符合他們大將軍府的行事作風。

想到這裡，崔嬤嬤便對著林莫瑤盈盈一拜，道：「這都是老奴該做的，當不得二小姐謝。」

「呵呵，嬤嬤自謙了。紫苑，還不快去跟嬤嬤道謝。」林莫瑤對一旁的紫苑說道。

紫苑已經明白過來，心中對崔嬤嬤的那點怨氣早已沒了，便笑呵呵地走到崔嬤嬤面前，福身拜了下去，道：「紫苑多謝嬤嬤教誨，以後紫苑有什麼做得不好的地方，還望嬤嬤教教紫苑，也希望嬤嬤不要因為紫苑愚鈍而嫌棄紫苑才好。」

崔嬤嬤咧嘴一笑，伸手將紫苑扶了起來，笑道：「紫苑姑娘說的哪裡話？這倒是我越俎代庖了。只是，小姐身分特殊，將來鐵定離不了紫苑姑娘的幫扶，我也只是看著著急，多說了兩句，還請紫苑姑娘不要怪我多管閒事才好呢！」

「嬤嬤哪裡的話？您能提點紫苑，這可是紫苑的福氣呢！」紫苑順著崔嬤嬤的手站了起來，聽了她的話，便順勢挽了崔嬤嬤的手臂，調皮地說了這麼一句，將有些壓抑的氣氛一下就給帶活躍了。

林莫瑤失笑，嗔怪地瞪了她一眼，佯裝訓斥道：「還不快站好！若是再被崔嬤嬤教訓，我以後可不管妳了！」

紫苑笑了笑，說道：「嬤嬤才不會呢！」只是，嘴雖然這麼說著，身子卻規矩地站好，手也從崔嬤嬤的手臂上收了回去。她在袖子裡掏了一下，隨即一個荷包出現在手上。紫苑將荷包遞到崔嬤嬤的面前，頗有些羞澀地說道：「嬤嬤，明天紫苑就要跟小姐回林家村了，這是紫苑自己繡的荷包，還請嬤嬤收下，留個念想，也當是紫苑的謝禮了。」

崔嬤嬤看了看林莫瑤，又看了看紫苑，將荷包拿在手裡，又對林莫瑤福了福身，這才對紫苑說道：「那我就收下了。妳現在年紀還小，在小姐身邊伺候一定要多長點心，有什麼不明白的，就問問小姐，千萬別自己自作聰明的作主，給小姐添麻煩。」

聽了崔嬤嬤的話，紫苑連忙點頭福身，道：「嬤嬤放心，紫苑記下了。」

崔嬤嬤這才點點頭，又看向林莫瑤，問道：「小姐不多待兩天嗎？就是去文州城逛逛也好啊。」崔嬤嬤沒想到，林莫瑤會走得這麼匆忙。

林莫瑤輕輕搖了搖頭，道：「不了，現如今人挑好了，賣身契也簽了，我還得趕回去把作坊的事情安排好呢！這麼多人，在路上也要耽誤不少工夫，等回了林家村，還得訓練他們，時間實在太過緊湊，就不在文州多待了。」說完，林莫瑤對著崔嬤嬤微微一笑，補了一句。「將來有的是機會來文洲逛逛，也不差這一時半會兒的。」

崔嬤嬤聽了林莫瑤的話，也笑了起來。「小姐說得是。既然小姐明日要走，那今晚大將軍回來後，老奴就跟大將軍說一聲。」

林莫瑤連忙起身微微福了福，道：「麻煩嬤嬤了。」

「小姐客氣了，那老奴就先告退。」說完，崔嬤嬤對林莫瑤躬了躬身，帶著自己的侍女離開了林莫瑤的院子。

等到崔嬤嬤離開後，林莫瑤才吩咐紫苑道：「離開之前妳得先去辦一件事。」

「小姐請說。」

「妳去我房裡，自我們帶來的箱子裡取一些錢，然後去找司北，帶那幾家人去買兩身換洗的衣服。」林莫瑤輕聲說道。

林莫瑤一說，紫苑就回想起之前在貧民窟見到的那些人的穿著，心中一酸，便行了禮，進屋拿錢去找司北了。

崔嬤嬤原本想等赫連澤回來後，跟他稟報林莫瑤要走的事，另外問一下該做什麼安排？誰承想，傍晚時赫連澤突然傳話，說軍營有事無法脫身，不回來了。好在將軍府裡有人，有事時能夠去軍營找赫連澤。

很快的，去軍營跟赫連澤稟報的人回來了，並且帶回赫連澤的吩咐——

「既然她有事就讓她先回去吧，我這裡實在是走不開。你回去告訴崔嬤嬤，從庫房裡挑些東西給二小姐帶上；另外，再安排府上的護衛，將二小姐一行人平安送回林家村。」

其實，赫連澤自己也很鬱悶。他原本想趁著這個機會好好會一會那丫頭的，沒想到，軍營裡這時候卻出了些亂子，他不得不留下處理，本想處理完之後再帶那丫頭出去逛逛，沒想到她竟然才待沒兩天就要走了。

不過想想，那丫頭怕是要回去忙著折騰她的作坊，想到這裡，赫連澤就釋懷了，讓崔嬤嬤將人給安排好，禮物什麼的都好好挑一下。

好在崔嬤嬤在赫連澤身邊這麼多年，一直幫著他打理將軍府，這些人情世故再熟悉不過。

第七十三章　崇拜

林莫瑤既然要走，少不得要再去見一次赫連澤，只可惜，赫連澤昨天有事無法回來，林莫瑤也只能歇了求見的心思。

今兒要離開，崔嬤嬤塞了一車的禮物，這個就算了，她收了也就收了，大不了以後嫁給赫連軒逸的時候，多帶點嫁妝到將軍府就好。最讓林莫瑤奇怪的是，為什麼墨香和墨蘭姊妹倆會出現在她的馬車上?!

「妳們怎麼在這兒？」林莫瑤看著面前手提包袱的姊妹倆，一臉的莫名其妙。

墨香和墨蘭兩人相視一笑，隨即對林莫瑤同時福了福身，道：「崔嬤嬤說了，讓我們隨小姐回緬縣去，從今往後，奴婢就是二小姐的人了。」

林莫瑤直接傻了，看向司北尋求解答；司北兩手一攤，表示自己也什麼都不知道。

崔嬤嬤很快就出現，替她解開了疑問。

「少爺之前就曾來信，交代了老奴，讓老奴找個機會把墨香和墨蘭送到緬縣給二小姐，只是一直都沒找到機會。這次二小姐來了，老奴本想讓墨香和墨蘭跟著二小姐熟悉一段時間之後，再將這件事告訴二小姐的，沒想到二小姐會這麼快就要離開，因此只能讓墨香和墨蘭收拾行李，直接跟著您走了。」

林莫瑤一聽是赫連軒逸的安排，也只能認了。

等到一行人上了路，林莫瑤才從司北的嘴裡知道，原來墨香和墨蘭當初也跟他們一起受訓練，都是被大將軍安排在赫連軒逸身邊的侍衛，只是赫連軒逸不喜歡女子伺候，她們倆就一直在府裡閒著。而且，兩人的身手可不只是「懂些拳腳功夫」，按照司北的意思，要真動起手來，司北都不一定能打得過墨蘭。

林莫瑤知道這個消息的時候，比知道墨香和墨蘭要跟她回林家村還要震驚，只見她將目光放在墨蘭的身上不停的打量。實在難以想像，這樣看著溫婉的少女，竟然會是個高手，她原本以為，強勢一些的墨香會比較厲害呢！

主僕四人這會兒一起坐在馬車裡，車簾敞著，司北坐在車轅趕車，幾人就這樣聊著。

聽完司北的解釋，林莫瑤只是露出一些意外的表情，而紫苑卻直接滿臉崇拜地看著墨香和墨蘭兩人。

「兩位姊姊真的好厲害啊！而且不光武功厲害，還會那麼多東西，真是太了不起了！」

紫苑的心也是大，這個時候不擔心墨香和墨蘭會搶了自己在林莫瑤身邊的位置，反而崇拜起兩人來。林莫瑤看著她這般沒有心機的模樣，心中是歡喜又擔憂，喜的是自己眼光不錯，紫苑確實是個好的；憂的是紫苑這般單純，以後該如何幫她做事？

紫苑的表情太過浮誇，直接把墨香和墨蘭給逗笑了。

兩人掩嘴輕笑了一會兒，墨蘭便溫和地解釋道：「哪有妳說的這般厲害，只不過女子和男子不同，在訓練的時候，他們只需學好武功和一些基本的生活常識就行，可我們除了要保護少將軍的安全以外，還要負責他的生活起居，所以學得自然要比別人多些了。」

紫苑撐著腦袋看著她，滿臉的崇拜，繼續追問道：「那墨蘭姊，妳和墨香姊都會什麼？」

聽了紫苑的問題，林莫瑤也好奇地看向兩人。

兩人見狀，便開口說道：「基本上伺候主子要用到的我們都學了，除了日常的生活起居之外，還得會縫補、廚藝等等，甚至還有人要學醫術，有些還要學算帳管家呢！」

「醫術」兩個字鑽進了林莫瑤的耳朵裡。「妳們還會醫術？」她出聲問道。

墨香隨即搖了搖頭，道：「我在醫術方面沒有天賦，除了簡單的傷口包紮之外，並不會其他的，墨蘭倒是學了一些。」

林莫瑤又看向墨蘭。

墨蘭微微對著林莫瑤彎了彎腰，因為坐在馬車裡，無法行禮，只能將身子前傾，做彎腰狀，道：「奴婢也只會看一些簡單的病症罷了，算不上精通。」

話雖這麼說，可林莫瑤知道，這只是她們的謙虛之詞罷了。像她們這樣從小就開始培養的侍衛，雖然學的東西多，卻一定會有一、兩樣是精通的，而作為貼身侍衛，醫術、武術便是最關鍵的，想來墨蘭的醫術應該不像她說的這般輕描淡寫，只是，她不願意多說，林莫瑤也就不問了。

看著兩人，林莫瑤心中還是挺高興的。沒想到出門一趟，作坊的人力問題解決了，還有兩個意外收穫。墨香和墨蘭都是將軍府精心培養的人，現在她身邊人手短缺，直接就省了她不少的麻煩，而且相比司南、司北，墨香和墨蘭跟在她身邊顯然更加方便。

這次從文州回林家村，多了三十多個人的隊伍，一路上走來雖說已經儘量趕路了，卻還是比去的時候多耽誤幾天的工夫，等他們踏進林家村，距離林莫瑤離開時已經過去快一個月了。

林莫瑤知道，她離開的這段時間，多虧了劉管事幫著掌管大局，倒是沒有生亂，但劉管事自己也是累得不行，個把月的時間沒見，他愣是瘦了一圈。

看著如今衣袍穿在身上都顯得有些寬大的劉管事，雖說一直在跟林莫瑤彙報工作，可那臉上的疲憊之色卻是掩飾不住，林莫瑤莫名的有些愧疚。

林莫瑤看著他說道：「劉叔，這次我從文州帶回來了八家人，準備都放在肉脯作坊。另外，現在我有一個想法。」

劉管事猜不到自家主子又有什麼主意，只能恭敬地站在那裡，等著下文。

林莫瑤繼續說道：「劉叔，你有空的時候，可以去物色幾個徒弟帶著，平日讓他們幫你跑跑腿、幹幹活，也省得你總是自己跑來跑去，若是把身體給累垮了，誰來給我幫忙？」

劉管事一愣，隨即便反應過來，林莫瑤這是要讓他帶新人出來了。「二小姐的意思，老奴明白了。」劉管事笑了笑，應下了這個差事。

林莫瑤又交代劉管事將新來的三十一個人安排好，就去找村長了。

村長這段時間看著養殖場裡的豬一天天的長大，生怕肉長老了賣不出，見林莫瑤總算是回來了，又聽她說肉脯作坊很快就要運作起來，這才大大地鬆了一口氣。

這天，林莫瑤帶著紫苑和墨香、墨蘭從西村那邊回來，穿過小路準備回家時，突然被紫苑喊住。

「二小姐，那不是大虎叔嗎？他在那兒做什麼？」紫苑一邊疑惑地說道，一邊抬起手，指向前方，好讓林莫瑤她們在第一時間尋找到人。

紫苑口中的大虎叔，便是現在當了松花蛋作坊管事的趙虎，此刻林莫瑤順著紫苑所指的方向看去，就看見趙虎正憑著一隻手，幫著那戶人家把一個個的袋子扛進院子，而那個院子，林莫瑤再熟悉不過，正是之前林氏帶著她們姊妹倆所住的小院，也就是林家的老宅，而此刻老宅裡住著的，是胡氏孤兒寡母一家。想到這裡，林莫瑤眉頭輕輕蹙了蹙，心中疑惑。這兩個人平日又沒有什麼來往，趙虎在她家做什麼，竟然還幫忙幹活？

林莫瑤心中雖然好奇，卻沒有多管閒事，而是帶著幾人回到林家。

晚上吃過飯，一家人坐在一起閒聊的時候，林莫瑤就跟林氏說起這件事。

林劉氏今天也在林莫瑤家，聽見林莫瑤的話就笑了起來，說道：「妳這一去文州就去了將近一個月的時間，所以啊，這中間發生的事妳不知道。」

林莫瑤見林劉氏一臉的神秘，好奇地問道：「外婆，發生什麼事了啊？」

這種事情林劉氏本不想告訴林莫瑤，但是一想，林莫瑤如今也過了十二歲生辰，再過幾年也要及笄；再說，這丫頭早熟，跟她說一說也不要緊，便笑了笑，說起了這其中的緣由。

原來，之前趙虎他們剛從文州過來做工時，松花蛋作坊沒有人給他們做早飯，大夥兒也都不是缺錢的人，一人吃飽全家不餓，所以就乾脆在外面吃早飯。這附近賣早飯的也就只有胡氏那個茶攤，大家便每天早上都去胡氏那裡買上兩個包子，喝上一碗粥。

這一來二去的，趙虎就看上了胡氏，經常在胡氏面前晃悠，時不時的還幫她做些力所能及的事，對妞妞也很是不錯，經常從鎮上買些好玩的、好吃的回來給妞妞，還會給妞妞買上幾朵絹花。時間長了，胡氏也看出趙虎的心思，剛開始還會躲著，後來漸漸的，她這心就被趙虎給融化，也開始對他上了心。但是，胡氏擔心胡大娘知道之後會怪她、會傷心，就一直壓著這股子情愫，後來惱了，甚至逼著趙虎不許再來她家。

趙虎心中難過，也知道胡氏對他是有情意的，便求到林劉氏跟前，想請林劉氏去做個說客，跟胡大娘好好說道說道。

妞妞她爹去世得早，胡氏一直對妞妞和胡大娘不離不棄，在這十里八鄉，已經算是仁至義盡的媳婦了，旁人像她這麼年輕的，丈夫死了，最多在家裡待上幾年就會改嫁，而胡氏卻一直堅持到了現在，還憑著自己的本事養活了妞妞，照顧起了婆婆。

林劉氏她們終歸將胡氏的好看在眼裡，有時候也會覺得她可憐，便答應了趙虎，會去找胡大娘談談。

讓林劉氏沒想到的是，胡大娘原來早就已經看出來了，只是一直以來都睜一隻眼、閉一隻眼的，當沒看見。她也知道，自己的兒子死了，自己這麼耽誤兒媳婦不太道義，可她放不下妞妞，擔心胡氏有了新家之後便不管妞妞，等到她百年後，妞妞又該何去何從？

在知道了事情的原委之後，趙虎沈寂了兩天，就在所有人都以為他要放棄了的時候，趙虎竟然跑了一趟縣城，買了一大堆的禮品，拉了族長給他作證，要上胡家去給胡大娘當兒子，這可把胡大娘和胡氏都嚇壞了！

村子裡的人也都跟著跑去看熱鬧，在聽了趙虎對胡氏的一番告白，又聽他在胡大娘面前表明心跡，說他以後就給胡大娘當兒子，會把妞妞當成親生閨女來看待後，林家村人和跟著趙虎從文州來的百人，都被他的言辭懇懇給感動，就起了鬨。

胡大娘和胡氏感動得不行，胡氏只知道抱著妞妞不停的哭，而胡大娘始終要年長一些，在緩過來之後，就把趙虎扶了起來，連說了好幾個「好」字。

就這樣，趙虎憑著自己的厚臉皮和勇氣，給自己求了門親事，不過也有人說他好好的，幹啥給人當兒子，把胡氏娶回來不就行了？

可是，趙虎直接斬釘截鐵地說了：「若是我把胡氏娶回來，那妞妞和她奶奶以後咋辦？再說了，我孤家寡人一個，家裡早就沒有人，現在不光多了個媳婦兒，還多了個娘和閨女，我還賺了呢。」

其他人見他這般說，也只能大笑幾聲便一哄而散，而趙虎也不在乎，依舊屁顛屁顛地往胡氏那邊跑，幫著幹活、帶妞妞。

雖說他缺了一隻手，但做起事來比正常人也不差多少，和胡氏的相處也日漸融洽，聽胡大娘平時閒聊，竟是將日子都定下了。

趙虎說了，要明媒正娶的娶胡氏，而且還要把新房給修修呢！

林劉氏說到這裡，林莫瑤突然打斷了她的話，眉頭皺了皺，道：「外婆，那房子是咱家的老宅，給他們成親，不適合吧？」

其實也不是林莫瑤捨不得那間破房子，只是那間房子有著林劉氏一家的回憶，更是有她和她娘親、姊姊的回憶，當初說好是借給胡氏一家住，可沒說送給她們。

林劉氏見她這樣，心裡也大概猜得到一些，便笑道：「這事還用妳說？聽說他們要成親的時候，我就去找過他們了。那房子畢竟是咱們家的老宅，現在雖然住的房子都是好的大院，可那畢竟是咱們老林家的根，我也跟他們表明了這個意思。胡氏說了，那房子她們就是借住，不會動，聽趙虎的意思，是準備去村裡把胡氏原來的那間房子給扒了重新蓋。」

林莫瑤眉頭鬆了鬆，點了點頭道：「原來是這樣。不過，他們能走到一起也是緣分，而且趙虎不管怎麼說，也是咱家作坊的管事，回頭跟大哥說說，等到他們蓋房子的時候，讓大哥幫襯幫襯。」

林劉氏也是這個意思，便點了頭，表示回家就跟林紹遠把這事說了。

得了林劉氏吩咐的林紹遠，當天就去找了趙虎，表示若是需要幫忙，讓他儘管說一聲就是；另外，還給了五十兩的紅包，說是給他賀喜的，實際上，就是給趙虎填著蓋房了。

趙虎推辭不下，只能收了，到了傍晚去胡氏那邊吃飯的時候，把這事跟胡氏和胡大娘說了。

兩人一聽，眼中便泛起了水霧。

胡大娘更是哽咽道：「東家一家，都是好人啊！」

當初若不是林氏來找胡氏做幫工，後來又把茶水攤子轉給她們做，她們一家三口現在還不知道過的什麼日子呢？林家對他們的大恩，怕是這輩子都還不上了。

第七十四章 依附將軍府

趙虎和胡氏的事對於林莫瑤來說只是一個插曲，當天晚上好奇了一番之後，便再也沒有問過，如今的她，甚至連莊子那邊都顧不上，一門心思全部撲在了肉脯作坊上。

七月初，肉脯作坊正式投入運作，當初跟著林莫瑤做實驗的兩個工人，直接被她調到肉脯作坊來做技術指導，負責看著烤箱這一塊。

另外，林瑾娘就帶著女眷負責處理肉脯。這道工序在整個肉脯生產的生產線上，占了極重要的一部分，雖說烤出來的肉脯口感如何是依據烤箱火候，但真正的口味如何，還是要看這一步。

林莫瑤將這塊交給林瑾娘，一方面是想給她找點事做，一方面便是出於對自家人的信任。新來的這幾個人，雖說看著都很老實本分，但難免會出錯，讓林瑾娘在這裡看著，終歸有一層保障。

村長和族長這邊，終於盼到林莫瑤跟他們開口，讓他們把豬宰了，直接送到肉脯作坊。

自從過年時跟林莫瑤提了這件事，林莫瑤雖說一直在忙著蓋作坊找人，可是只要這豬還在養殖場裡一天，他們這心就一天沒辦法放下，所以，在林莫瑤派人來送消息的時候，兩人二話不說，直接去了養殖場，讓負責養豬的人開始給林莫瑤殺豬，然後再送過去。

這是林莫瑤的附加條件。做食物的作坊，衛生方面一定要注意，所以她並不打算在作坊裡殺豬，而是要求村裡的養殖場把豬殺好後，再送到作坊裡。

大家想著，反正就隔著一座橋，殺好了用板車把豬肉送過去就行。

只是，這豬身上的肉並不是全都能做成肉脯，像一些內臟、豬頭、豬耳朵、豬蹄等等，都沒辦法。

林莫瑤乾脆直接在廠房裡闢了一間屋子出來，做起了滷菜、醬豬肝等等，用不完的材料，要嘛送人，要嘛就是價錢便宜地賣給村子裡的人。

好在背後還有蘇、孫兩家的大酒樓，這些東西並不愁銷路。

和這些滷菜比起來，豬肉脯的出現，確實是讓小吃界掀起一股不小的旋風。

因著蘇、孫兩家的關係，林莫瑤在第一批肉脯出廠之後，就帶著東西，把蘇鴻博和孫超約了出來，直接將肉脯擺到兩人面前。

兩人也習慣了林莫瑤的處事作風，乾脆果斷地吃了起來。這一吃，不僅讓兩人的味蕾得到滿足，還看到了裡面的商機，當即跟林莫瑤提出了合作。

這兩年來，蘇、孫兩家的關係大大進步了許多，且兩家生意也越做越大。

林莫瑤不知道的是，蘇鴻博自從和大將軍府搭上關係之後，就一直在想辦法接近赫連澤。

終於，文州松花蛋的生產讓蘇鴻博看到了機會，他二話不說直奔文州，找到了赫連澤，表示自己可以幫著大將軍府作坊生產的松花蛋找到銷路，另外，還乘機向赫連澤表明忠心。雖說蘇家現在的財力算不上雄厚，但他願意做大將軍的財力後盾，以後，只要大將軍府需要，他蘇鴻博饒是傾家蕩產，也會給予大將軍全部的支援。

不過，赫連澤豈是那麼好糊弄的人？當即就問了蘇鴻博的目的。蘇鴻博也知道，若想得到大將軍府的支持、得到赫連澤的信任，那些心機、手段統統都要捨棄，只有獻上一番赤誠之心，或許赫連澤還會考慮一下。所以，蘇鴻博將自家和謝家的恩恩怨怨悉數告訴了赫連澤。蘇鴻博的目的很簡單，只是想打垮謝家，拿回屬於蘇家的東西。

對於蘇鴻博的坦白，赫連澤倒是有些意外。謝家和秦相是姻親關係，這些年都是謝家在秦相背後給予支持，還幫著秦相幹了許多見不得人的勾當。

赫連澤跟秦相不對盤，認為他是奸臣、是小人，只會殘害忠良、蒙蔽君王，連帶的跟秦相有關係的謝家，即使家財萬貫、貴為皇商，赫連澤依然看不上。

無奈他只是個武將，許多事他只能看著卻毫無辦法；現在，與謝家同為商賈的蘇鴻博找上門，赫連澤突然有了個想法——他不能拿謝家怎麼樣，同是商人的蘇鴻博總可以了吧？商場之間的爾虞我詐，誰能說得清楚呢？

其實，蘇鴻博的要求很簡單，只需要以大將軍之力，在他對謝家下手的時候牽制住秦相就行。他會慢慢地將謝家的生意吞噬，一步一步的進行反擊，最後，將謝家擊垮，切斷秦相的左膀右臂。

不論從任何一方面來看，在這件事上，赫連澤都是占了好處的一方，他和秦相這麼多年的明爭暗鬥，一直都沒能分出個高低，如今他只要在蘇鴻博需要他幫忙牽制秦相的時候，出一出手，便能得到蘇鴻博的背後支持。

聽司南說過，這個蘇鴻博和林家那個丫頭關係不錯，有那丫頭在，再加上此人的能力，他相信必能有所大成。想到這裡，赫連澤便應下了蘇鴻博的請求。

就這樣，蘇鴻博暗地裡便成了大將軍府背後的商人，然而這件事只有蘇鴻博及赫連澤知道，其他人根本就想不到，完全沒有任何交集的兩個人已經達成了共識。

肉脯的出現在興州府掀起了一陣風潮，隨後，林莫瑤除了豬肉脯，又跟著推出了魚肉脯、乾魚絲等等，不過短短三個月，林莫瑤前期投入的資金就回籠了，並且還賺了兩千多兩；再加上農莊那邊，西瓜大賣，林莫瑤現在的資金可謂是充足得很。

隨著品項增加，錢也到位，林莫瑤見時機差不多，便準備自己開店。將這件事跟林氏提了提，林氏想也不想就答應了，隨林莫瑤去折騰。

林莫琪八月就嫁到了蘇家，中間回來過兩次，都是蘇飛揚陪著回來的。看著姊姊臉上的幸福甜蜜，還有蘇飛揚那對她呵護備至的模樣，林莫瑤由衷的露出了笑容。前世她犯下的糊塗債，今生總算是還上了。

或許是女兒們如今各自都過得很好了，林氏心中因杜忠國而起的鬱結也散了，現在的她，雖說快要四十歲，可林莫瑤瞧著，竟比從前還要年輕不少，這個時候，林莫瑤才真正的明白「心態好，人自然會年輕」這句話的意思。

得了林氏的支援，林莫瑤二話不說就直接讓劉管事著手去找店鋪。先在緬縣縣城開上一家，其他的再慢慢來。

劉管事的辦事效率極高，沒幾天就在縣城找到了一家適合的店鋪，林莫瑤去看了一眼之後便定了下來。

回到林家村，林莫瑤把鋪子的事情跟林氏說了，並提出要帶林氏去興州府看看林莫琪，順便把自己要開鋪子的事也知會蘇鴻博和孫超一聲。

林氏本想跟著小女兒去看看大女兒的，只是一想到這幾天林劉氏的身子不大舒服，林方氏又要照顧大肚子的蘇安伶，家裡雖說有婆子、丫鬟，卻也沒有自己照顧來得盡心，便推了林莫瑤。

林莫瑤也不勉強，只交代了木蘭和墨香好好照顧家人，便帶著司北、紫苑還有墨蘭離開，去了府城。

路上，紫苑閒來無事就掀開車簾透風。

這個月份外面的溫度已經不高，馬車行駛的時候，簾子掀開，風一吹倒是挺舒服的。

林莫瑤早上起得早，一路上大多數時間都在閉目養神，紫苑無聊就和墨蘭在一旁嘀嘀咕咕的低聲說話，林莫瑤反正只是閉著眼睛休息，並未真的想睡，就由著她去了。

馬車行駛到一半，紫苑突然低聲對墨蘭說了一句。「墨蘭姊，妳看外面的天上，這些鳥是咋了？準備飛去哪兒啊？」

墨蘭順著紫苑所說，朝著窗外看了一眼，果真看見天空中有不少鳥兒在飛，嘰嘰喳喳，看樣子還挺熱鬧的。

林莫瑤聞言好笑。紫苑畢竟還是太小了，看見什麼都稀奇。果然，過了一會兒，紫苑也覺得看這些鳥飛很無趣，便收回腦袋，繼續纏著墨蘭說一些邊關的見聞。林莫瑤眼睛雖然閉著，但也跟著聽了一些，絲毫沒有注意到外面的百鳥齊飛究竟有何不妥……

林莫琪如今是蘇府的少奶奶，作為她的妹妹，林莫瑤自然不必再住外面的酒樓客棧，蘇家自有她住的院子。

到了蘇家，林莫瑤先去拜見蘇老爺子，之後又向蘇夫人請安，最後才見到林莫琪。如今已為人妻的林莫琪，看著比從前多了些成熟的魅力，臉上的笑容更是處處流露出甜蜜，林莫瑤見狀，心中大石落下。只要姊姊今生能夠過得好就好。

姊妹倆湊在一起說話，紫苑和綠素也許久不見了，兩人便挽了手，帶著墨蘭去到院子裡玩耍，留下她們姊妹說些私房話。

「姊，姊夫他對妳好嗎？」林莫瑤笑著問道。

儘管已經成親，有了夫妻之實，林莫琪在提起蘇飛揚的時候，臉上仍不自覺的染上紅暈，一副羞澀的模樣，唯一不同的，就是如今在羞澀的臉上，還多了幸福。
林莫琪輕輕點了點頭，低聲道：「他待我很好，二叔、二嬸和爺爺也都很好。還有小月兒，相公每日去書院讀書，她怕我一人無趣，就常來陪我，還天天問我什麼時候回林家村，讓我帶她一道兒去玩耍呢！」
林莫瑤也很喜歡蘇兮月那個鬼靈精怪的小丫頭，便笑道：「她想去，讓家裡的婆子、丫鬟陪著去不就得了嘛，還用得著妳帶她去？」
林莫琪聞言，噗哧一聲笑了出來，抬起手點了點林莫瑤的腦袋，笑道：「妳真當誰都跟妳似的，一天到晚像個猴兒？人家小月兒現在都已經有先生教她琴棋書畫了，每日還要練女紅，哪有工夫天天跑去玩？就是到我這裡，也只能過來待上一、兩個時辰罷了。」
林莫瑤恍然大悟。難怪她今天去給蘇夫人請安的時候，沒見到那個小丫頭呢！
既然提起了蘇兮月，林莫琪便扭頭看了看外面的天色，這才說道：「時辰也差不多了，小月兒今日上的是琴課，待會兒下了課，她去給二嬸請了安後，一定會到我這兒來的，妳正好在這裡等她，見到妳，她保准高興死了。」
林莫瑤掩嘴一笑，道：「好，正好我給她帶了好東西來。」
「什麼好東西？可有我的分？」林莫琪調笑道。
「妳猜猜。」林莫瑤沒心沒肺地笑成一團。
林莫琪見狀，嗔怪地瞪了她一眼，便揚聲衝外面喊了一聲，不一會兒，綠素、紫苑和墨蘭三人就依次進來了。

「少夫人、二小姐。」三人給姊妹倆行禮。

林莫琪沒等林莫瑤開口，就直接對紫苑問道：「妳家小姐這次來帶了什麼好東西？快拿來給我看看！」

紫苑一個沒忍住，噗哧一聲笑了出來，隨後看向林莫瑤，眼中有著詢問。

林莫瑤也笑夠了，便對她揮揮手，道：「妳去拿來吧！對了，給蘇小姐準備的那一份也一併拿過來。」

紫苑高興一笑，福了福身道：「是。」便退了出去。

紫苑一走，姊妹倆又說了一會兒話，外面就有下人來報，說蘇兮月來了，林莫琪連忙起身迎了出去。

林莫瑤也不好再坐著，跟著走到門口，便看見蘇兮月遠遠地穿過院門走了進來。

「大嫂！咦？瑤姊姊！」蘇兮月隔老遠地就給林莫琪打招呼，一眼便看到了她身後的林莫瑤，也顧不上其他，連忙拎著裙子就朝著二人奔了過來。

等人到了近前，蘇兮月給林莫琪和林莫瑤行了禮、問了好之後，便直接抓著林莫瑤的手高興道：「瑤姊姊，妳今天怎麼來了？娘也真是的，剛才我去找她的時候也不跟我說，不然我早就過來了！」

和幾年前見到的小丫頭相比，蘇兮月現如今已經漸漸有了少女的模樣。說到底畢竟是大家出生，這周身的氣度一看就不是其他人能比的，現在只是年紀還小，若是以後長成了，只怕這蘇家的門檻都要被媒婆給踏破。這樣嬌俏可人又靈動的姑娘，再有背後家財萬貫的蘇家，這樣的媳婦，誰不想娶進門？

林莫瑤這邊在打量蘇兮月，腦子裡各種胡思亂想，自己忍不住就笑了，倒是弄得蘇兮月和林莫琪有些莫名其妙。

「瑤姊姊，妳笑什麼？」蘇兮月一臉茫然。

看著她天真無邪的雙眼，總不能說「我剛才在腦子裡猜想妳將來嫁給誰」的事吧？林莫瑤只能連忙收起笑容，隨便找個話題將這事給揭了過去。

「對了，我聽姊姊說，妳今天不是要學琴嗎？怎麼這麼早就過來了？」林莫瑤問。

蘇兮月也不是追根究柢的人，見林莫瑤說起了別的，便跟著順杆答道：「也不知道怎麼回事，今天後院裡那些個鳥啊蟲的，一直不停的叫嚷，平白吵得人心煩。先生也說了，這樣的環境不適合習琴，就給我放了假，讓我回院子自己練習。」說到這裡，蘇兮月臉上立即出現了高興又激動的笑容，繼續說道：「本來想給娘請了安就回去的，可到了她院子，娘卻突然讓我休息休息，來找大嫂玩。我本就不想練琴，在娘那裡坐了一會兒就過來，我還想呢，娘今天怎麼這麼好，沒逼著我學習？搞了半天，竟是瑤姊姊來了！」

林莫瑤被蘇兮月一席話說得，也跟著笑了起來。蘇兮月說院子裡的鳥兒、蟲子吵鬧，她這才注意到，原來林莫琪的院子裡也有吵雜聲，不過之前她們姊妹倆待在屋裡，再加上林莫琪的院子裡樹少，鳥窩也少，所以不是特別明顯，這會兒聽蘇兮月一提，果然覺得有些喧囂吵鬧了。

耳朵裡聽著這些聲音，林莫瑤突然說不上緣由的心慌了一下，就在這時，跟在她身後的墨蘭也接話了。

「咦？說來也奇怪，小姐，咱們早上來的時候，路過一片樹林，紫苑也瞧見了許多鳥兒飛舞的景象，嘰嘰喳喳的，當時她還覺得有趣，喊奴婢也看了呢！」

林莫瑤這時才想起來，紫苑確實在馬車上說過這樣的話。不知為何，林莫瑤心中那股心慌慢慢的轉成了不安，一股壓抑的情緒突然出現在她的心尖，不祥的預感油然而生，讓她連眉頭都皺了起來。

腦海中似乎有什麼念頭一閃而過，只是林莫瑤有些抓不住。

「瑤姊姊？瑤姊姊？」蘇兮月見林莫瑤苦思冥想的，便抓著她的袖子搖了搖。

林莫瑤一低頭就見蘇兮月皺眉看著自己，眼中有著詢問。思緒被打斷，林莫瑤剛才想要抓住的那縷異樣感又消失了，她索性不想，輕輕搖搖頭，道：「沒事，只是走了會兒神。」

林莫琪見兩人這樣，且外面也不知為何，蟲鳥竟比往日還吵些，便說道：「咱們別在這兒站著了，進屋說話吧！月兒，妳瑤姊姊可是給妳帶了禮物來的。」

蘇兮月聞言眼睛一亮，拉著林莫瑤就往裡走，一邊走，一邊問：「瑤姊姊，妳給我帶什麼了？」

「也沒什麼，就是作坊裡新做出來的小魚乾，和之前的魚肉乾不一樣，這可是整條整條的小小魚做的。」林莫瑤知道蘇兮月喜歡吃魚，自從肉脯作坊開起來後，蘇兮月就特別喜歡讓蘇鴻博給她帶各種肉乾和肉脯回去，直到有魚乾之後，基本上作坊裡出的各種魚乾她都要嚐嚐。

這次林莫瑤來之前，特意讓蘇力從魚塘裡撈了一些小魚苗出來，送到作坊，就是為了做來給蘇兮月解饞的。這小魚乾沒什麼小刺，就是一根整刺，被烤箱一烤，刺都烤軟了，倒不怕卡著蘇兮月的喉嚨。

果不其然，蘇兮月一聽有魚吃，眼睛都亮了。

林莫瑤無奈一笑，輕輕捏了捏她的小臉笑道：「妳難不成是那小貓投胎的？這麼喜歡吃魚！」

蘇兮月仰臉一笑，直接認下了這個玩笑，說道：「對啊，瑤姊姊，妳才知道我前世是貓來著？」說完，自己都笑了起來。

三人進了屋子之後，綠素便將房門給關上了，這一關，將外面的嘈雜阻隔開來，林莫瑤也徹底將之前的疑惑拋諸腦後了。

第七十五章　地震

三人在林莫琪這裡坐了許久後，有小廝來報，說蘇鴻博回來了，林莫瑤便放下手上的東西，拍拍手，下了軟榻，一邊穿鞋，一邊說道：「我去見見大官人，妳們倆先聊著吧！」

林莫瑤在進府時就已經跟蘇夫人說過，她這次來是有些事情要找蘇鴻博談，所以蘇鴻博前腳剛踏進府，蘇夫人便告知了此事，於是蘇鴻博連衣服也沒換，就去了書房，然後派人來尋林莫瑤。

林莫瑤將紫苑留在林莫琪那裡陪著蘇兮月玩，自己則帶了墨蘭跟著蘇家的下人，七拐八拐的到了蘇鴻博的書房。這裡林莫瑤來過好幾次，也不用通報，自己敲了敲門，裡面傳來蘇鴻博的應聲，林莫瑤就直接推開門，帶著墨蘭走了進去。

「二叔。」林莫瑤福身行禮。

墨蘭也跟在後面行了個禮。「見過蘇老爺。」

蘇鴻博坐在書桌後面，笑了笑，道：「好了，咱們之間不需要這些虛禮。我聽夫人說，妳有事要找我？」

林莫瑤自顧自的行完禮後，就挑了張椅子坐下來。

墨蘭自覺的站到了她的後面。

隨著林莫瑤坐下，門口伺候的丫鬟也泡好茶送來了。

「把茶水放下，妳們都退下吧。」蘇鴻博看著婢女上了茶水之後便吩咐道。

婢女低低應了聲「是」，跟其他伺候的人一起退出了書房，還順手將書房的門給帶上。寬敞的書房裡，就只剩下林莫瑤、蘇鴻博還有墨蘭三人。

林莫瑤直接把自己準備開店賣肉脯的事跟蘇鴻博說了。

蘇鴻博略微沈吟了一會兒，便道：「如今作坊已經穩定下來，各種肉脯和肉乾的名氣也打出去了，此時確實是開店的好時機，阿瑤果然聰慧。若有什麼需要我幫忙，儘管開口，二叔定會竭盡所能的幫妳。」

林莫瑤微微一笑，道：「那阿瑤就先謝謝二叔了。其實，我這次來，還真的有事想請二叔幫忙。」

「說來聽聽，只要我蘇某人能辦到，一定幫妳辦好！」蘇鴻博爽朗笑道。

林莫瑤點點頭，開口說：「我想請二叔幫我尋一個穩妥能幹的掌櫃。這縣城的鋪子已經找好了，正在裝修，但掌櫃的問題還沒解決，那些不知根知柢的，我用起來不放心，但一時半會兒的我也不知道去哪裡能找著這樣的人，這才來請二叔幫忙。」

聽完，蘇鴻博輕輕點了點頭。縣城裡的店鋪已經找好，現在也著手開始裝修，按照林莫瑤的意思，便是想要盡快開業了。但這掌櫃的若是找得不好，就會直接影響到以後鋪子裡的生意，也難怪林莫瑤會求到他這裡來。

蘇鴻博摸著下巴想了一會兒，又怕林莫瑤等急了，便說道：「這事就交給我吧，我這幾天就開始讓人幫妳找，找到人之後我先看看，行了，我再給妳送過去。」

林莫瑤點點頭。對於蘇鴻博的眼光她還是信得過的，便說道：「那就麻煩二叔了。」

蘇鴻博微微一笑，擺擺手道：「有什麼麻煩不麻煩的？以後有什麼事需要幫忙，妳就儘管跟我開口，不要覺得不好意思。咱們現在都是一家人了，妳也叫我一聲二叔，我這做叔叔的幫你們小輩跑腿做事，不是應該的嗎？」

聽了他的話，林莫瑤也忍不住笑了起來。「呵呵，那就辛苦二叔了。」

「不客氣。對了，妳難得來一次府城，就多待幾天吧？飛揚最近忙著考試的事，也不怎麼在家，妳就留下來陪陪妳姊姊；而且月兒這段時間也總是唸叨要去找妳玩，正好，妳來了，她就老實了。」

林莫瑤也不推辭。反正她這次來府城就是準備多待幾天的，便應了下來。「好，那我就多打擾幾天了。」

到了晚間吃飯的時候，蘇兮月得知林莫瑤要在府城多待幾天，很是高興，顧不上平日學的那些禮節，直接抱著林莫瑤就一蹦三尺高，以此來表達自己的喜悅之情。

林莫瑤也任憑她抱著，蘇家一家人加上林莫瑤，倒是熱熱鬧鬧的吃了一頓飯。

晚飯過後，林莫瑤陪著林莫琪在花園裡散步。

今日不同往常，平時一到傍晚都是微風徐徐，很是涼爽，可今天卻一直十分沈悶，甚至讓人有些喘不過氣。

略有些燥熱的空氣，讓姊妹倆只在花園裡走了兩圈便出汗了，內衫貼在身上很是難受，林莫瑤的眉頭都皺了起來。

「阿瑤，妳不舒服？」林莫琪看出妹妹的異樣，便問了一句。

林莫瑤扭了扭脖子，抬起手搧了搧。「沒有，只是出了汗，身上有些不舒服。」

林莫琪了然，看天色也漸漸暗了下來，就說道：「現在天色也不早了，乾脆回去吧。綠素，去小廚房說一聲，讓他們燒了水給二小姐送到房裡去。」

「是。」綠素領了命就先走了。

林莫瑤想了想，便挽了林莫琪的手，一起回了林莫琪的院子。

剛進院門還沒走回房間，身後就傳來了腳步聲，姊妹倆同時頓住，回過頭一看，原來是蘇飛揚回來了。

蘇飛揚沒想到在這裡會碰到林莫琪姊妹。他聽下人說林莫瑤來了府上，以為這會兒姊妹倆會在房裡，他正準備先去書房待一會兒，沒想到就在這裡碰上了。

「相公，你回來了。」蘇飛揚一回來，林莫琪便自然的鬆開了林莫瑤的手，朝著他走了過去。

林莫瑤看了看自己空了的手腕，微不可見地嘆了口氣，笑著跟在林莫琪的身後，走到蘇飛揚的面前行禮喊道：「姊夫。」

蘇飛揚伸出雙手拉住了林莫琪的手，聽見林莫瑤喊自己，便看向她，笑了笑說道：「剛才就有下人跟我說妳來了，我擔心妳們姊妹有話要說，正準備去書房待一會兒呢，沒想到在這裡碰到了。」

林莫瑤微微一笑，回道：「我剛陪著姊姊散步，才回來呢。既然姊夫回來了，那我就先回房間了。」說完，看向林莫琪，笑得揶揄。「姊，那我先走了，妳和姊夫好好說話吧。」說完，還不害臊地眨了眨眼睛，然後在林莫琪發作之前對兩人福了福身，帶著紫苑和墨蘭直接閃人。

林莫琪只能無奈地嗔怪了一句。「死丫頭！」

蘇飛揚失笑，拉著她的手就往回走。

林莫瑤背對著兩人，才走了幾步就聽見兩口子的對話——

「今天怎麼這個時候才回來？吃飯了嗎？」

「和幾個同窗在酒樓吃過了。」

「……」

林莫瑤漸行漸遠，直到兩人的聲音不再傳來。

回到自己的房間，果然看到屏風後面冒著熱氣，原來小廚房的人已經將洗澡水給準備好，送到了林莫瑤的房間。為了防止水兒好之後，林莫瑤回來時冷了，廚房的人便將熱水和冷水分開放。紫苑去試了試，木桶裡放著的都是熱水，林莫瑤要用的話，只需要往裡面沖些冷水就好。

林莫瑤坐在梳妝檯前，任由墨蘭幫她撤下髮飾，將頭髮解開散下，隨後便迫不及待地將外衫等衣物全部去掉，只剩一套內衫，鑽進了屏風後面，不一會兒，便傳來了入水的聲音。

周身被熱水包裹，漸漸地消去了一身的疲勞，林莫瑤趴在木桶邊，任由紫苑幫她把身上的汗水洗乾淨，舒服得差點睡著了，直到感覺水漸漸變涼才從裡面出來，穿上墨蘭拿來的乾淨內衫，坐在窗前的軟榻上，任由紫苑幫她將頭髮擦乾。

今天是初十，可窗外的天空卻烏壓壓一片，什麼都看不到，平日都會出來蹓躂的月亮，不知為何一直躲著不見，甚至連顆星星都沒有。

「小姐，奴婢怎麼瞧著這天不大對勁呢？」紫苑一邊給林莫瑤擦頭髮，一邊順著她的視線往外看去。

林莫瑤就是因為心裡一直焦躁不安，所以想坐在這裡吹吹冷風，好讓自己平靜下來，這會兒聽見紫苑的話，不由自主地將視線落在外面的黑色天空上，雖然什麼也看不出來，但心裡的那抹不安卻越發重了。

林莫瑤不說話，紫苑也不再多話，安安靜靜地將林莫瑤的一頭長髮擦乾之後，便拿著帕子退了下去。

頓時，整個內室內就只有林莫瑤一個人了。

林莫瑤就這般趴在窗臺，任憑晚風吹拂在身上，吹乾自己的頭髮，直到頭髮完全乾了，才從窗臺上撐起身子，將窗戶關上，走回床上躺好，只是卻怎麼也睡不著。

就這樣，不知道過去多久，林莫瑤突然被一陣劇烈的搖晃給驚得睜開了眼睛，多年來的敏銳，讓她蹭的一下從床上坐起來，緊跟而來的晃動和外室裡紫苑的尖叫聲，讓她瞬間清醒了過來，腦子裡有兩個字瞬間炸開——

地震！

只不過轉瞬之間，林莫瑤便回過神來，一把抓起放在枕頭旁的外衫，一邊穿，一邊往外走，剛走到內室門口就碰上迎面進來的墨蘭，只見她一臉肅色，身後還跟著嚇壞了的紫苑。

「小姐……」紫苑一見到林莫瑤，便像找回了主心骨一般，扯開嗓子就哭了出來。

林莫瑤這會兒顧不上安慰她，直接吼了一聲。「閉嘴！」然後腳步不停地往外走，走到門口的時候，院子的門已經被人推開了。

綠素匆匆忙忙地跑了進來，見林莫瑤完好地站在自己面前，這才大大地鬆了一口氣。

「妳怎麼來了？我姊呢？」林莫瑤看到綠素的第一時間，就問出了自己的問題，嘴裡在說話，腳步卻不停，直接往外朝著林莫琪的院子走去。

這個時候，整個蘇家已經清醒過來，四處都能聽見大喊和驚叫聲。

林莫瑤幾乎是用跑的到了林莫琪的院子，見蘇飛揚護著安然無恙的林莫琪，這才稍稍放下心來。

林莫琪本來靠在蘇飛揚的身上，一看見林莫瑤便直接朝她撲了過去，抓著她不停地詢問：「阿瑤，妳沒事吧？有沒有傷到哪兒？」

看著林莫琪緊張到失控的模樣，林莫瑤猛地一把抓住了她的手，直視她的眼睛，強迫她鎮定下來。「姊！姊，我沒事，妳別怕。」

林莫瑤的聲音在林莫琪耳邊響起，這下子，驚嚇過度的林莫琪總算是找回自己的三魂七魄，哇的一聲就哭了出來。

林莫瑤衝蘇飛揚使眼色，蘇飛揚會意，急忙過來將妻子給接了過去。

蘇飛揚接過林莫琪，還未站穩，緊跟著又是一波震動，只是比起第一次的強烈，這次明顯小了許多。

這一次震動時間很短，只是轉瞬，蘇飛揚待林莫琪穩定下來之後，就想趕去主院那邊。只是，當他抬頭看向林莫瑤時，卻發現林莫瑤似乎受到了什麼驚嚇一般，呆愣在原地，一動也不動，臉色蒼白如紙，嘴唇上絲毫不見血色，甚至在隱隱發顫。

蘇飛揚被她這副模樣嚇到，顧不上男女之防，一手抱著林莫琪，一手連忙去拉林莫瑤的手臂，口中急切地喊道：「阿瑤！」

林莫琪本來很害怕，聽見丈夫的喊聲這才注意到林莫瑤，見對方臉色蒼白如紙，頓時一顆心又懸了起來，撲上去便開始搖晃她。

或許是林莫琪的哭聲漸漸讓林莫瑤找回了思緒，她眼神好不容易恢復清明，卻毫不猶豫地甩開了林莫琪的手，緊跟著迅速轉身，抬腳就往外跑。

林莫琪手裡一空，看著已經跑到幾米開外的林莫瑤，便想追上去。

蘇飛揚快步上前將她拉住，一把抱在懷裡，並且吩咐旁邊的人道：「還愣著幹什麼？還不快去追二小姐！」

剛剛的震動讓眾人都處於一種緊張的狀態之中，再加上林莫瑤的舉動叫人摸不著頭緒，一時間所有人都沒反應過來。

蘇飛揚的一聲大喊，讓墨蘭第一時間回神，直接用輕功追了上去。

第七十六章　自責

林莫瑤腦海中不停的重複著一句話：回去，快回去！而她自己都沒注意到，在她奔跑的途中，眼裡的淚水已經在無意識中蓄滿，隨著風吹飛灑。

此時此刻，一段被林莫瑤忘卻的記憶，這才爬上了腦海。

前世，林莫瑤進京三年，幫著謝家和杜家賺得盆滿缽滿，正和李響濃情密意時，卻突然收到消息，說老家地震，死傷好幾千人，而她家人所在的林家村更是因為處於震央，死傷半數，她娘娘和母親因為運氣好，並沒有受傷，但舅舅一家卻死的死、傷的傷。

林莫瑤清楚的記得，前世的林劉氏，就是死在那一場地震裡，而她的大舅林泰華則是被房梁砸斷了雙腿，幾個表哥更是傷的傷、殘的殘，總之——很慘！

當時的林莫瑤是怎麼做的？此刻，林莫瑤清清楚楚的記得，當時的她，不過是給了些銀錢，然後就借此機會，將母親和姊姊接到京城，從此對林家村不聞不問。

林莫瑤一路奔跑，內疚和自責充斥著她的內心。快，快回去！她必須回到林家村去，必須，現在！

林莫瑤對蘇家的格局算是熟悉，一路上不停的奔跑，直奔蘇家馬廄。

墨蘭在林莫瑤身旁喊了許久，可是她猶如陷入自己的世界一般，根本就將墨蘭無視了個徹底，而司北也在林莫瑤跑出院門的時候，就跟在她的身邊，和墨蘭一樣，林莫瑤似乎將他們給排除在外。

「現在怎麼辦？」墨蘭看著鞋子都掉了一隻的林莫瑤，她一頭長髮披散，身上穿的衣服更是單薄，而她此時要去的方向，正是蘇家馬廄。

墨蘭和司北跟在林莫瑤的身邊陪著她一起跑，聽見墨蘭的聲音，司北的眉頭皺了皺，迅速回道：「剛剛應該是地龍翻身造成的震動，二小姐現在這樣，我們除了緊跟著她，把人給保護好，別無他法。」

墨蘭皺眉，問道：「就不能把二小姐打暈嗎？」現在的情況，墨蘭真的不知道林莫瑤接下來會做出什麼事情？為了她的安全考慮，只能出此下策。

司北聞言，先是思考了一下可行性，隨後便搖頭否決，一邊跑，一邊說道：「妳不瞭解二小姐，如果這個時候我們把她打暈了控制住，等到她醒過來後，一定不會輕易放過我們的。」

墨蘭聞言一愣，看向司北，奇怪地問了一句。「你怎麼知道？」

司北淡淡地掃了她一眼，回道：「感覺。」

其實司北沒有說的是，他跟在林莫瑤身邊三年多，從未見林莫瑤這般失態過，能讓林莫瑤驚慌錯亂成這副模樣，必定是不得了的大事。

隨後，兩人再沒有說話，跟著林莫瑤一起跑到蘇家馬廄。

蘇家馬廄的情況也不是太好，因為地震，馬廄裡的馬群顯得焦慮不安，林莫瑤不顧馬匹嘶鳴，相中其中一匹就衝了過去。

司北見狀，暗道一聲不妙，直接施展輕功撲了上去，在林莫瑤碰到那匹馬之前，就先把馬給制住了。

這匹馬是他們來時用來趕馬車的其中一匹，都是從文州退下來的老戰馬，雖說牠們上了年紀，不能再上戰場，但平時拉拉車還是可以的。

司北很快就將焦躁不安的馬匹給安撫下來，只見牠低低地嘶鳴了兩聲，便安靜地任由司北牽著韁繩。

林莫瑤二話不說，接過韁繩就翻了上去，揚起馬鞭的一瞬間，一直沈默的她總算開口了。「回林家村，快！」話音滿是顫抖。

司北在林莫瑤上馬的同時，便跳上了另外一匹馬，此時兩匹馬快速奔了出去；墨蘭慢了一步，卻也是緊跟而上。

等蘇家的下人追到這裡，看見的只有三匹馬和三個人的背影了。

「快去稟告老爺！」其中一人看著騎馬離開的三人，立即對身後的人吩咐道。

那人領命，又往回跑，直奔主院。

三匹馬從蘇家狂奔出府，府城的街道上早已經亂成一團，路上到處都是跌跌撞撞、表情驚恐的百姓，尖叫聲、嘶吼聲響徹耳邊，只是，截至目前為止，林莫瑤還沒有聽見房屋倒塌的消息。

也不怪，府城距離震央還有一段距離，這裡雖有震感，卻不至於會將房屋給震塌，只是如今街上亂成一團，三人的馬在這樣的環境下，就顯得有些寸步難行。

林莫瑤走在最前面，眉頭緊皺，看著眼前的一片混亂，心中對林氏他們是愈加擔憂。

突然，林莫瑤的神情漸漸冷了下來，一股肅殺之氣油然而生，她猛的一揚馬鞭，啪的一聲打在了馬鞍的皮鼓上。

頓時，胯下的戰馬一聲嘶鳴，直接就衝了出去。

「讓開，否則後果自負！」林莫瑤猛地高喊一聲，隨後衝了出去。

路上的人紛紛躲避，一些躲避不及的，直接被嚇得軟癱在地，根本就動不了。

林莫瑤的馬術在前世是特地學過的，這會兒見這些人無法移動，反而讓她方便行走。她控制胯下的戰馬，躲躲閃閃，跳了過去，直奔城門。

司北和墨蘭一臉驚詫地跟在林莫瑤後面，看著她嫻熟的馭馬技術，臉上有著不可思議的神情。墨蘭震驚，司北同樣也震驚，只是，他的內心比墨蘭要複雜多了。這麼多年來，他從未聽說過林莫瑤會騎馬，而且，馬術竟比他這個常年跟戰馬打交道的人還好！不過很快的，司北就沒有閒工夫想這些事情，因為林莫瑤的身影已經漸漸看不到。他連忙收起心緒，加快馬速，追了上去。

此刻城門大開，守城的官差在混亂中，只看見三匹馬咻的一下就衝了出去，連阻攔都來不及。

蘇府裡，去追林莫瑤的下人回到主院，跟蘇鴻博回報了情況。「二小姐帶著她的隨從和丫鬟，直接騎馬跑了，看樣子很著急。奴才在他們離開的時候，聽見二小姐喊了一聲『回林家村，快』。」

下人的話讓在場眾人全都變了臉色，林莫琪更是搖搖欲墜，只能強迫自己鎮定下來，抓著蘇飛揚的手顫抖不已。

「爹，會不會……」蘇鴻博看著蘇老爺子皺眉道。其實他想說的是，地動的震央，會不會就是林家村的位置？只是，看著姪兒媳婦瀕臨崩潰的模樣，蘇鴻博聰明的選擇了閉嘴。

蘇老爺子眉頭緊皺，也抬起手，阻止蘇鴻博繼續往下說。他看著院子裡已經彙集在一起的管家和下人們，揚聲對管家吩咐道：「你現在即刻召集府上所有壯丁，以最快的速度趕到林家村。」

管家跟著蘇老爺子這麼多年，在他下達命令之後，第一時間就開始安排人手。除了留下來照顧府上的人，其他全都被組織安排好，迅速往林家村趕去。

看著眾人離開，蘇老爺子的臉色仍是不大好。

「爹，現在怎麼辦？」蘇鴻博開口道。

蘇老爺子沈吟了一會兒後，看向兒子，吩咐道：「你現在趕緊去書院把紹安接過來，千萬不要讓他一個人亂跑，現在情況不明，地動震央在什麼地方也不好說。」

「我這就去。」蘇鴻博原本準備派個下人去找林紹安，但是想想，還是決定自己親自去一趟的穩妥。

林莫琪泣不成聲，若不是強行壓抑著，只怕早已經大哭出來，這會兒只能低聲哽咽，依靠在蘇飛揚身上，一點勁都沒有。

蘇老爺子看著心疼，放緩了語氣安慰道：「大郎媳婦，妳也別急，未必就是林家村。我們這裡處在整個興州府的正中，四面八方任何一個地方發生震動，都會影響到我們這裡的，妳先別慌。」

聽著蘇老爺子的話，林莫琪心中明白這個道理，但她就是忍不住擔心。儘管這樣，卻還是控制住眼淚，向蘇老爺子福了福身，說道：「我知道了，爺爺。」

蘇老爺子沒有再管她，交代蘇飛揚把人照看好，另外又去看了看大著肚子的兒媳婦。見她沒什麼異樣，便讓蘇兮月好好的陪著，又安排了幾個穩妥的婆子陪在蘇夫人身邊，這才作罷。

管家已經帶著男丁去了林家村察看情況，府上也就剩下幾個丫鬟和婆子。蘇老爺子年輕時在商場雷厲風行的手段，頓時就展現出來了，不過一會兒，被地動搞得亂了套的蘇家就恢復了正常的秩序，比起外面哭天搶地的嘈雜，蘇家明顯要好多了。

林莫瑤出了城門，一路狂奔，越靠近細縣，災情就越嚴重。在他們出了府城的城門之後，又發生了兩次震動，第一次是在剛出府城兩公里的地方，一次是快到細縣時發生的，兩次震動的震感，第二次明顯要強烈許多。

不過，讓三人慶幸的是，第二次震動之後，直到他們走上細縣到林家村的那條官道，都沒有再發生震動了。只是，夜路並不好走，林莫瑤好幾次都差點從馬上摔下來，若不是她死死地抓住馬鞍，怕是早已經被摔了不知道多少次。

墨蘭和司北還好，兩人自小習武，就算天空沒有月亮，也依然能夠在夜晚視物，到後來，兩人沒辦法，只能一左一右地護著林莫瑤。也幸好這個時候官道上沒有馬車和行人，否則三匹馬這樣並排橫衝直撞的，必定會發生死傷。

林莫瑤一心只想趕緊回到林家村，沒空觀察周圍的情況；可司北和墨蘭不同，兩人一路走來都在觀察四周，當走到林家村範圍的官道時，兩人清楚看見周圍的樹木翻倒，地上各種裂縫，甚至他們腳下的官道都因為地動而裂開好幾個口子，情況實在不妙。

三人以最快的速度趕回林家村，還沒進村子，隔老遠的就看見前方村子火光沖天。眼前的情景，讓林莫瑤直接從馬上跌了下來。幸好三人進了林家村之後就放慢速度，不然林莫瑤這一摔，必定要出事。

「二小姐！」司北和墨蘭臉色大變，迅速從馬上飛身而下，將林莫瑤從地上拉了起來，只見她一頭長髮落在地上蹭了一地的灰，淺色的外衫上也沾滿了泥土。

墨蘭檢查了林莫瑤全身，發現除了衣服髒了之外，並沒有什麼傷口，這才鬆了口氣。這個時候，她才有空分神去看村子裡的情況，只一眼，墨蘭便呆住了。

從前到處都是歡聲笑語的林家村，此刻只剩下一處處的廢墟。房屋坍塌，人們手忙腳亂地扒拉著土石殘骸，婦女及孩子的哭喊、驚叫聲充斥，饒是墨蘭和司北這樣見過戰場的人，都不由得揪起了心。

林莫瑤目光呆滯地看著眼前的一切，她輕輕撥開了司北和墨蘭的手，一步一頓地往前走著，觸目之處，每個人身上都是灰濛濛一片，有些人身上甚至還有血跡。

林莫瑤就這樣愣愣地，看著人們從廢墟中拉出一個個受困的人，緊跟著那人的家人就撲了上去，一家人抱在一起痛哭流涕。

看著眼前這一切，林莫瑤愧疚和自責瞬間盈滿內心，嘴裡更是不停地喃喃重複著——「我怎麼能忘了？我怎麼能把這麼重要的事情忘了？我怎麼能忘了……」

林莫瑤眼睛睜得老大，臉上滿是自責和悔恨的淚水，嘴裡不停地重複著這一句，讓司北和墨蘭心下一驚。

「二小姐，我們先回家看看吧？二小姐……」墨蘭拉著林莫瑤的手，試圖讓她恢復神智，只是林莫瑤似乎完全沈浸在自己的世界裡，根本就聽不進去墨蘭的話。看著這樣的林莫瑤，墨蘭都急哭了。

司北也喊了幾聲，可林莫瑤根本就不聽他的話，無奈之下，司北只能叮囑墨蘭。「妳看著二小姐，一定要保護好她的安全，我先回家看看。」

墨蘭連連點頭，心中也擔心著留在林家的姊姊和林家眾人，催促司北趕緊去找人。

司北立刻轉身，施展輕功，直奔林家而去。

墨蘭則陪在林莫瑤的身邊，持續不停的喊她，試圖讓她回神。

可林莫瑤就像魔怔了一般，根本就不理她，只是一步一頓地往前走，嘴裡不停說著「對不起」。

走到村子中央，終於，林莫瑤抬手掩面哭了起來，就在墨蘭的注視下，撲通一聲，直接跪在了地上。

「對不起，都怪我、都怪我，都是我的錯……我不該忘記的、我不該忘記的！都怪我……」

就在墨蘭驚慌失措、不知道該怎麼辦的時候，兩人的正前方突然出現一個渾身泥土灰塵的人，眼睛睜得老大，死死地盯著跪在地上的林莫瑤。

來人輕輕開口喚道：「阿瑤？」

墨蘭聽見聲音，抬起頭一看，不可思議地叫了一聲。「少爺?!」

赫連軒逸看著面前跪在地上、渾身都是泥土、披頭散髮掩面哭泣的少女，心中某一根弦突然就斷了，一陣陣的揪痛讓他皺起了眉頭。他慢慢靠近林莫瑤，在她的面前蹲下身子，耳邊不停地傳來「對不起」和「都怪我」。林莫瑤一邊自責，一邊哭泣，眼淚從她的手指縫溢出，帶著手上的灰塵滑落，畫出一條濕線。

「阿瑤……」赫連軒逸小心翼翼地伸出手，輕撫在林莫瑤的手背上，間接撫摸著她的臉龐，隨後輕輕地將林莫瑤掩在面上的雙手拿開。

這是他時隔三年之後，第一次再見林莫瑤。眼前少女的五官和三年前相比，沒什麼太大的變化，只是三年的時間，讓她漸漸長開了，不再是稚嫩的孩童，而是一名少女了。雖說臉上沾滿了泥土，但這並不妨礙赫連軒逸確定，眼前的少女便是自己三年前就記在心裡、心心念念的人。

然而，心中的這個人此刻兩眼無神地直視著前方，對他的話充耳不聞，只是不停的顫抖，口中呢喃著自責的話。這樣的林莫瑤，讓赫連軒逸心疼。

「阿瑤，妳看看我，我回來了。」赫連軒逸試圖喚回林莫瑤的神智。

終於，林莫瑤的雙眼逐漸回神，愣愣地看著面前面容放大的男子，低聲呢喃道：「逸哥哥？」

「是我。阿瑤，妳看看我，我回來找妳了，我回來了。」赫連軒逸笑著對林莫瑤說道。

林莫瑤恍恍惚惚地看著眼前熟悉得不能再熟悉的臉龐，前世的記憶重疊，她有些分不清此刻是前世還是今生了。

「逸哥哥……」她笑了，只是那雙靈動的雙眼裡滿是痛徹心腑的憂傷。「你終於回來了，太好了。」林莫瑤一邊笑、一邊哭，一邊抬起手輕撫赫連軒逸的臉龐。

赫連軒逸連忙點頭，直接握住林莫瑤的手，讓她在自己的臉上摩挲。「嗯，我回來了，我回來看妳了。」

林莫瑤看著他，只是笑。隨後，她臉色唰的一下變白，一口鮮血上湧，吐了出來，在墨蘭和赫連軒逸的驚呼聲中，兩眼一翻，倒在了赫連軒逸的懷裡，不省人事。

赫連軒逸迅速將人打橫抱起，轉身奔向了林家。

第七十七章　救人

林莫瑤的突然昏倒，讓原本就已經亂成一團的林家更加慌亂了。

「墨蘭，快給阿瑤看看！」赫連軒逸將人放下後，連忙讓開了位子，讓墨蘭檢查。

過了一會兒，墨蘭收回手，看著眾人回道：「二小姐她沒事，只是一時心急才暈過去，休息兩天，只要心中的鬱氣散了就能好了。」

林氏不信。「可是阿瑤都吐血了啊！」林莫瑤嘴角的痕跡讓林氏很是擔心。

墨蘭只能耐著性子又跟眾人解釋，並再三強調林莫瑤真的沒事，林家眾人這才稍稍放下心來。

就在這時，前門外突然響起嬰兒的啼哭聲，林家眾人扭頭看去，就看見司北和幾個侍衛模樣的人，護著林二老爺一家匆忙走來，哭聲正是被小周氏抱在懷裡的嬰兒發出的。

「大嫂！」林二奶奶一進門就撲到林劉氏的身邊，抱著她哭了起來。地動發生的那一剎那，他們臥室旁邊的那間房子整個都倒了，林二老爺拉著她從房裡衝了出來，在他們出來的一瞬間，半個房頂直接就塌了，正正砸在床鋪的位置！

老倆口還未從驚嚇中回過神來，就聽見二兒媳婦的尖叫聲，緊跟著便是小孫子的哭嚎聲。兩人這才發現，二兒子和二兒媳的西廂房房梁斷了，屋子的門早已經變形，而叫喊聲就是從屋子裡發出來的。要不是赫連軒逸帶來的侍衛及時趕到，怕是凶多吉少。

林周氏被床架壓到了腰，又被房梁砸到了頭，此時情況危急，墨蘭只能放下林莫瑤，先去搶救林周氏。

林劉氏留下來安撫林二奶奶，而林氏雖然放不下林莫瑤，卻也擔心自己的弟妹，交代赫連軒逸照顧好林莫瑤，就去給墨蘭幫忙了。

赫連軒逸守著林莫瑤，看見司北和侍衛還在院子站著，就開口道：「愣著幹什麼？還不快去幫忙救人！」

幾人這才回過神來，連忙應了一聲，掉頭就往外跑。

「司南呢？」赫連軒逸看著三人即將跑出門了，突然想起林二老爺一家是他讓司南去救的，怎麼回來的是司北呢？

司北讓兩人先走，自己留下來回道：「大哥半路上把二老爺一家交給我後，就去了村長家。」

赫連軒逸這才點點頭，囑咐道：「一定要保證將所有活口都救出來。」

「是！」司北高應一聲便跑了。

赫連軒逸看著四處忙碌的身影，滿心裡卻只有面前這個眉頭緊皺、雙眼緊閉的少女。他不由自主地握上了她的手，輕輕摩挲著，喃喃道：「妳讓我心心念念了三年，可是再次重逢，妳卻連看都不多看我一眼，等妳醒了，看我怎麼收拾妳。」

在林氏等人的幫助下，林周氏的血止住了，只是這麼一壓，肚子裡的孩子卻保不住。當得知這個消息的時候，林二奶奶哭成了淚人，倒是林周氏自己想開了，反過來安慰林二奶奶。「娘，我已經有兩個兒子，以後有沒有也沒關係。您別哭了，哭壞了眼睛可怎麼辦？」

林二奶奶只能哽咽著安慰她。

就在眾人以為災難結束了，即將恢復風平浪靜時，一直被林方氏和林紹遠護著坐在一旁的蘇安伶，卻突然痛苦地皺了皺眉頭，捂著肚子叫出了聲。

所有人的目光都被蘇安伶的叫聲吸引了過去，只見她此刻臉色發白，雙手抱住圓滾滾的肚子，頭上冷汗直流。

林紹遠早已經手足無措，就是林方氏都慌了。

「伶兒，妳咋了？」

「肚子疼！」蘇安伶哭喊道。

林劉氏連忙跑過來看情況，只一眼便白了臉色，揚聲喊道：「伶兒怕是要生了！快！快去準備熱水和乾淨的巾子！」

林劉氏喊完，見大家都還愣著，遂一拍手，猛地吼了一聲。「還愣著做什麼？快去啊！」

於是，剛剛平靜下來的院子，頓時又亂了起來……

林莫瑤是在天濛濛亮的時候醒來的，她感覺自己作了一個夢，一個很長很長的夢。夢裡，她運籌帷幄，將自己心愛的男人送上了皇位，結果最後自己卻落得一個死無全屍的下場。前世發生的種種，在這場夢裡，就像電影一般，不停的重複播放。

母親與姊姊慘死、弟弟被害、妹妹被賣，這一樁樁、一件件全都在她腦中不停的重播。畫面一轉，又是另外一個場景，四面都成了廢墟，地上到處都是屍體，人們的哭喊聲、求救聲不絕於耳，林莫瑤試圖摀上耳朵和眼睛，不去看這一切，可是最後卻發現這是徒勞，不論她怎麼跑、怎麼躲，這些東西都在她眼前不停的重播……

「阿瑤，妳醒了？」赫連軒逸看著面前緩緩睜開眼睛的人說道。

林莫瑤睜開眼，發現自己仰躺著，灰濛濛的天空雖說已經泛白，卻讓人感到壓抑。聽見喊聲，林莫瑤微微扭頭看向了聲音來源，就見一個少年正一臉擔憂地看著自己，樣貌有些模糊，她看不真切。

「你是誰？」這是林莫瑤再次開口後，對赫連軒逸說的第一句話。

赫連軒逸先是一愣，隨後輕聲回道：「阿瑤，是我，妳好好看看。」

林莫瑤的雙眼漸漸變得清明，而眼前少年的面容也越來越清晰，在看清那熟悉得不能再熟悉的面龐時，林莫瑤的雙眼再一次模糊起來，緊跟著感覺有東西順著眼角滑落，淌進了耳朵裡。「逸哥哥，真的是你嗎？」林莫瑤一邊哭，一邊喃喃道，被赫連軒逸握著的手此刻將他緊緊地反握住，彷彿一鬆開，眼前的人就會消失一般。

赫連軒逸見她這樣躺著流淚，便將人扶坐了起來。

林莫瑤這才發現，自己竟然是躺在桌子上的，回過神後，林莫瑤看著和自己齊高的少年，眼淚吧嗒吧嗒的不停往下掉，最後終於忍無可忍，鬆開了緊握的手，撲上前去，直接摟住了赫連軒逸的脖子，哇的一聲，哭了出來。

「哭出來就好、哭出來就好。」聽著林莫瑤的哭聲，赫連軒逸終於鬆了口氣，連忙回抱著她不停的安撫。

林莫瑤的哭聲引來了林氏，當林氏帶著木蘭走過來時，看見林莫瑤和赫連軒逸，一個站在地上，一個坐在桌子上，就這樣緊緊的抱在一起，於是林氏停下了腳步。

「夫人？」木蘭不懂林氏怎麼停下來了？夫人之前不是很擔心二小姐嗎？

林氏沒有言語，而是帶著木蘭又掉頭離開，這才低聲道：「讓他們倆單獨待一會兒吧。」莫名的，林氏覺得，這個時候的林莫瑤，或許讓赫連軒逸陪著會比較好。

林莫瑤哭了很久，似乎要將自己這幾輩子所受的委屈都哭出來一樣，直到後來都哭得打嗝了，赫連軒逸擔心她會將身體哭壞，這才不得不連忙阻止林莫瑤繼續哭下去。

「好了，阿瑤，別哭了。我回來了，以後不管什麼事都有我在，沒事了，乖，咱們不哭了。」赫連軒逸像哄孩子一般哄著林莫瑤。

終於，林莫瑤自己似乎也是哭夠了，聽了他的話之後，便抽抽搭搭的從赫連軒逸的肩膀上抬起了頭，看向赫連軒逸，喊了一聲。「逸哥哥。」

赫連軒逸回以一笑，然後將林莫瑤從桌子上抱了下來，放到一旁的凳子上。他跪蹲在她的身邊，仰著頭看向林莫瑤，溫柔地笑道：「別哭了，再哭就不好看了。」

林莫瑤見他這樣，總算是破涕為笑，但是一想到自己清醒前看到的情況，腦子裡頓時就炸開了。

「逸哥哥，外面現在怎麼樣了？村民呢？」說完這話，林莫瑤動了動腦袋，發現院子此刻除了她和赫連軒逸之外，竟然一個人都沒有！林莫瑤的臉色霎時變得蒼白，猛地抓住赫連軒逸的肩膀，厲聲喊道：「逸哥哥，我娘呢？外婆呢？他們人呢？」說著，竟又哭了起來。

赫連軒逸見她情緒似要崩潰，連忙安撫道：「妳別急，他們沒事。」

林莫瑤茫然地看著他，問道：「那他們人呢？」

赫連軒逸這才慢慢將林家的情況說給林莫瑤聽。

當林莫瑤聽見林家眾人都沒事，除了林周氏流產之外，其他人都沒有受傷，才大大地鬆了一口氣，只是沒兩秒，她的心又提起來了，急道：「莊子！莊子上的人呢？兩個表舅還在莊子上呢！」

赫連軒逸見她又開始急，連忙又說道：「我已經派人去莊子上找他們了，沒事的，妳別自己嚇自己，他們很快就回來。」

聽了赫連軒逸的話，林莫瑤才再次癱軟在椅子上，總算是恢復了正常。

赫連軒逸擔心她再一驚一乍的，便說道：「大嫂受驚，怕是要早產，這會兒都進了產房一、兩個時辰了還沒生，妳要不要去看看？」

林莫瑤心裡記掛著林家眾人，聽了赫連軒逸的提議就連連點頭。

赫連軒逸將人扶起，兩人快步朝著蘇安伶所在的屋子而去，剛剛靠近院子時，就聽見屋子裡傳出嬰兒的啼哭聲。

林莫瑤面上一喜，驚嘆了一聲。「生了！」

嬰兒的哭聲很弱，可在這樣的環境下卻異常明顯，院子裡站著的每個人，在聽見這聲啼哭之後，幾乎都流下了眼淚，林紹遠更是激動得跪在地上。

林莫瑤這時才發現，院子裡的林家眾人都形容狼狽，身上都是泥土和灰塵，頭髮亂糟糟的，臉上也是一塊黑、一塊白。林家的院子，有的開裂，有的整面牆垮了，唯獨主屋這裡完好無損，可是儘管這樣，門窗也震壞了幾扇。

就在大家沈浸在蘇安伶生了的喜悅中時，總算有人發現林莫瑤醒了。

「阿瑤醒了！」抱著孩子的小周氏，第一個發現院門口被赫連軒逸扶著的林莫瑤，連忙就從凳子上站了起來。

緊跟著，院子裡的其他人也站起來，紛紛迎了過來。

「謝天謝地，總算是醒了！」小周氏幾乎要哭了出來，但怕把懷裡好不容易才睡著的孩子給吵醒，只能壓低著聲音嗚咽。

看著大家擔憂的神情，林莫瑤那冰冷的內心總算是回暖了一些，露出了一抹微笑，輕聲道：「我沒事，讓大家擔心了。」

眾人連忙表示沒關係，只要她人沒事就好。

這時產房裡的情況已經穩定下來，林劉氏、林方氏還有林二奶奶留在屋裡照顧蘇安伶和林周氏，林氏便帶著木蘭、黃氏和墨蘭等人退了出來，一出門就看見院子中央的林莫瑤，林氏假裝才知道她醒過來一般，匆忙下樓拉著林莫瑤打量。

「妳這孩子，總算是醒了！到底傷到哪裡了？快告訴娘！」林氏哽咽道。

林莫瑤被林氏拉著轉了個圈，聽見她的話之後，連忙出聲安撫。「娘，我沒事，我真的沒事。您看，我這不是好了嗎？」

林氏看著她，確定林莫瑤除了臉色有些難看之外，並沒有別的問題，提著的心才終於緩和了一些。

外面的天色已經大亮，黎明的第一抹曙光漸漸破雲而出，照在這片已經成為廢墟的土地上，彷彿只有這樣，才能溫暖這些剛剛經歷過大難的人們。

不過一會兒，站在院子裡的眾人就聞到了米粥的清香。原來天亮了之後，黃氏見沒有震動了，就帶著木蘭和巧兒她們把廚房給收拾了出來。

現在這院子裡有一家子的人，還有一個孕婦，和一個剛剛流產坐小月子的，在吃食上面可怠慢不得。也幸好林家的廚房當初建得大，雖說有些地方倒了，卻還是有兩、三個灶台可以使用。

「夫人、二小姐、二老爺，你們先吃點東西吧。」這個時候也沒什麼講究了，木蘭在廚房裡找了一個平時用來盛菜的木桶，把煮好的粥拎了過來，直接放在院子裡吃。

林莫瑤和赫連軒逸坐在一起，手端著碗，卻怎麼也吃不下去。

赫連軒逸看著她，擔心地說道：「多多少少吃一點吧。」

林莫瑤看向他，眼睛濕潤。「我吃不下。」現在外面是什麼情況她完全不知道，但是，她卻沒有勇氣邁出這個大門去看一眼。她怕，她怕看見夢中所見的場景，她怕她自己會承受不了。

赫連軒逸放下粥碗，輕輕將林莫瑤的手握在手裡，眼睛定定地看著她，斬釘截鐵地說道：「阿瑤，妳相信我，沒事了，一切都沒事了。我知道妳記掛著大家，可妳如果不吃東西，妳自己就會先垮掉，到時候，妳又該怎麼去幫助大家？」

「逸哥哥……」

一聲輕呼讓赫連軒逸露出了笑容，他溫柔地說道：「我回來了，我不會讓妳一個人面對的。聽話，我們吃點東西好不好？」

儘管面前的少年比前世記憶中的那人年輕了不少，可是林莫瑤知道，他就是他，此刻活生生地站在自己的面前，依然像前世那樣包容著自己、心疼著自己，甚至愛著自己。

「好。」林莫瑤端起碗筷，將手裡的一碗熱粥全部吃到肚子裡。

等到眾人都吃完，外面的大門也被人打開了，司南一身髒污的進來。

林莫瑤連忙對著一旁的木蘭吩咐道：「快給司南弄點吃的！」

司南低頭看著林莫瑤，眼中有著暖意。「沒事，屬下不餓。」

「外面現在情況怎麼樣了？」赫連軒逸問。

聽見這個問題，林莫瑤頓時就緊張了起來；不光是她，院子裡的其他人也都不自覺的屏住了呼吸，目光齊唰唰地落在司南的身上。

「回少將軍，村裡的房屋坍塌嚴重，村民們都受了不同程度的傷，有幾個重傷的，但有李大夫在，都沒有生命危險。只是有幾家，屬下們還是去晚了，死了幾個人。」司南回道。

林莫瑤在聽見前面的話時，總算慢慢鬆了口氣，但一聽到司南說死了幾個人的時候，又緊張了起來。

「死了幾個？」林莫瑤儘量讓自己的聲音聽起來平靜，可還是能察覺其中的一絲顫抖。

司南看向她，面色難過地回道：「目前找到的已經有五個人了，都是從廢墟裡挖出來的，救出來的時候就已經斷氣。」說完，司南那萬年如一日的臉上，出現了愧疚和濃濃的自責。

「這不怪你。」林莫瑤想了許久，也只說出了這樣一句話來安慰司南。其實，她早已在心裡將自己罵了千百遍。這不怪司南，該怪她！若她沒將這段過往遺忘，若她昨天能夠在紫苑說飛鳥異常的時候看一眼，那今天的災難，或許就不會造成這麼大的損害了。

「村民們現在在哪兒？」林莫瑤問。

「都在祠堂門口。」司南回道。

林莫瑤點點頭。祠堂門口地勢寬廣，將大家安頓在那裡確實再適合不過。想到這裡，林莫瑤就站了起來，說道：「我要去看看。」

赫連軒逸一聽，眉頭皺了皺，說道：「妳現在身體還很虛弱。墨蘭說了，妳需要休息。」

林莫瑤不為所動，定定地看他，眼中有著堅毅。「逸哥哥，我必須去。」語氣不容置疑。

赫連軒逸見她堅持，無奈嘆氣道：「算了，我陪妳去。」

林莫瑤嫣然一笑。「謝謝逸哥哥。」

第七十八章　這都是命

村子裡的祠堂，上次林泰華花錢重新修葺過了，所有的磚瓦全部換了新的，所以在這次的地動，並沒有太大的損害，除了牆上開裂之外，倒是沒有像其他房子那樣倒塌，只是裡面的東西因為震動變得亂七八糟，就連御賜牌匾都掉了下來。

林莫瑤等人到的時候，族長正帶著幾個人在裡面收拾，將一個個的牌位放回原位，而在祠堂門口的廣場上，烏壓壓的坐滿了人，到處都是嗚咽聲和呻吟聲。

不過，場面並不亂，大家都井然有序，各家各戶坐在一起，人群中不停有人往來穿梭，給各家送著東西、給傷者檢查傷勢。

「阿瑤，妳來了。」村長正在指揮人回村子裡去翻找能用的東西，看見林莫瑤他們過來，就停下了手裡的事，交代村民一聲之後，朝著林莫瑤幾人走了過來。

「舅公。」林莫瑤喊了一聲。

赫連軒逸則是和村長點了點頭，也算是打過招呼。

林二老爺看著眼前村子裡的人，問了一句。「傷著多少人？嚴不嚴重？」

村長也不繞彎子，直接說道：「也多虧這兩年咱們村裡人的生活作息改了，地龍翻身的時候，大家都還忙著，沒睡，所以第一時間能跑的跑出來，跑不出來的也找了地方躲。傷著算什麼？只要能保住命就行。只有幾個人沒來得及跑，被埋在裡頭……這都是命。」

村長這話說得很是輕描淡寫，可林莫瑤看著他那泛紅的眼眶，便知道這其中有多少傷痛。就是她自己，看著現在的情況，也不由得紅了眼。

幾人聽了村長的話，都沈默了。

過了一會兒，村長抬起袖子，胡亂地抹了一把臉，隨後說道：「這次，多虧了你們家作坊裡的那些人，災難發生的第一時間，他們就跑出來挨家挨戶的開始救人。若不是他們，也不知道有多少人會被埋在裡面，來不及施救，只能等死……」說完這句話，一把年紀的村長，愣是當著幾人的面直接哭了出來，滿是後怕。他無法想像，若不是這些人在第一時間就跑來，將受難的村民從廢墟裡挖出來、拉出來、揹出來，他根本就不敢想，林家村還有多少人能活下來？這個時候，村長覺得自己這輩子做得最對的事，就是當初收留了這一百個人。

這次地動的情報是三天之後出來的，震央就在緬縣，不過不是林家村，而是距離林家村一段距離的周家村。那裡幾乎全村覆沒，一百多戶人家，只存活了不到十個人；另外，周邊的幾個村子也都受災嚴重，死了不少人。

幾個和周家村臨近的村子中，受損最輕的就是林家村，只死了六個人，而且幾乎都是當場斃命，不然的話，或許還能有一線生機。

讓林家人意外的是，這六個人當中，竟然有林張氏。

林張氏前段時間在養殖場幹活的時候，不小心摔了一跤，把腿給摔骨折了，行動不便，地動發生時，沒能及時逃跑，被埋在了裡面；林紹強則被牆砸到，壓斷了一隻手。

衙門的官差是第二天下午來的，林家村不是他們來的第一個村子，但林家村的情況讓這些衙役們很是意外。見林家村都能自己處理了，乾脆就跟村長說了一聲，他們人手不足，既然村子裡一切都還好，那他們就趕去下一個需要幫助的村子。

這些衙役都是當初跟著蘇洪安的人，和林家村的人也算熟悉，村長也記掛著其他村子的情況，便上報了傷亡的資料後，就放人走了。從衙役的口中，村長得知周圍村子的災情，感嘆的同時又慶幸他們的損失不大。比起人命，這些房子什麼的，都是身外之物罷了。

蘇洪安作為前任緬縣縣令，更是第一時間就趕到了緬縣救災，並且開倉放糧，救濟難民，安頓那些無家可歸的人。

林莫瑤也因為心裡的愧疚，直接將家裡所有存糧全拿出來交給蘇洪安，還將作坊和莊子上能派出去的人，都派去給蘇洪安幫忙，只希望能盡到一點綿薄之力。

過了十多天，災情才總算控制下來，那些在這次地動中失去家園的人，也暫時安頓在緬縣城外，有親戚的可以去投奔親戚，沒有親戚的，就等著縣太爺重新安排去處。

經過這次的事，林家村的人比從前更加團結，而那新來的百人，也在經過這次之後徹底的融入林家村，村民們都記著他們的大恩，徹底接納了他們。直到這個時候，林家村才真正的成為了一個團結一致的大村落。

災難過後，便是重建了。林家村現在的情況，以前的房子幾乎不能住人了，就是村子裡最好的兩家房子，林莫瑤家和林泰華家，也都出現了垮塌，需要重新修葺一番。整個村子，除了祠堂和林泰華家的主屋之外，其他幾乎都倒了。

為著這件事情，村長和族長特意找了過來，想讓林莫瑤出個主意。

「阿瑤，舅公知道妳主意多，妳就幫幫我們吧。」村長和族長對視了一眼之後，由村長對林莫瑤開了口。

林莫瑤看著兩個才幾天就似乎老了幾歲的舅公，心中有著說不上的滋味，特別是看著族長那還綁著夾板的手，就更難受了。

「兩位舅公，你們先別急，重建村子這麼大的事，我覺得還是要跟大家商量一下才好，這件事情，我真的不好替大家作主啊！」林莫瑤有些為難。她雖然願意補償村民們，但是重建村落這樣大的事情，村子裡有這麼多長輩在，她怎麼能越俎代庖去替他們安排呢？

村長和族長對視了一眼，隨後看向林莫瑤說道：「阿瑤，這事也是大家的意思，我們來之前就跟村裡的人商量過，這村子重建，該怎麼建，我們都聽妳的。至於錢方面，妳不用擔心，這幾年大家都攢了不少家底，這次地動只是房子塌了，錢都還在，也正好，借著這個機會將村子翻新一下吧。」

這幾年，林家村的人早已經攢下了些家底，也有好些人家想著多攢點錢，然後都換成林莫瑤家這樣的青磚房，既結實又耐用。之前他們去林莫瑤家看過，那鋪了青石地板的院子，就是下雨都不會積水，可乾淨了！所以對於重建村子一事，大家幾乎沒怎麼想就答應了。

最後，林莫瑤拗不過村長和族長，只能答應下來，幫著大家畫一畫規劃圖和房子的圖紙。既然決定做這件事，林莫瑤就提了許多自己的意見，比如在蓋房子的時候，不要東一家、西一家的，看起來雜亂無章，可以制定一個順序，按照編號建成一排一排，或者可以直接以祠堂為中心，建成一個圓形的村落也行，這個可以取決於大家的想法。

至於房子的房型，林莫瑤承諾，可以幫著畫幾種出來，到時候大家自己挑，喜歡哪一種就蓋哪一種，但一定要以整潔為主。她決定乾脆融合後世的新農村建設理念，將林家村打造成一個全新的村落好了。

林莫瑤的這些想法對於村長等人來說，可謂前所未聞，不僅村長和族長，就是在廳裡旁聽的林二老爺等人都覺得不可思議，但不知為何，他們腦海中默默地跟著繪製出了一幅全新的景象，光想像，就已經讓人嚮往。

「阿瑤，就聽妳的！」村長眼中閃著精光，忙不迭的說道。

林莫瑤微微一笑，點了點頭，道：「舅公，這畫圖倒是沒什麼，可蓋房子要用到的材料還有人手……」林莫瑤欲言又止。這些她可沒辦法。

村長一聽就笑了，說道：「這個妳不用擔心，如今村子裡最首要的，就是要重新建設咱們的家園，人手管夠的。大家雖說也有受傷，但都是些小傷，不礙事，幾天就好了。至於材料，咱們村旁邊那座山上這次地動倒了許多大樹，木材上山直接去拉就行，只是這磚就有些棘手了。」

這次的震央就在周家村附近，整個周家村幾乎全村覆沒，就留下了十個不到的人。從前他們這邊用的青磚，都是周家村一個老土匠燒製的，如今周家村都沒了，若要買磚，怕是要找去好遠的地方。

而且，現在整個緬縣都受了災，這重建的事肯定不止他們林家村一處，就是想買也找不到地方買啊！

這個難題，村長和族長加上林家眾人，一時半會兒都想不到什麼好辦法來解決。就在眾人一籌莫展的時候，突然有村子裡的人上門來找村長和族長。

原來縣太爺想找幾個損失不大的村子的村長，到縣衙去商量一下難民安置的問題。那些已經毀了的村子，是萬萬不能回去了，可剩下這麼零零散散的幾個人也成不了一個村，所以，縣太爺就想了個辦法，將這些難民分散安排到那些損失較輕的村子去。

本來這次林家村也是屬於受災區，可拋開房屋的損壞，林家村的死傷人數竟然比那些遠離受災區的村子都還要少，而且在地動過後的兩、三天，沒等到官府的人來幫忙，就迅速恢復了運作，這真的是難得中的難得了。所以這次安頓災民，縣太爺就想到了林家村，而且他還抱著多安頓一些人到林家村的想法。反正林家村要重建嘛，既然要重建，那多建幾間房子也是建對不？

就這樣，村長和族長跟著來人就要前去縣衙，林莫瑤見了，直接讓司南去後院馬廄拉了馬車出來，又從松花蛋作坊裡中找了個會趕馬車的人，載著他們去了。

林茂青和林茂生兩人坐著馬車趕到縣衙時，其他幾個村的村長也差不多都到了，這會兒都等在縣衙的門口，等著縣太爺一起召見。

當其他村的村長看見林家村的人坐著馬車來時，臉上都露出了羨慕、嫉妒的眼神。他們都知道林家村這次雖在受災區，卻沒有要任何朝廷的賑災物資，反而還出手幫了其他村子一把，現在竟還能趕著馬車出行，其他人這心裡真的是嫉妒得不行。

都知道林家村這幾年發達了，可沒想到，竟然財大氣粗到這種地步。

村長和族長一下馬車就感受到眾多欣羨的目光，兩人心中暗自得意了一番，主動迎上前去跟眾人打招呼。

大家收起之前的表情，客客氣氣的安慰了一番林家村村長和族長。

等人都到齊了，一行人終於在衙役的帶領下要去見縣太爺，只是，那人並沒有進縣衙，而是帶著他們往城外走。

見眾人不解，帶路的衙役便道：「咱們縣太爺這幾天都留在城外照顧災民，幾位請隨我來吧！」

幾人一聽，這縣太爺都親自去照顧災民了，他們就是有再多的不願也只能嚥下去，安安分分地跟在小衙役的身後，朝著城外走去。

林茂青和林茂生走在隊伍的前段，身後時不時傳來低聲說話的聲音，大意無非就是擔心，縣太爺會不會把這些無家可歸的災民安排到他們村子？又說，若是真的安排了，他們能向縣太爺要多少好處、要多少地等等的，聽得兩人臉上神情陰沈沈的，眼中滿是不屑，也就漸漸和那幾個盤算著撈好處的人離得遠了些。

等到一行人跟著小衙役出了城門後，果然看見縣太爺正在給災民們分發食物。

「大人，人都帶來了。」小衙役領著幾人，直接到了縣太爺所在的桌子後面，對一身布衣的縣太爺行禮說道。

這個縣令姓劉，年紀不大，是蘇洪安升任興州府州府時，調任來緬縣的，才一年不到就發生了這樣的事。在災難發生的第一時間，他就展開救災、救民的行動，倒也算得上是一個心懷萬民的好官。

劉縣令見人都來了，便將手中的勺子交給了旁邊的人，拍了拍手，來到眾位村長的面前，笑道：「辛苦各位跑一趟了。」

眾人惶恐，連忙躬身行禮道：「大人更辛苦！」

劉縣令也不跟他們多說，只道了句「不必多禮」，就讓眾人跟著他走。眾人你看看我、我看看你的，不知道縣太爺這是什麼意思？只有林茂青和林茂生一聲不吭，跟在縣太爺的身後離開，其他人見狀，只得趕緊跟了上去。

劉縣令淡淡地瞥了一眼跟在自己身後的眾人，見都跟上了，便帶著他們在這個臨時搭建的收容區轉了起來。

林茂青和林茂生默默地跟在劉縣令的身後走著，入目皆是一臉灰敗哀傷的傷患、災民，吃的是統一發放的稀粥、饅頭，住的是臨時搭建的帳篷和地鋪，其中還有幾個嗷嗷待哺的孩子，張著嘴巴，發出蚊蠅般弱小的哭聲。在他們旁邊，只有不停流著眼淚的母親，無聲的一邊哭泣，一邊啃著饅頭，試圖填飽自己的肚子，這才有奶水來餵這些孩子。

此情此景，讓幾人的心不自覺的就揪了起來。

路過其中一個帳篷時，一個白髮蒼蒼的老人顫巍巍地端著碗，小心翼翼地將裡面的稀飯吹冷，然後餵到一個看起來不到兩歲的孩子口中。孩子的眼睛大大的，當幾人路過，便睜著那雙大眼睛好奇地打量幾人。

走在最前方的林茂青和林茂生兩人，眼中都出現了不忍，停下了腳步。

林茂青在懷裡摸了一下，隨後一小塊麥芽糖便出現在他的手上。他蹲下身子，遞給那個孩子，笑道：「給你。」

小孩茫然地看著他，不知道這是什麼，顯然從未見過，但他仍伸出手來接過，糯糯地說了一聲。「謝謝。」

「吃吧，這是可以吃的。」林茂青溫和地說道。

小孩似懂非懂地看向白髮老人，只見老人抬起手，擦了擦眼淚，輕輕地點點頭，道：「吃吧。」

孩子見他點頭了，這才猶如捧著寶貝一般，小心翼翼地將麥芽糖放到了嘴邊，伸出舌頭輕輕舔了舔，頓時一口的甜膩讓他露出了一抹開心的笑容。

就在林茂青以為，這個孩子會將麥芽糖整個放進嘴裡的時候，他卻將麥芽糖往前一遞，遞給端著碗的白髮老人。

孩子用那發音不準的糯音說道：「爺爺，吃。」

這次老人的眼淚徹底決堤了，哽咽著搖搖頭。「寶兒吃，爺爺不吃。」

小孩見他堅持不吃，這才收回糖果，放進了自己的嘴裡，笑得滿足不已。

這一幕，讓林茂青和林茂生心中又是一痛。兩人起身，繼續跟著劉縣令往前走，卻聽見身後傳來一道陰陽怪氣的聲音——

「原來林村長出門還喜歡帶著糖果啊！」

那語氣，讓林茂青和林茂生的臉色很是難看，但兩人還是忍住了，淡淡地回了一句。「村子裡的小子、丫頭們都喜歡吃糖，這兩年身上都會隨身帶幾顆，習慣了。」說完，便不再理會他們，繼續往前走。

倒是劉縣令，回過頭來淡淡地掃了嘲諷的幾人一眼，雖然沒有說話，可眼中卻有著警告之色。

見狀，那幾人饒有嫉妒之心，卻也不敢造次了，這倒是讓接下來的一路上安靜了不少。

第七十九章　跟我走吧

等到一圈轉完，劉縣令直接將幾人帶到城門口的一個茶寮裡坐了下來。

「諸位村長、族長，請坐。」劉縣令客氣地說道。

眾人連忙行禮道謝，隨後坐下。

等到所有人都坐了下來，劉縣令這才開口問道：「諸位剛才都看到了吧？這些災民都是這次地龍翻身之後無家可歸的人，他們的親人幾乎都死了，在其他村子也沒有可以投靠的親戚，這才到了這裡，暫時安頓。」

說到這裡，劉縣令話音一頓，掃視了一圈，只見好幾個人都低著頭不看他，只有林茂青和林茂生兩人，還有另外一個村的村長，時不時的扭頭朝著那邊的帳篷區看去，眼中有著悲憫的神色。

劉縣令見狀，便繼續說道：「今天叫你們來，其實只是想問問，你們的村子願不願意收留這些災民，讓他們在你們的村落安家落戶？」

劉縣令話落，就等著這些村長和族長開口，可眾位只是你看看我、我看看你的，沒有一個人開口說願意。

特別是之前出言嘲諷林茂青的那幾個人，更是將頭壓得很低，一副事不關己的模樣，這讓林茂青兄弟倆很是鄙夷和生氣。

林茂青對著那幾人冷哼了一聲，便對劉縣令抱了抱拳，說道：「草民願為縣太爺分憂解勞。」這是願意收留災民的意思了。

緊跟著，也有兩人開口表示願意幫縣太爺分擔一些。

劉縣令滿意地看向他們，點了點頭，隨後看向嘲諷的那幾人，問道：「你們呢？」

那幾人互相看了看，隨後便由之前說話的那人為代表，說道：「大人，您也知道，這次地龍翻身，咱們幾個村的日子也不好過啊！這次的災難讓收成都毀了，各家各戶的糧食也都不夠吃。再說了，這人到了我們村，也得給他們分地不是？可我們村就那麼點大，地都分完了，實在是沒地可分了啊！」臉上盡是為難和無能為力的神色。

這話裡的意思就是：要我收下人可以，口糧呢？這些人將來的分地呢？不給點好處就想把人往我們這裡塞？哪有這麼好的事！

聽了他的話，劉縣令倒是沒什麼表情，只是淡淡地點了點頭表示知道了，隨後便看向林茂青和另外兩位願意收留災民的村長，問道：「這些災民當中，可有三位熟悉的人？」

三人互相看了看，隨後有人說道：「我們村子裡也有和他們一個村的姻親，雖然不是親戚，但都是住在一個村裡的，我們也都見過一、兩次。」

劉縣令聞言點點頭，直接對三人說道：「那好，你們各自去問問，他們是否願意去你們的村子落戶？」

三人點頭應是，各自帶著跟自己來的族長起身走出了茶寮。

等到幾人一走，茶寮裡的氣氛就有些尷尬了。劉縣令彷彿茶寮裡沒有人了一般，自顧自的喝著杯子裡的茶水，另外幾人見他這樣，內心都有些忐忑，卻一個也不敢主動開口講話。

離開了茶寮之後，三個村長各自打了招呼，便前去找自己認識的人。

林茂青帶著林茂生徑直朝著角落裡的幾個帳篷走了過去，那裡零零散散的坐落著三、四個帳篷，和旁邊大片大片的顯得有些格格不入。

兩人到了其中一座帳篷門口，就看見有一個和他們年紀一般大、自己獨自帶著兩個孫子的老人，正背對著他們坐在帳篷門口，兩人就這樣站著。

兩個孩子發現了他們，拉了拉老人。「爺爺，有人來了。」

老人這才轉身看向兩人。

林茂青見他回頭了，連忙行了個平輩的禮，打起了招呼。「周老哥，我是林家村的村長林茂青，之前我堂弟家的大媳婦嫁到我們村的時候，咱們見過的。」

周家村有好幾個閨女嫁到了林家村，可是根據村長的年齡，他的姪兒媳婦，那也就是小輩中的了。周揚皺著眉頭想了想，年輕一輩的閨女當中，只有兩個嫁到了林家村，而且還是嫁給了兄弟兩個。

再往下想，周揚就想起來了，在林周氏嫁給林泰業的時候，他確實跟著過去熱鬧了一下，喝了杯喜酒，也就是那個時候見到林家村村長和族長。難怪這兩個人剛才跟著劉縣令來巡視的時候，他覺得眼熟呢！

「原來是林老弟！來來來，坐吧！如今我們連個落腳的地方都沒有，只能委屈你們暫時在這裡坐坐了，也沒個茶水可以招待你們，真是慚愧。」摸清了對方的身分，周揚就客氣地邀請兩人落坐。

面前不過是簡單的搬了兩塊石頭並在一起，就是板凳了。原本兩塊石頭上坐著的是兩個孩子，可是在周揚邀請兩人落坐的時候，兩個孩子就立即站了起來，站到周揚的身後去了。

林茂青直接坐了下來，打量了兩個孩子幾眼，問道：「這兩個孩子是？」

周揚嘆了口氣，抬起手，輕輕撫上其中一個孩子的背，道：「這是我兩個孫子，我們一大家子，現如今就只剩下我們爺孫三個了。」說完，周揚的臉上浮現了傷痛。

兩個孩子一想到自己的父母、兄弟已經長埋地下，更是低著頭哭了起來。

林茂青和林茂生也不出聲，放任他們釋放自己的憂傷。

過了一會兒，周揚也覺得這般在客人面前流淚有些失禮，便擦了擦眼角，又輕拍兩個孩子的後背，將人給哄好了，才看著兩人問道：「不好意思，失禮了。不知道林老弟找我有什麼事嗎？」

林茂青見他們情緒終於平復下來，便將自己的來意說明。「縣太爺準備將你們這群人都安頓到其他村子裡去，我想著，咱們都是老相識了，而且村子裡好歹還有幾個你們周家村的閨女，所以想來問問你，願不願意去我們村落戶？如果你願意的話，就帶著剩下的幾個鄉親們跟我們回去吧。」

周揚顯然沒想到，林茂青兄弟倆來的目的是這個，臉上很是錯愕，問道：「真的？」

林茂青點了點頭，說道：「是啊！實不相瞞，這次的災難，我們村的損失也不小，房子全都倒了、塌了，最近我們都在商量重建的事，若是你們願意去我們村子落戶，那在規劃時就會給你們安排一塊地皮蓋房子；當然，你們如果想種地，也會給你們分土地的。」

待消化了他的話之後，周揚再次老淚縱橫了起來，哽咽道：「我本來以為，這輩子就只能帶著兩個孩子流離失所了，沒想到……林老弟，我願意在你們村落戶。」

隨著周揚的話落，緊挨著他的幾個帳篷裡也發出了聲音，跟著說道：「我們也願意！」

林茂青這才注意到，不知什麼時候，幾個帳篷裡的人都跑來聽他們說話了，他一時間也弄不清這些人是誰，眉頭便不自覺的皺了起來。

周揚見狀，就解釋道：「他們幾個都是這次跟我們一起逃出來的，家都沒了，也沒有能投奔的親戚，林老弟，你看能不能……」

林茂青知道他接下來要說什麼，只是略微考慮了一番後就點頭答應，道：「嗯，既然你們都是一起的，那自然是一道跟我們回去。這樣吧，你們再問問旁邊相熟的其他幾個地方的人，若是有願意的，也可以過來報名，不過人數不能太多，太多了，我們也照顧不過來。」

圍著的人也深知這個道理。這個時候能有個地方給他們去已經很不錯，自然不想還沒到地方就給人家添麻煩。就這樣，幾個人便開始分散開來，紛紛去詢問這段短暫的相處中比較合得來的人，是否願意一起前往？

當然也有好幾個人已經決定跟著另外兩個村長，所以一圈下來，願意去林家村的人也就不到百人。

其實也不怪那些人選擇去另外兩個村子，林家村和其他村不同，林家村也是受災村，是什麼都沒了的，一些人便想著，去到其他村子，至少日子不會過得太差，如果去林家村，就只能跟著林家村的人一起，一切重頭再來。

大多數人都經歷了莫大的傷痛，這種坎坷和打擊對他們來說，實在是極限了，所以林茂青也不為難他們，只是將願意去的這些人名字和之前的村名都記下，然後就帶著名冊去找劉縣令。

劉縣令依然坐在茶寮裡，他一旁桌子的那幾個村長也還坐著，只是氣氛有些尷尬，見林茂青回來，劉縣令總算是動了一下。

「大人，草民已經跟他們說好了，這是願意跟草民去林家村的名單。」林茂青說著，便將手上的名單遞了上去。

劉縣令掃了一眼，見上面的資料條列詳細，名字、性別、年紀、從前的村子是哪裡、家中還有幾口人，全都寫得清清楚楚。這份名單，讓劉縣令不自覺地揚起了眉，毫不吝嗇地誇獎了林茂青一番。

在另外幾人的嫉妒目光中，林茂青只是笑了笑，並沒有多說。其實經營養殖場這麼多年下來，這樣的記事方式他們早已經習慣，一目了然，也方便查閱。

劉縣令直接收下了名單，讓林茂青回去領著人，可以離開了。

林茂青有些意外，愣愣地問道：「大人，您是說，我們這就可以走了？」

劉縣令微微一笑，仰著頭看向他，說道：「難道你們想留下來吃個晚飯再走？」

林茂青尷尬地笑了笑，連忙表示不用了，便轉身回到剛才的地方，跟大家說了一聲，帶著人離開了。

因為人數眾多，大家只能慢慢的走回去，幸好縣城外離村子不是很遠。由於隊伍裡有幾個上了年紀的老人和年幼的孩子，林茂青便將馬車讓出來給他們坐。

就這樣，一群人浩浩蕩蕩的趕往林家村。

對於這些人來說，這是一個新的開始。

就在林茂青將這些人帶回林家村安頓好，將大家介紹給村民的第二天，縣衙的文書就派發下來了。

文書上的意思很簡單，一個，就是表示林家村同為受災村，還願意接納、幫助其他災民，給予表彰；另外，更將距離林家村最近的周家村半數以上的耕地，劃分到了林家村。

村長收到這份文書的時候很是意外，他以為縣令受了蘇洪安的交代，特別照拂他們村子才這樣分配，當詢問之後得知，其他兩個收留災民的村子也是一樣的獎勵，這才稍稍鬆了口氣。感謝過來遞送文書的衙役後，他就迫不及待地跑去將這個好消息告訴村民了。

修整了幾天之後，村長才第一次帶著周揚上了林家的門，這次，卻不是來找林莫瑤，而是帶周揚和他的兩個孫子來見林周氏和小周氏的。

林周氏和小周氏都是周家村出來的人，按理說，跟周揚還是一個族裡的親戚，只是血緣不近，平時也沒什麼走動，所以不算熟悉。

可如今整個周家村都沒了，活下來的只剩他們幾個，也就是說，周揚和他的兩個孫子，可以說是林周氏和小周氏在這世上，僅有的幾個親人了。

周家村的覆沒，讓林周氏和小周氏差點沒挺過去，特別是林周氏，在經歷了流產之後，再遭受失去親人的痛苦，這種折磨堪比剜心，而小周氏若不是有幼兒要顧，怕是也扛不下去了。

兩人在林家人的輪番照顧下，這幾天才稍稍好了一些，林泰業更是從莊子上回來之後，就一直守著林周氏，不曾離開半步，就怕她一時想不開，做出傻事。

村長帶著周揚和兩個孩子來的時候，林周氏正木愣愣地坐在窗前往外看著。已經半個月過去，她現在也能勉強出門，只是，自從知道周家村的人幾乎都死光了的消息，她就一直渾渾噩噩的，時不時坐在窗前發呆。

林泰業勸了，林紹勝和林紹平也勸了，都沒用。

「月容，村長來了，說有人想見妳。」林泰業站在林周氏的身後輕聲說著，見她依然不動，遂嘆了口氣，繼續說道：「是周家村的老土匠周老爺子，他帶著兩個孫子來看妳了。」

妻子失去親人，林泰業也很難過，所以當從村長口中得知，周揚和兩個孫子算是林周氏在世上僅存的幾個親人時，他挺開心的，至少媳婦以後不會覺得只剩她一個了。

果然，林周氏許久不見表情的臉上出現了變化。

「你說誰？」一聲音聽起來還有些虛弱。

「你們村的老土匠。聽村長說，咱們還得喊他一聲表叔吧？」

這下，林周氏終於動了。她慢慢站了起來，看著自己的丈夫，喃喃道：「他們在哪兒？帶我去見他們。」

林泰業看著妻子搖搖欲墜的身子，雖說不忍心她如今這副樣子出去，可一想到對方的身分或許能讓她好起來，便將人摟進懷裡，扶著她慢慢往外走，一邊走，一邊說道：「就在前廳，我陪妳過去。」

第八十章 重建

兩人來到前廳的時候，村長正帶著周揚祖孫三人和林二老爺、林二奶奶說話，小周氏抱著孩子站在旁邊，眼睛紅紅的，顯然哭過了。

當幾人看見夫妻倆進來後，周揚直接從椅子上站了起來，和林周氏站了個對面。

「大姪女……」周揚開口剛剛喊出一聲，便再也忍不住的哭了出來。

在他身旁，兩個孫子也是哭得唏哩嘩啦的，小周氏好不容易擦乾的眼淚，也跟著流了出來。

林周氏看著哭成淚人的幾人，這幾天的心痛和難過，突然就像找到了一個爆發口般，直接就炸了，眼淚決堤似地流淌下來。她掙脫了林泰業的手，徑直來到周揚和兩個孩子的面前，直接和他們抱頭痛哭。

這個時候，沒有人在意什麼男女授受不親，眼前只是一個長輩和一個晚輩在相擁哭泣，似乎只有這樣，才能哭盡他們心中的那抹傷痛和絕望。

這場景讓其他人動容，紛紛流下了眼淚。

沒有人上前去將痛哭的幾人分開來，彷彿只有這樣，才能讓他們心裡好過一些。

終於，林周氏哭夠了。

周揚感覺到她緩過來，便鬆開了手，以一個長輩的姿態伸出手，輕輕抹去林周氏眼角殘留的淚，說道：「大姪女，逝者已逝，我們既然活下來了，就要好好的活著，把他們的那一份也活出來。我都聽妳男人說了，這段時間妳不吃不喝的折磨自己，妳有沒有想過，若是妳再有個三長兩短，妳讓妳爹娘、奶奶他們如何能安心啊！」

林周氏聽了他的話，只是哭，久久不能言語。

林泰業見狀，只能將人扶著靠在懷裡。

等到林周氏哭夠了，才哽咽著開口道：「我只是……心裡難受啊！我現在只要一睜眼，就會想到爹娘、兄嫂都不在了，我這心，就跟被刀割一樣疼啊！」

「妳還有我，還有咱們的兒子啊！妳看看大郎，再看看老二，難道他們就不是妳的親人了嗎？還有爹和娘、二弟和二弟妹、咱們家的小姪子、大伯母、大哥和大嫂，以及阿瑤他們。媳婦兒，妳不是一個人，妳還有我們呢！」林泰業趁熱打鐵的說道。

果然，林周氏聽了這些話之後，再次陷入了哭泣之中。

經過這一次大哭之後，林周氏的情況開始漸漸好轉，至少，她不再像之前那樣不吃不喝。雖然這傷痛太大，她無法在這麼短的時間內就走出來，但是只要她想通，這對林泰業父子三人來說，就已經是很好的事了。

村長將周揚一家安頓好了之後，便迫不及待的跑來找林莫瑤。

「阿瑤，這周揚就是周家村的老土匠，你們家當初蓋房子用的大半的磚，就是他燒的！現在他們無家可歸，成了咱們林家村的人，那之後咱們蓋房子重建村子，豈不就方便多了？我去找周土匠說一說，讓他帶著咱們村的人，自己燒磚蓋房子，我想他應該會答應的。」

周揚的出現可謂解決了他們目前最大的難題。只要周揚能帶著村子裡的青壯們燒磚，那重建村子就能省下不少費用；再加上如今周家村許多的地，都讓縣太爺劃分給他們村，那日後去取土也更加方便了。

村長跟林莫瑤商量了一番之後，就直接拿著林莫瑤畫好的村落規劃圖去找周揚了。

燒磚的手藝可以說是周揚祖孫三人將來的依仗，可自己如今的要求，等於是讓周揚將他們以後的糊口手藝貢獻出來，這難免有些強人所難，所以，村長已經做好苦口婆心勸說的準備了。

當他跟周揚說明來意之後，周揚只是問了一個問題。「我們在林家村落戶，那以後是不是也能參與村子裡的養殖產業？我們家是不是也能拿分紅？」

村長一愣，一臉莫名其妙地回道：「你們既然已經入了林家村的戶籍，那就是我們村子的人，這養殖場是全村的，自然會有你們的分啊！只要到時候別偷奸耍滑，偷懶不幹活就行了，否則分紅的時候會扣錢，這是規矩。」

周揚聞言鬆了口氣，隨後便點了點頭，道：「村長，我明天就開始教大家燒磚。」

「啊？」村長愣了一下，一時間還沒反應過來。他已經準備好一大堆的說辭，這還沒說呢，就答應了？「周老哥，你說真的？」這可是吃飯的手藝，說教就教了？

周揚苦笑了一聲，道：「你也說了，以後我們也是林家村的人，那村子裡的事自然就是我們家的事了。再說了，你帶來的圖紙我看過，這樣的村落確實從未見過，可光看圖紙就讓人喜歡，若真能將咱們村子建成這樣，那必然是整個興州府獨一份啊！到時候說出去，這村子裡的磚都是我周土匠燒的，面上也有光不是？」

村長也算是聽出來了，他這些話都是說來安慰自己的，說白了，周揚就是記著自己收留的恩，所以才毫不猶豫的就將這份手藝給貢獻出來。再加上，自己也承諾了以後養殖場會給他們分紅，一家人的生計沒有了後顧之憂，這手藝教不教的，也就沒什麼區別了。

周揚果斷，村長也就不拖泥帶水，直接跟他約好了時間，又在村子裡選了一塊地，專門用來蓋磚廠後，就開始叫來村子裡的青壯們，準備去周家村後面的山上拉燒磚的土了。

直到這時候，村長和其他人才知道，原來這燒磚用的土還不是什麼土都行，必須要特定的，眾人也算是長了見識。

在建磚廠之前，村長特意找了個時間，將大家都叫到祠堂門口開了個會，並且把林莫瑤畫的圖紙拿給眾人傳閱，大家看過之後紛紛表示，這樣的格局比起以前要溫馨多了。

村長還說了，這幾天就要統計出來村子裡到底要蓋多少間房子？各家各戶的自己商量好，要分家的、要自己建個院子的，全都想好了，等到周土匠那邊開始燒磚，這邊就要量地、畫地基，準備蓋房子。

當然，這次蓋房子，除了村子裡原本的六十幾戶人家外，作坊裡的那一百個退伍兵，以及這次村長帶回來的幾十個人，也都要各自建房子的。

那一百個兵，也不可能要建一百個院子，這樣的話，得蓋多少房子才夠啊？林莫瑤乾脆出了個主意，讓林紹遠找來趙虎，讓他下去轉達，說大家都是生死兄弟，有沒有願意搭夥過日子，湊成兄弟叔伯幾個成一戶的？這樣就能幾人併作一家，房子也好蓋。

果然，趙虎一說，便有好多人願意併作一家以後相依為命。就這樣，統計了一番後，直接從之前的一百戶化為三十幾戶，少了三分之二。

這樣一來，整個村子就需要蓋一百多戶這樣的院子。按照林莫瑤畫的圖，大家最後選了圓形的，正好以祠堂為中心，向外擴展。另外，養殖場從東村換到了西村，松花蛋作坊也一起搬過去，就蓋在林莫瑤的肉脯作坊隔壁。

也就是說，從今往後，東村和西村就涇渭分明了。東村是住家，西村就是養殖場和各種作坊，就連磚廠都蓋在西村，等於是將工業和住家分開了。

商定了方案後，村子裡的人就自發的分成了幾個小組，一部分人跟著周揚負責燒磚，一部分人挖地基、蓋房子，婦幼老弱就被分配去照顧養殖場裡的雞鴨魚鵝豬。雖說這次地動死了不少牲口，但也只是小部分，剩下的就是受了些驚嚇，有些母雞被嚇過之後就不下蛋了，這也正好，直接捉來宰了，給幹活的人們加餐。

一時間，整個林家村又陷入重燃希望的盼望之中。人們漸漸忘記地動帶來的傷痛，臉上的笑容也越來越多，就連林周氏和小周氏都漸漸的走出陰霾，平時也會出門跟著村子裡的其他人，一道去給幹活的人做做飯，或者是去給大家幫幫忙。

雖說村子要重建，可是災難過去之後，這日子總要過，作坊也要恢復運作。因為有大家的幫忙，所以松花蛋作坊這邊可以留下二十個人維持運作，其他人跟著去蓋房子；至於肉脯作坊那邊，畢竟是和林莫瑤簽了賣身契，他們理論上來說，並不算是林家村的村民，就是不去幫忙幹活，也沒人會說什麼。

在喜悅和忙碌之中，林家人迎來地動過後的第一個重要日子——林紹遠和蘇安伶的兒子、林家的第一個重孫，林天佑的滿月酒。

這個孩子在地動當天出生，又不足月，卻還是堅強的活了下來，在林家人看來，這就是上天保佑，所以就給他起了這麼個名字，小名叫壯壯，希望他能健康成長。

畢竟早產了兩個月，即使已經滿月了，卻還是比其他的嬰兒要小上許多，讓林家眾人很是心疼，林莫瑤更是直接將墨蘭派給了蘇安伶，專門調養他們母子的身體。

在這個節骨眼上，林家人本不想大張旗鼓的給林天佑辦滿月宴，畢竟不逢時，然而林家人想低調，村民們卻不同意了。

臨到林天佑滿月的前兩天，就有好幾個和林家相熟的村民找上門，詢問天佑的滿月酒要怎麼辦、辦幾桌？他們好來幫忙。

林家人有些懵，表達了自家不想大費周章的意思，並且表示，這個時候若是大辦滿月酒不合時宜。只是這話一出口，就被村民給反駁了。

「胡說什麼！大辦，必須要大辦！天佑可是咱們村子的大福星，他的滿月酒可不能寒酸了！」

村民們的話讓林家人受寵若驚，直到這個時候林家人才知道，原來村子裡一直流傳著一個說法——林家的小重孫天佑是上天派來的福星，是他們林家村的福星！原本發生了那麼厲害的地龍翻身，可是，就在這個小子出生之後，竟然就沒有再發生震動了，並且隨著他的出生，林家村的人也迎來了黎明的曙光，新的生活。

所以，村子裡的人商量過了，等到天佑滿月這天，一定要全村人熱熱鬧鬧的慶祝一下，一方面給天佑慶祝滿月，一方面，就是讓大家徹徹底底的和過去做個告別。

最後，林家人拗不過，也只能由著大家去折騰了。但這辦滿月酒的錢，還是林家來出，畢竟這可是林家的第一個重孫。

到了林天佑滿月的這天，整個林家村上下一片喜氣洋洋，到處都洋溢著歡笑。蘇洪安夫婦、蘇鴻博帶著蘇飛揚及林莫琪等人、孫超一家，另外還有和林思意訂了親的王家也來了，就連赫連軒逸，都趕在當天上午回到了林家村。

「小姐、小姐！赫連公子回來了！」

林莫瑤正在屋子裡陪著林莫琪、蘇兮月還有這次跟著來的孫家小姐、王家小姐等人時，就聽見紫苑咋咋呼呼的聲音在院子裡響了起來。

林莫瑤一出房門就往外跑，剛到二門上，就看見大門口，林紹安陪著赫連軒逸正往裡走，兩人低著頭似乎在說什麼，在他們身後，跟著司南、司北和林紹安的隨從。當兩人看見林莫瑤時，說話聲也戛然而止。

「阿瑤！」一看見林莫瑤，赫連軒逸臉上立即就揚起一個大大的笑容，本能的就要往前邁，但突然又想到身邊還有個林紹安，便硬生生給止住了。

林紹安揶揄的目光在兩人身上來來回回轉了兩圈，突然就掩嘴咳嗽了兩聲，道：「那什麼，我還要回去幫大哥招呼客人，阿瑤，既然妳來了，就招呼一下小將軍吧！」

「好。」林莫瑤臉上一片緋紅的應下了，目光一直都在赫連軒逸的身上，從未離開過。地動過後，赫連軒逸在林莫瑤的身邊守了幾天，直到見她身體真的沒什麼大礙，才跟林莫瑤說明情況——自己這次要去文州看望父親，不能在興州府久待，既然她沒事了，自己也該繼續上路。臨走之前，他跟林莫瑤保證，這次一定會很快回來。

果不其然，這還不到一個月，赫連軒逸就回來了。

林紹安看著眼裡根本就沒有自己的兩個人，無奈的嘆了口氣，帶著隨從離開，還好心地把司南和司北也叫走了。

第八十一章 滿月酒

等到幾人一走，林莫瑤聽見身後傳來幾聲嬌俏的笑聲，臉就變得更紅了，逃一般的從階梯上下來，走到赫連軒逸的面前，一臉羞澀地說道：「逸哥哥，我陪你出去走走吧？」

赫連軒逸也聽見了院子裡傳來的笑聲，目光往那邊一掃，就看見林莫琪帶著幾個小姑娘，正坐在石桌旁看著自己和林莫瑤笑。

見赫連軒逸看她，林莫琪便微微點了點頭，算是見禮了。

被這麼多姑娘看著，再加上面前的少女一直低著頭，一副羞澀無比的模樣，赫連軒逸難得地有些不好意思。

兩人出了門，沿著牆根往一旁走了一段，直接上了小路。這會兒村子裡都在忙著，這條路上一般不會有人來，兩人便放心大膽的放慢了腳步，舒適閒逸的慢慢走著，一路無話。

「那什麼……」

「那個……」

突然，兩人似乎都想到了什麼，同時開了口，但是一開口，又撞上話，一時之間，兩人都不知道該說什麼好，臉也更紅了。

「你先說。」

「妳先說。」

又是異口同聲。這下，兩人都笑了，略有些尷尬的氣氛頓時緩解。

這次，林莫瑤抬起頭認真地看著赫連軒逸，開口道：「逸哥哥，你先說吧。」

赫連軒逸回以一笑，點了點頭，開口問道：「阿瑤，這三年，妳過得好嗎？」

赫連軒逸這句話問得有些多餘。這三年來，兩人雖沒有見面，可書信的來往卻是從來沒有斷過，林莫瑤的日子是一天比一天過得好，若不是出了這次的災難，她的生活比起前世可真是完美許多。不過，被心愛的人關心，林莫瑤還是很開心的。

點了點頭，林莫瑤含情脈脈地看著赫連軒逸，說道：「我很好，你呢？你過得好嗎？」

其實，林莫瑤真正想說的並不是這一句。當赫連軒逸問她好不好的時候，她很想告訴他，她不好，一點都不好。這三年來，她無數次想過奔去京城找他，可是每次都忍下了。她時常思念這個男人，回憶他們前世共同經歷的種種，回憶她的罪孽，回憶他的付出，幾乎每一次，都會把自己弄得心痛不已。

或許是想將氣氛緩和下來，兩人一邊走，赫連軒逸一邊跟林莫瑤說一些京城裡發生的事情，林莫瑤也都認真的聽著，其中一些，是她前世自己見過的，一些卻是第一次聽說。或許，真的是因為自己當初做了不同的選擇，所以很多事都變得不一樣了。

直到兩人走到河堤旁邊時，腳步才堪堪停了下來。這裡便是當年赫連軒逸傷癒離開之前，兩人話別的地方。

「坐一會兒吧。」赫連軒逸說道。

林莫瑤的目光，從頭至尾都沒有從他的身上挪開過，這會兒聽見赫連軒逸的話，便點了點頭，跟著他坐下。

隨著兩人坐下，又是很長一段時間的沈默，直到林莫瑤主動開口打破。

「逸哥哥，這三年，其實我每天都在想你。」

這句話，林莫瑤在心裡思量了很久，她不知道自己現在這個時候說出來，會不會有些突兀？畢竟，今生的赫連軒逸和前世不同，今生的他，林莫瑤不確定他的心裡是否有自己，是否如自己愛他一般愛著自己？所以，在經過了一番天人爭鬥之後，林莫瑤才終於鼓起了勇氣，將這句一直埋藏在心底的話說了出來。等到最後一個字落下，林莫瑤突然就覺得輕鬆了許多。這種如釋重負的感覺，真的是太棒了。

林莫瑤自己倒是舒服了，可聽見這句話的赫連軒逸卻不平靜了。

他曾經在腦海中幻想過無數次兩人重逢的場景，可萬萬沒想到，竟然會在那樣的情況下再見；他也曾經幻想過，兩人該如何捅破這層窗戶紙？林莫瑤是否還如三年前那般對他特殊？而他自己，是否也還戀著這個被自己記掛了三年的少女？

如今林莫瑤的一句話，直接將他之前所有的幻想和猜測全都打得支離破碎——完全和他預想的不同啊！這丫頭還真是和三年前一樣，那麼的……直接。

林莫瑤見赫連軒逸半天不說話，心中忐忑得不行，終於鼓起勇氣扭頭看去，卻發現赫連軒逸臉色發紅，似乎在……傻笑？

「逸哥哥？」林莫瑤喊了一聲。

赫連軒逸這才回神，看向林莫瑤，嘴角含笑地問道：「怎麼了？」

林莫瑤掃視他一眼，疑惑地問道：「你在想什麼呢？跟你說話都沒聽見。」林莫瑤以為，赫連軒逸沒有聽見她之前鼓起勇氣說的那句話，有些氣惱。其實，她更怕的是，赫連軒逸在京城的這三年，已經喜歡上別的人，所以她剛才才這麼直接、大膽的說出那句話，也是存了試探的心思，沒想到赫連軒逸竟然沒聽見，真是氣死她了！

赫連軒逸見她這樣，就笑了笑，將目光看向遠處的河水，說道：「三年前，就是在這裡，有個毛都沒長齊的小丫頭跟我說，把她的心交給了我，讓我好好保管，千萬不能弄丟了。」說到這裡，赫連軒逸一頓，抬起手，伸向懷裡摸了摸，隨後便有一塊心形的石頭出現在手上。赫連軒逸將石頭拿起，放在眼前，笑著繼續說道：「看，就是這顆心。阿瑤，妳知道嗎？我守了這顆心三年，這三年來，我一直擔心這顆心會丟了，給我這顆心的人會變了，無時無刻不在心中擔憂著，漸漸就變成了習慣。」赫連軒逸看向林莫瑤，突然問了這麼個問題。「阿瑤，妳知道世界上最可怕的是什麼嗎？」

林莫瑤原本聽著赫連軒逸說話，心中充滿了感動，陡然聽見他問話，先是愣了一下，隨後反問道：「是什麼？」

赫連軒逸看向他，目光專注，看得林莫瑤的心撲通撲通的跳，隨後，性感的薄唇輕啟，從赫連軒逸的口中輕輕吐出了兩個字。「習慣。」

林莫瑤一愣。「什麼？」顯然沒有預料到赫連軒逸會說出這麼兩個字。

赫連軒逸見她這副懵懂的傻樣，實在忍不住，伸出手，輕輕捏了捏林莫瑤的小鼻子，笑道：「是習慣。妳知道嗎，這三年，我每日看著這個石頭就會想到妳，漸漸的，我就習慣了，但凡在外面看到和妳年紀一般大的人，我會想，妳現在是不是也長這麼大了？看到妳寄來的東西，我也會不由自主的想，妳在整理這些給我送來的時候，是什麼樣的表情和心情？還有，每次走到將軍府門口的時候，我都會想，如果我向妳坦白了我的身分，妳又會如何看我？會不會收回放在我這裡的一顆心？這一切的一切，我幾乎每日都在想。有時候，為了不讓自己想妳，我會跑去城外的軍營，跟著大家一起訓練，因為我知道，我沒辦法離開京城來看妳。

「三年的時間，我幾乎忘了妳的模樣，可是儘管如此，我還是一次又一次的強迫自己想起，一次又一次的想像我們重逢的場景，想像妳長開了的模樣，想像妳跟我說『逸哥哥，你終於回來了』的模樣。

「呵，不過，老天爺似乎和我們倆開了個大玩笑。就在我懷著喜悅來見妳的時候，竟然發生了這樣的意外，讓我們在那樣的情況下重逢，那時候的妳，讓我擔心害怕。後來，妳醒過來了，妳的堅強、妳的善良、妳的果斷，像是時時刻刻在散發一種光芒，吸引我，讓我無法將視線從妳的身上挪開。

「我去文州的這段時間，爹在我面前說了妳許多的好話，說妳懂事、識大體、聰明、有本事、有魄力，直到那個時候我才發現，原來阿瑤竟然還有這麼大的本事。就是這樣的妳，讓我越來越捨不得放開了！

「好在妳早早的便把妳的心交給了我，不然的話，我以後上哪兒找個這麼能幹的媳婦回來？」最後這一句，竟有些痞痞的味道。

林莫瑤耳朵裡聽著赫連軒逸的一番話，在不知不覺中早已哭成了淚人，見赫連軒逸停下了，林莫瑤再也無法控制自己內心的激動和難過。什麼男女授受不親、什麼男女大防、什麼閒言碎語的，此刻都被她拋諸腦後，現在的林莫瑤，想要做的事就只有一件，那就是撲上前去，緊緊地抱著眼前這個讓她整個心都亂了的男人！

赫連軒逸沒想到，林莫瑤會突然撲過來抱著他，一時間驚訝得愣在原地，本能的用手環住對方，當感受到懷裡的身子不停的抽噎時，赫連軒逸才反應過來。「阿瑤？」赫連軒逸輕輕地喊了一聲，生怕驚到了懷裡的人兒。

林莫瑤撲在赫連軒逸的懷裡，感受著這個懷抱的溫暖，前世的委屈和不甘、今生的壓抑和愧疚，在這一刻，全都釋放了出來，林莫瑤的眼淚猶如決堤一般，不停的流下。

感受到林莫瑤周身散發出來的濃烈悲傷，赫連軒逸頓時慌了。

「阿瑤？阿瑤？」赫連軒逸的呼聲中，帶上了濃濃的擔憂。

林莫瑤置若罔聞，就這樣抱著他哭了很長時間，直到把自己這滿腹的委屈都哭了出來，心裡才好過許多。她慢慢地從赫連軒逸的懷裡退出，發現他的衣襟上已經被自己的眼淚給浸濕了一片。「逸哥哥，對不起……」林莫瑤有些不好意思。

赫連軒逸見她已經恢復正常，總算鬆了口氣。雖然林莫瑤退出他的懷抱後，他有些失落，不過很快的，赫連軒逸就找到了緩解這種失落的方法——主動牽起林莫瑤的手。

「好好的怎麼哭了？」赫連軒逸一手拉著她的手，一手輕輕為她擦眼淚。

林莫瑤一動也不動，任憑赫連軒逸幫她把眼淚擦乾了，才輕輕地搖了搖頭，沙啞著聲音說道：「沒事，就是聽了你那些話，心裡好難受。」

赫連軒逸一聽，立即就作出一副受傷的神情，彷彿很委屈一般地說道：「原來阿瑤不喜歡聽這些話。」

林莫瑤見他這樣，頓時慌了，急忙解釋道：「不是的，逸哥哥，你別亂想，我只是……」

「只是什麼？」赫連軒逸眼中閃過一抹狡黠，趁勢追問道。

林莫瑤也不知是急的還是羞的，整張臉都脹紅了，這才堪堪說出一句話。「只是……只是有些意外。」

「意外？」這個回答倒是讓赫連軒逸也有些意外。赫連軒逸見她半天不說話，便拉過她的手放在了胸前，笑著說道：「妳以為這三年，只有妳在念著我是嗎？」

林莫瑤瞪大了眼睛看著他，然後點了點頭。

這下，赫連軒逸笑了，看著林莫瑤的眼睛道：「阿瑤，妳不信我？」

林莫瑤一聽，頭連忙搖得就像撥浪鼓一般，急道：「信！我怎麼會不相信逸哥哥呢？我只是覺得太意外了！」說完，林莫瑤羞紅著臉，慢慢低下頭來，看到兩人牽在一起的手，臉更紅了。

赫連軒逸看著面前的少女，手心傳來的溫熱讓他的心也暖暖的。兩人就這樣依偎在一起，誰都沒有再說話，而兩人之間的氛圍也漸漸發生了變化，從最開始的生疏，到現在只剩下暖心了。

兩人就這樣安靜的坐了一會兒，才重新聊起了別的話題。

「對了，逸哥哥，那晚你怎麼突然來了林家村？之前的來信都沒聽你說要離京啊，我還以為你要在京城多待一段時間呢！」林莫瑤將頭靠在赫連軒逸的肩膀上問道。

「其實我主要是去文州見我爹的，一方面要跟他彙報一下家裡的情況；一方面，是京城的局勢這三年有些不穩，有些事，需要爹來定奪。」說到這裡，赫連軒逸突然歪了下頭，看向林莫瑤，笑道：「但是，我挺想見妳的，所以就先來林家村了。」

林莫瑤聽他前面還在一本正經的說原因，最後一句卻話鋒一轉，她心中一甜，又是一陣臉紅。

赫連軒逸笑了笑，繼續說道：「我是那天傍晚到林家村的，只是林嬸跟我說妳去了興州府，我就留在家裡等妳了，沒想到，到了夜裡就發生了那樣的事。」

提起這件事，兩人的心裡都有些難受。

林莫瑤坐直了身子，認真地看著赫連軒逸，眼中有著感激。「逸哥哥，那天真的太感謝你了，娘已經跟我說了，如果不是你的人及時幫忙，外婆他們怕是就要遭遇不測。」

地動過後幾天，赫連軒逸離開後，林氏他們和林莫瑤說起了當時的情況，這才知道，原來那天夜裡，赫連軒逸留在林家，可是房間有限，跟著他來的侍衛們，就分別住在林莫瑤家和林泰華家，發生地動的瞬間，侍衛們第一時間就將林家所有人都救了出來，這才讓林家人沒有受到什麼傷害；而赫連軒逸更是一直護著林氏和林劉氏，直到後來司北跑回來，告訴他們林莫瑤的異樣，赫連軒逸立即毫不猶豫地出去尋人，然後就看到那樣無助和陷入自責中的林莫瑤。

想到那天夜裡林莫瑤的模樣，赫連軒逸頓時一陣後怕，再回想她嘴裡呢喃的話，抓著林莫瑤的手不自覺的就收緊了，說道：「阿瑤，這次的災難是天災，不能怪妳，妳不要太自責了。」

林莫瑤心中難受，慢慢的把頭低下。「我只是心裡不好受。」林莫瑤想了半天，只能說出這樣一句話，因為她不知道，該如何去跟赫連軒逸解釋內心的那個秘密？這次的災難，明明可以躲過的，卻因為她的一時大意，造成如今的後果，害許多人失去性命，更有許多人無家可歸。

強烈的愧疚壓得她喘不過氣來，可災難已經發生了。既然挽回不了，那就只能盡力的去補救，所以，在蘇洪安和劉縣令召集大家救災、救人時，林莫瑤幾乎是傾盡全力幫忙。

林莫瑤低著頭，赫連軒逸看不到她臉上的表情，卻能感受到她的低落，心疼之下，他抬起手，將人摟進懷裡，說道：「事情都過去了，妳能做的也都做了，就不要再想了。一切有我，我會一直陪著妳的。」

「嗯。」

兩人又在河邊坐了一會兒，直到林氏讓司北來尋，才慢慢的往回走。一路上，赫連軒逸都牽著林莫瑤的手，一直到臨近林家，才依依不捨的把手鬆開。

赫連軒逸低頭看著面前的少女，抬起手，輕輕為林莫瑤整理一下髮絲，低聲說道：「阿瑤，我讓我爹娘到妳家提親好不好？」

林莫瑤一愣，猛地抬起頭看向赫連軒逸，眼睛睜得老大，等回過神來之後，又立即將頭給低下。

雖然她的動作很快，但赫連軒逸還是看到了她那紅彤彤的臉蛋，心中暗笑。阿瑤今天可真愛臉紅，不過，很可愛。

林莫瑤低著頭，感覺臉上都快燒起來了，再想到這人還在看著自己，心跳就更快了，頓時不敢繼續在這裡待下去，只丟下一個輕輕的「嗯」字，就直接掉頭跑走，直到跑進了林泰華家的後門，這才靠在牆上大口大口的喘氣。

她心中又是甜蜜又是激動，還不禁懊惱。這人怎麼去了京城三年，回來就變得一副油嘴滑舌的模樣了？就這半天的工夫，說出來的話，讓她一個活了三輩子的人都險些招架不住。

想到這裡，林莫瑤便巴在後門上悄悄往外看，就見赫連軒逸正嘴角含笑地往這邊走，在她看出去的時候，也同時抬頭看向這個方向，把偷看的她給抓了個正著。

林莫瑤見被人抓包，猛地縮了回來，只是剛剛把腦袋縮回來，身後便響起了一道聲音——

「阿瑤，妳在這裡做什麼？」

林莫瑤嚇了一跳，直接叫了一聲，迅速轉身，結果肩膀不小心碰到了後門上，疼得她直抽氣。

第八十二章 棉花

「天吶，妳沒事吧？」說話的人見嚇到了林莫瑤，而且轉身的時候還被後門給碰了一下，正疼得齜牙咧嘴，連忙走過去，著急的詢問。

林莫瑤等疼痛緩解了，這才抬起頭，看向讓自己嚇了一跳的罪魁禍首，發現居然是林瑾娘的大女兒黃月華。

「月華姊，妳嚇死我了！」林莫瑤一邊揉著肩膀，一邊委屈道。

黃月華因為突然出聲嚇得林莫瑤撞到了門，心裡正愧疚，聽見林莫瑤這帶著抱怨的話，就有些不好意思，手足無措了起來，緊張地說道：「我只是看妳一個人在這兒，想問問妳在做什麼，要不要我幫忙？我不是故意要嚇妳的！」

林莫瑤一聽，暗道一聲不好。這黃月華雖說離開黃家，跟著來了林家村，可心裡畢竟有些自卑，覺得自己是在林家村寄人籬下，所以在面對林家眾人的時候，一直帶著幾分小心，自己剛才那句話的語氣不好，必定讓她以為自己是在怪她了。

「不怪妳、不怪妳！月華表姊，妳別內疚，是我自己不小心撞到的，而且也沒事了。」說完，林莫瑤還活動了一下肩膀，表示自己真的沒事。

黃月華歉然地看著她，頗為自責。

林莫瑤在心中嘆了口氣，主動走上前挽著黃月華的手，說道：「好了，我的大表姊，妳就別亂想了。走吧，我們趕緊去前面看看情況。對了，壯壯醒了嗎？」林莫瑤怕黃月華會鑽牛角尖，就轉移了話題。

果然，黃月華一聽林莫瑤問起前院和林天佑的事，就主動跟她說了。

赫連軒逸進門的時候，正好就看見兩人手挽手的離開。

「那人是誰？」赫連軒逸好奇地問了一句。他和林家人尚算熟悉，林莫瑤的兩個姊姊他都認識，這個少女他好像沒見過。

司北聽見赫連軒逸的問話，就解釋道：「那是二老爺的外孫女。」

「外孫女？」赫連軒逸想了想，便想起來了。那天晚上，他陪著林莫瑤和林二老爺他們去看村子裡的情況時，確實有個婦人帶著一個男孩和一個少女，叫林二老爺「爹」和「外公」，只是那天晚上幾人身上都髒兮兮的，天色又暗，赫連軒逸一時間沒有認出來，這個被林莫瑤挽著的少女和那晚的是同一個人。

既然知道了對方的身分，赫連軒逸就沒有再多問，他對其他人的事情不感興趣。

林莫瑤跟著黃月華直接去了林紹遠的院子，兩人剛走到院子門口，就有守在房門的丫鬟進屋報信去了，沒等兩人走到臺階下，巧兒就已經打了簾子迎出來了。

「奴婢見過二小姐、表小姐。」巧兒迎面走到兩人面前，屈了屈膝，行禮喊道。

林莫瑤一邊說著「不用多禮」，一邊往她身後瞅著，問道：「大嫂她們在屋裡嗎？」

巧兒連連點頭，道：「是啊，大小姐和蘇夫人她們都在，問了好幾次二小姐了，只是司北說，二小姐跟赫連公子出去，這才沒讓奴婢去找，既然二小姐和表小姐來了，就趕緊進去吧！」

林莫瑤點點頭，拉著黃月華就鑽進了屋子。

剛進屋，就感受到一陣暖風撲面而來。這屋子裡因為有蘇安伶和林天佑兩個身體虛弱的人，所以林家人早早就把這屋的炕給燒了起來，這會兒林莫瑤進來，才會感覺屋子裡暖洋洋的。

林莫瑤和黃月華一一給屋裡的長輩們見了禮，就直奔蘇安伶和林天佑去了，隔老遠的，林莫瑤就喊上了。「我的小壯壯欸！快來給姑姑抱抱，可想死我了！」待走到跟前，更是直接從蘇安伶懷裡，把林天佑抱到了自己的懷裡逗弄起來。

雖然知道剛滿月的孩子是什麼都看不見的，只能看見一些顏色和亮光，林莫瑤還是樂此不彼的要他記住自己是二姑姑，惹得林天佑咧嘴格格的笑著。只是未足月出生，這聲音聽著都還是弱弱的。

林莫瑤只逗了一會兒，就把孩子交給蘇安伶，開口問道：「大嫂，妳身體恢復得怎麼樣了？」

蘇安伶感激地看著林莫瑤，回道：「好多了，多虧了墨蘭，每日吃的、喝的都是她親自打理，我喝不下藥，就變著法子的把藥放到膳食裡弄給我吃，真是辛苦她了。阿瑤，也謝謝妳。」說完，還扭頭感激地看了一眼旁邊站著的墨蘭。

林莫瑤也揚起頭對她笑了笑。

墨蘭連忙福了福身，對兩人說道：「這都是奴婢該做的。」

蘇安伶趕緊讓她起來，繼續說道：「如今我漸漸好了，壯壯也有奶娘照顧著，就讓墨蘭回去給妳幫忙吧。」

林莫瑤想了想，自己現在雖然也有很多事情需要人手處理，但相較之下，蘇安伶和林天佑的身體絕對更為重要。於是林莫瑤搖了搖頭，拒絕了蘇安伶的提議。「不行，還是讓墨蘭再在妳身邊待一段時間吧，壯壯如今身體還很虛弱，妳也是，必須要好好調養，千萬不能留下病根，以後妳和大哥還要給我們林家多生幾個小毛孩兒呢！」

一句話，讓蘇安伶臉色一紅，嗔怪道：「小姑娘家家的，胡說什麼呢？一點也不害臊！」

林莫瑤聽了她的話，哈哈一笑，看向墨蘭說道：「這段時間就辛苦妳了，在大嫂這邊多待些日子。」

說是待在蘇安伶的身邊，但兩家離得這麼近，林莫瑤要是有個什麼事，還是能隨時來叫她的，墨蘭福了福身，對林莫瑤說道：「二小姐放心，奴婢一定會好好照顧大少夫人的。」

蘇安伶見拗不過她，也就沒有再多說，一旁的蘇夫人，也是如今的州府夫人，見女兒在林家過得好，也就放心了。
由於天氣，再加上林天佑如今身體仍虛弱，滿月酒的時候只是用包被包著，由林方氏抱著出來晃了一圈就回屋了，而宴席則一直折騰到下午才陸續散去。
到了晚上，幫忙的人都離去之後，屋子裡就只剩下林家一眾人、赫連軒逸、蘇鴻博夫婦、林莫琪夫妻還有蘇兮月；蘇洪安因為第二天州府衙門還有事情要處理，在吃過晚飯之後就帶著夫人回了興州府。
一群人坐在客廳裡，三三兩兩的湊在一起說話，孩子們則在屋子裡跑來跑去，好不熱鬧。蘇夫人如今懷了身孕，林氏和林劉氏等人更是著重照顧著。
林莫瑤見時機差不多，就給林紹遠使了個眼色。
林紹遠會意，便對蘇鴻博和赫連軒逸開口道：「二叔、軒逸，我們去書房坐坐吧。」
被點名的兩人對視了一眼，看了看，其他人都在各忙各的，就點了點頭。
林紹遠見狀，便對林劉氏等人說道：「奶奶、娘，我陪蘇二叔和軒逸去書房坐坐，你們在這裡聊著。」
林劉氏知道幾人怕是有話要說，沒有阻攔，交代林紹遠要招待好貴客，這才讓他們離開。
林紹遠起身在前面帶路，身後跟著赫連軒逸和蘇鴻博，待三人走到書房門口，林紹遠率先推門進去，剩下兩人在門口互相禮讓了一番。

「蘇二叔，您先請。」赫連軒逸點頭示意，並且做了一個「請」的手勢。

「少將軍也請。」蘇鴻博回禮。

若是這會兒林紹遠回頭來看，必然能在兩人臉上同時看到一抹意味不明的笑容。

最後，兩人並排走進了書房。

兩人坐下，同時看向一旁的林紹遠。

蘇鴻博笑著問道：「大郎找我們來，可是有事要說？」

林紹遠連忙抱拳賠禮，道：「還請蘇二叔和軒逸等一等，還有個人要來。」

「喔？」兩人一愣，互相看了看，卻沒有多問，只是安靜的坐在那裡等著。兩人心裡都很清楚，他們在等的人是誰。

林莫瑤在林紹遠帶著兩人離開的時候，就已經坐不住了，三人前腳剛走，這邊林莫瑤就從座位上站了起來，對林氏等人說道：「娘、外婆，我去給大哥他們泡茶，他們剛才走的時候連個下人都沒帶，可別怠慢了蘇二叔和逸哥哥才好。」

林氏剛想說「這種事情隨便讓個人去就好了」，可在對上林莫瑤的眼睛後，卻立刻改了口。「那行，妳去吧！」就在林氏抬頭看林莫瑤的一瞬間，林莫瑤向林氏使了個眼色，林氏這才猜想，蘇鴻博和赫連軒逸怕是林莫瑤讓林紹遠叫走的，想來有什麼事，不方便在這裡說吧。

林莫瑤欣喜點頭，跟其他人道個別就離開了。

「阿瑤這是去哪兒？」等到林莫瑤走了，蘇夫人才問道。

「她說給大郎和親家叔叔他們送茶水去，說不定有事要說，不用管他們。」林氏怕蘇夫人擔心，輕聲跟她解釋了幾句。

果然，聽林氏這麼一說，蘇夫人就沒有再問了。

林莫瑤這邊剛剛踏出門，墨香就端著托盤來到林莫瑤的面前，屈膝行禮道：「二小姐。」

林莫瑤點點頭，從她手上接過托盤，道了聲謝，就直接朝著林紹遠的書房走去。

墨香跟在她身後，到了書房門口，等林莫瑤進了書房，便主動站在門口守著，目不斜視。

當林莫瑤推門進來，書房裡正說話的三人同時將目光落在她的身上。

見來的人果真是林莫瑤，蘇鴻博和赫連軒逸眼中都閃過一抹了然的神色，赫連軒逸更是直接站了起來，主動接過林莫瑤手上的托盤，問道：「累不累？」

林莫瑤微微一笑，輕輕搖了搖頭，一抬頭就對上林紹遠和蘇鴻博揶揄的眼神，臉色不禁一紅，輕輕推了一把赫連軒逸，嗔怪道：「還愣著幹什麼？快把茶水給二叔他們！」

「啊？喔喔，這就去！」赫連軒逸一愣，隨即轉身給另外兩人上了茶水，另外兩人見他這樣，紛紛露出了打趣的笑容，饒是赫連軒逸臉皮再厚，這會兒也感到有些不好意思。

等到差不多，蘇鴻博才笑著轉移了話題。「阿瑤，妳找我們來，是有什麼事嗎？」

蘇鴻博一開口，兩人的窘迫這才好了一些。

提起正事，林莫瑤臉上的嬌羞也消失不見，取而代之的是睿智和冷靜，只見她在懷裡摸了一下，隨即拿出一張紙遞到蘇鴻博面前，說道：「二叔，您看看這畫上的東西，認不認識？」

蘇鴻博接過紙張打開，看清上面所畫的東西之後，抬起頭看了一眼林莫瑤。

林莫瑤一愣，問道：「二叔，有什麼不妥嗎？」

蘇鴻博輕輕搖了搖頭，道：「沒有，只是，阿瑤，妳找這個做什麼？」

一旁的赫連軒逸聽著兩人的對話，好奇地看了一眼那張紙，只是蘇鴻博和他是面對面坐著的，所以這會兒他也看不清上面畫了什麼？

蘇鴻博瞥見他的動作，主動將畫紙遞了過去，接著對林莫瑤說道：「這東西如果我沒認錯的話，叫棉花，具體實物我也沒看過，只是在別人給的圖紙上見過，和妳畫的這個一樣。但是，阿瑤，這東西妳是怎麼知道的？」

林莫瑤一愣，林紹遠呆了一下，就連赫連軒逸也停止了看手中的畫，三人的目光同時看向蘇鴻博。

蘇鴻博一臉的莫名，喃喃道：「我、我說錯什麼了嗎？」

「咳！沒事。」蘇鴻博一開口，三人才意識到什麼，紛紛低頭，林紹遠更是假意咳嗽了一聲，隨即繼續道：「我爺爺以前喜歡收集雜書，阿瑤應該是在那上面看到的吧。」說完，還給林莫瑤悄悄遞了個眼神。

林莫瑤會意，笑了笑，說道：「嗯，我也是偶然知道的。書上說，這東西可以用來織布，還能做衣服，把它的花放在衣服的夾層裡還能保暖，我一時好奇，所以就畫下來了，想著找個機會讓您看看有沒有見過，能不能弄些回來？」

蘇鴻博將兩人的互動看在眼裡，對於林莫瑤這個蹩腳的藉口有些不信，但兩人不願多說，他也就不多問了。不過，這棉花可是個好東西，既然林莫瑤問起，那應該不是什麼壞事，他只管把自己知道的告訴他們就行。

果然，見蘇鴻博不繼續追問，兄妹倆都鬆了口氣。

「阿瑤說得對，這東西是可以織布，而且織出來的布和我們平時所穿的錦緞什麼的都不一樣，摸起來軟軟的，雖然粗厚，卻不像麻布那樣扎手。至於填充在衣服裡還能保暖，這個我倒是沒有聽說過。」蘇鴻博說道。

林莫瑤點點頭，心想，這個時候棉花應該並不多，何況若沒有軋棉機的話，分離棉籽很是費勁，這樣棉布的產量自然少，加上棉花太容易生病，這麼金貴的東西肯定都織成布了，誰還會再拿來做棉衣、棉襖呢？

「二叔，您能弄到這個棉花的種子嗎？」林莫瑤開口問道。

蘇鴻博看著她，開口道：「想想辦法應該還是可以的，王家是做布疋生意的，找他們幫忙應該沒什麼問題，只是妳要這個種子做什麼？」

林莫瑤就差翻白眼了，直言道：「當然是種了，不然我要種子來做什麼？」

蘇鴻博也意識到自己問了個蠢問題，尷尬地笑了笑後，繼續道：「我聽說這個棉花不好種啊，不然也不會賣得這麼貴了。」

「貴嗎？」

蘇鴻博點點頭，伸出一根手指，說道：「當然貴了，一疋棉布，現在的市價要賣到一百兩銀子，而且還不一定買得到。」

林莫瑤倒抽了一口氣。她知道棉布貴，可沒想到竟然會這麼貴！

就在這個時候，赫連軒逸接話道：「蘇二叔說得沒錯，這棉布在京城可是一疋難求。」

這下，更加堅定了林莫瑤要種棉花的決心。

「二叔，那就麻煩您了，您看能不能在明年春天之前就把種子找來？」林莫瑤對蘇鴻博說道。

蘇鴻博想了想，距離明年春天還有五、六個月的時間，現在回去就派人去找的話，應該能在明年春天之前找回來。「好，我回去就找王家幫忙，畢竟布疋方面，他們家比較有人脈。」

林莫瑤連忙道謝。

送走了蘇鴻博後，書房裡只剩下赫連軒逸和林莫瑤時，赫連軒逸看著林莫瑤，突然問道：「阿瑤，妳怎麼突然想起來要找棉花了？」赫連軒逸雖然不知道棉花的花長什麼樣，但是聽蘇鴻博說起棉布時，他就知道了。這東西在京城很是風靡，有錢都不一定能買得到，他自然也知道這個棉布的好處。不過，用來填充做衣服，赫連軒逸還是第一次聽說。

其實，林莫瑤也是無意間想起來的。前幾天，紫苑她們在整理地動那天的東西時，無意之間弄壞了一床被子，裡面用來填充的木棉花掉了出來，林莫瑤看到了，就想起了白白軟軟的棉花。

現在的棉衣裡面大多都是填充一些碎皮子、碎布來起到保暖的作用，也有人用木棉填充，但效果始終沒有棉花那麼好。

而且，隨著現在天氣越來越冷，林莫瑤看到為了取暖而圍坐在一起的一家人時，心中也是觸動萬分。這棉花的種植，是勢在必行了。

林莫瑤跟赫連軒逸說了一些棉花的好處，尤其在說到棉花能起到很好的保暖效果時，赫連軒逸的眼睛都亮了。他在文州待了這麼多年，很清楚文州氣候寒冷，每到冬天，不少士兵都會因為天氣太冷而生病。

他們都算是好的了，至少還有個軍營可以避寒，一些貧窮村落的村民們，往往會因為天氣太冷、無法禦寒而被活活凍死。每到冬天，赫連澤都會派人去底下的村落巡視，往往會帶回又有人被凍死的消息，這讓赫連軒逸的心裡很是難受。

「阿瑤，妳有把握嗎？」赫連軒逸突然問道。

林莫瑤一愣。「什麼？」

「種棉花。妳真的能把棉花種出來嗎？」

林莫瑤看著赫連軒逸那散發出光芒的眼睛，竟說不出打擊他的話來。之前林莫瑤覺得種不種得出棉花都無所謂，可這會兒面對赫連軒逸這雙發著亮光的眼睛，林莫瑤突然就下定了決心。無論如何，一定要把棉花給種出來！

「嗯，我會盡力的！」林莫瑤看著赫連軒逸的眼睛保證道。

就算是為了你，我也會把棉花給種出來的！

第八十三章　原來是他

眼看天氣越來越冷，林家村的重建進度也不自覺的加快，儘管這樣，也只蓋好了幾個院子，距離完工還遠遠不及。只是天氣變冷了，大家也不能再繼續住在棚子裡，幸好至少已經蓋好了幾個院子，再加上松花蛋作坊的宿舍房，大家擠一擠，倒也能住了下來，不至於在外面受凍。

赫連軒逸自從那天和林莫瑤互相坦白了心意之後，就不停的往來於林家村和文州之間，在林家村住幾天，又回文州住一段時間，然後再回來。雖說一個月只有幾天能在一起，但是比起從前那只能通信的日子，已經很好了。

進了臘月，就在林家眾人忙忙碌碌準備過年，林泰華突然回來了。

當看到家人完好無損地站在自己面前時，七尺男兒忍不住流下了高興的淚水。在京城得知家鄉發生地動的時候，林泰華整個人都快崩潰了，若不是太子一再跟他強調家人沒事，林泰華當時肯定就跑回來了。

林天佑見到這個突然出現的人，很是好奇，一雙眼睛滴溜溜轉著打量他。

「這是天佑？」林泰華顫抖著伸出手，想要去抱林天佑，卻又怕自己太過粗魯傷著了他，十分小心翼翼。

林方氏抱著林天佑，不停地對他說道：「天佑，來，叫爺爺，這是爺爺。」林天佑只是好奇地看著林泰華，將手放在嘴裡，時不時的啊啊叫幾聲，就是不要林泰華抱他。

對此，林泰華很是苦惱，突然，他像是想到了什麼一般，伸手在懷裡一模，頓時一個小小的精緻錦囊便出現在眾人面前。林泰華打開它，從裡面拿出一塊通體碧綠的玉珮。

林莫瑤眼尖，第一時間就看出這塊玉珮並非凡品，而是宮裡的東西，就聽見林泰華解釋道——

「太子殿下知道咱們家天佑出生，賞了這個，說是給天佑的見面禮。這麼貴重的東西，我不敢亂放，一直貼身帶著。」

果然，林天佑看見玉珮的時候，兩隻眼睛都亮了，眾人就看見他將手從嘴裡拿了出來，然後伸出手，對著林泰華「啊啊啊」的叫著，一副求抱抱的模樣。

林泰華喜出望外，伸手接過，林天佑在進入他懷抱的一瞬間，就伸手去搶他手上的玉珮，林泰華也樂得給他抓著。

倒是林方氏在一旁緊張得不行。「這可是太子殿下賞賜的東西，你小心點，別給摔壞了！」

林泰華一邊抱著林天佑哄著，一邊無所謂地說：「沒事，繩子在我手裡拽著呢，摔不了。」

儘管林泰華這麼說，林方氏依然還是覺得得小心一些，因此不停的在旁邊相當謹慎的護著，以防林天佑一個抓不穩，失手把玉珮給摔了。

見夫妻倆抱著林天佑慢慢走出了房門，林劉氏也理了理衣裳，扶著林氏的手，對屋裡的其他人說道：「好了，咱們也該出發，不然待會兒儀仗隊到了，禮部的人該說咱們失禮了。」

「嗯。」

林泰華這次不是一個人回來的，跟他一起的還有禮部的人。

這一次京城來的賞賜，除了交給禮部護送的，皇帝和太子給林泰華的賞賜之外，其他的東西就是賞給整個林家村的，表彰他們在這次災難中的優越表現，並且提倡其他地方也要跟林家村學習這種團結互助的精神，在遭逢災難時能不慌不躁，井然有序。

村長和族長帶著林家村所有人跪在地上，聽著禮部官員宣讀的聖旨，一言一語都讓他們心中燃起強烈的榮譽感。雖說家沒了，但是他們有雙手可以重建，新的生活只會更好。

考慮到村子裡的情況，這次的賞賜，太子殿下特意幫著他們全部換成了現銀。有了這筆錢，正好全部拿來投入村裡的建設，這樣一來，各家各戶就不需要再另外出錢，林家村的人們又是一陣千恩萬謝。

和村子的賞賜不同，林泰華的賞賜則是裝了滿滿的兩輛車，各種補品、布疋錦緞還有飾品頭面等等，村民們只能眼睜睜看著滿滿當當的兩輛車，進了林家的大門。

道。

「這滿滿當當的兩輛車，還是御賜的，得值不少錢吧？」有人看著這一切，羨慕地說道。

不過，也只是稍稍感慨了一下，因為後頭就有人站出來，對說話的人橫眉豎眼的教訓道：「別想那些有的沒的，人家大華得的這些東西可都是應該的！你也不想想，人家可是去了京城、在皇家莊子上做過事的人。有閒工夫在這兒羨慕人家，還不如去幫著大夥兒招待客人。」

之前說話的那人也不過是隨便感慨一下，被人教訓了一頓，立即就收了心思，陪笑道：「哈哈，我就是隨便說說！這就去幫忙、這就去幫忙！」

等到人走了，出言教訓的人往林泰華家的方向看了一眼，最後又嘟囔了一句。「希望你們在以後越來越好的日子裡，別忘了當初是誰拉了大家一把，才能過上這樣的日子，有了如今的風光……」說完，便轉了個身，離開了這裡，徑直去招待客人的地方幫忙了。

這次的賞賜並非林家村獨有，另外幾個收留災民的村子也得到了不同的獎勵，或是一片土地，或是銀錢，這樣一來，大家也不會天天盯著林家村羨慕了。

因為有了賞賜的銀子，村民們無須再用自己的積蓄來蓋新房，頓時，大家手頭都寬裕了不少。到了趕集這天，不少人家就相攜去縣城逛逛，準備採買過年的東西，然後舒舒坦坦的過個好年。

雖說大家現在全部擠在幾個院子裡，但是這樣混居的日子，倒是比從前更顯得熱鬧些；各家各戶也商量了，今年過年，就一家出點東西，整個村子過個集體年。

林家這邊，林莫瑤因為受了涼，不得不留在家裡養病，採買的事情就全部交給了黃氏和王氏等人。林氏也沒閒著，自從知道林莫琪有孕之後，就一直在家裡幫林莫琪做小孩的衣服，貼身的、外面穿的，各種各樣都有。

人們早晨出發，傍晚回來。

「二小姐，趙管事和胡家嫂子來了，說是有事要跟小姐說。」

林莫瑤正在屋裡休息，聽見紫苑的稟報就爬了起來。「他們有說什麼事嗎？」

紫苑見林莫瑤起來了，就走過去主動幫她拿了件襖子加在外面，又取了保暖的披風披上，這才說道：「沒說，不過，看他們兩人的樣子，好像挺嚴重的。」

林莫瑤一愣，隨即緊了緊身上的披風就出了門，道：「妳去帶他們進來吧。」

等林莫瑤抵達會客廳的時候，趙虎和胡氏也被紫苑領進來了。

「二小姐。」兩人站在廳裡對林莫瑤行禮。

林莫瑤連忙讓兩人不用多禮，坐下說話，等到兩人坐下之後，林莫瑤才問道：「胡嬸、趙管事，你們這個時候來，是有什麼事嗎？」

夫妻二人互相看了一眼，趙虎對胡氏點了點頭，胡氏便對林莫瑤說道：「二小姐，您還記得雞棚被盜的事嗎？」

林莫瑤一愣。當年因為沒有任何線索，這件事情最後只能不了了之，而她和林家人也漸漸的把這給忘了，沒想到胡氏竟然還記著。林莫瑤點了點頭，說道：「記得，為了這事，胡大娘還自責了好久。怎麼了嗎？」

胡氏聽了林莫瑤的話，突然就變得有些欲言又止。

林莫瑤見狀，眉頭便皺了起來，問道：「嬸子，有什麼話就直說吧。」

胡氏在趙虎的鼓勵下，最終還是看向林莫瑤說道：「那什麼……二小姐，今天我和趙虎去縣城買過年用的東西，中午的時候餓了，就隨便在城裡找了家麵攤吃麵，我們坐下之後，正好聽見了隔壁桌的人說話……」

「說什麼？」

胡氏猶豫了一會兒，最終咬咬牙，繼續說道：「我們聽見那幾個人提起了偷雞的事，看他們的樣子，應該是沒錢花了，當中就有人提議，說再來林家村偷點東西出來賣。我們倆一聽和林家村有關，就多留意了一下，這才知道，原來這幾個人就是當年來雞棚偷雞的人！他們商量著故技重施，再來村子裡偷東西。我還聽見他們說、說……」胡氏突然結巴了起來。

林莫瑤皺著眉頭，問道：「說什麼？」

胡氏看林莫瑤的模樣似乎有些生氣，也不結巴了，說道：「他們還提到了妳二舅家的大郎。」

「林紹武？關他什麼事？」林莫瑤意外道。這林紹武可是好久都沒見過人了，地動的時候他不在村子裡，躲過了一劫，地動過後倒是回來了，可卻是跑去他家廢墟，把家裡的錢都挖了出來，然後再也不見蹤影。前兩個月又回來了一次，聽說也是回來要錢的，但林泰立似乎沒有給他，所以他氣呼呼的走了，從此之後就再也沒有回來過。

「那幾個人似乎跟他很熟，並且說了，有他在，對林家村熟門熟路的，不會被抓到，就像上次一樣，要不是他提前找好路線，他們怎麼可能那麼容易就逃掉？」

胡氏剛剛說完，林莫瑤就砰的一聲，一巴掌拍在了一旁的桌子上，怒道：「原來是他！」

見林莫瑤發怒，趙虎和胡氏嚇得從座位上站了起來，兩人看著林莫瑤，繼續道：「二小姐，這件事非同小可，所以我們倆就趕緊回來跟小姐說了。」

林莫瑤氣了一會兒後，漸漸恢復了冷靜，看著二人問道：「那他們有說那些雞都去哪兒了嗎？」

胡氏一臉茫然，然後看向趙虎。

趙虎隨即點點頭，道：「嗯，提到了，是鎮上的一家小酒樓。」說完，見林莫瑤的眉頭皺著，趙虎又解釋了一句。「他們說話的聲音小，但小人習過武，耳力比常人好，所以聽得清楚一些。」

林莫瑤看了看他，又問道：「那這幾個人現在在哪兒？」

「小人聽了他們的談話之後，就多了個心眼，等到他們離開麵攤時，就帶著兩個兄弟跟上了，一直到摸清他們住的地方才回來。」趙虎回道。

林莫瑤點點頭，讚賞了一番趙虎做事的圓滑周到後，對兩人說道：「這件事非同小可，我還得和家裡人商量一下。這樣吧，你們回去後先別聲張，等時機到了，我就讓人去找趙管事，到時候還麻煩趙管事帶人去找著那幾個人，順便連那間收了贓物的小酒樓也一併找出來。」

「是。」

送走了趙虎和胡氏，林莫瑤攏了攏身上的披風，帶著紫苑，直接就去了林泰華家。

林二老爺家的房子也要拆了重蓋，這段時間兩家人都是住在一起的，林莫瑤過來的時候，兩家人正坐在一塊兒說話。

林家人都是節省慣了的性子，所以就在一間屋子裡燒了炭取暖，白天若沒事，一家人就都待在一起，也能熱熱鬧鬧的，只有休息才會各自回房。

林莫瑤突然出現，讓家人都很意外。因為她感冒，為免幾個年幼的孩子被傳染，她便讓奶娘把林天佑帶走，又讓下人把林業——以前的黃業——給帶到別的屋子去玩耍，這才把之前從趙虎那裡得來的消息說了出來。

林二老爺和林劉氏知道這件事情竟然和林紹武有關係時，氣得渾身發抖。

「畜生！這個畜生！竟然這般聯合外人來禍害自家人！」林二老爺忿忿地罵道。

林劉氏氣得頭疼，扶著腦袋唉聲嘆氣。

林莫瑤見兩人這樣，只能沈默不語。對於林紹武的處置，自己作不了主，這件事情只能交給林劉氏和林二老爺。

過了一會兒，林劉氏總算是緩過來，只見她嘆了口氣，叫過林泰華，吩咐道：「老大，你去趟老二那邊，把這件事原原本本跟他說清楚，具體要怎麼做，你問他吧。」

「娘？」林泰華有些意外。這件事明顯就是林紹武的錯，難不成林劉氏還要包庇他不成？這讓林泰華不能接受。

林劉氏抬起手打斷了林泰華的話，斬釘截鐵地說道：「這件事先問過你二弟再說，他現在的情況和從前不同了，強子的手廢了，張氏也死了，家裡就只剩下他和紹武，你去把這件事原原本本的告訴他，要怎麼處置，聽他的。」

林泰華皺眉，不贊同林劉氏的解決辦法。

林莫瑤看著，無奈地嘆了口氣，輕輕拉了拉林泰華，道：「大舅，您就聽外婆的，先問問二舅再說吧。」

林泰華為難地看著林莫瑤。這件事情林莫瑤家是苦主，他實在沒有辦法接受他娘一而再、再而三的容忍老二一家，要林莫瑤她們一再讓步。他擔心長此以往，林莫瑤一家和他們家會生出間隙。

第八十四章　這事看你的意思

林泰華離開林家，到了林泰立暫時居住的房子。

林泰立家的房子已經塌了，叫他和林紹強住到林泰華家又不肯，最後乾脆就讓他暫時帶著林紹強，住在之前蘇力一家照看藕塘時居住的那個小院。那邊雖然也倒了一間房子，但好歹還有一間是好的，正好給他們父子二人居住。

林紹強自從斷了手之後就變得陰沈沈的，整天待在家裡也不出門，父子倆在家見面，就跟陌生人一樣，一句話也不說。

林泰華到的時候，只有林紹強一個人在家，盯著林泰華的目光滿是怨恨，對他的問話也是愛理不理的。

看著林紹強這副模樣，林泰華怒從中來，但想到他已經沒了娘，又跟二弟的關係不好，心想這孩子也算是可憐，就沒跟他計較，徑直出了院門，去蓋房子的工地上找林泰立了。

林泰華找到林泰立時，他正在工地上幫著幹活、搬東西，見林泰華來了，就停下手裡的活，迎了出來。

「大哥，你怎麼來了？」

自從張氏死後，自己這個弟弟似乎又變回從前沈默寡言的模樣，平日絕不主動和別人說話，就是和他之間，話也變得越來越少了。

林泰華掃了一眼後面的工地，見大家都往他們這邊看，就說道：「我有點事跟你說，跟我來吧。」說完，便轉身離開了工地。

林泰立不明所以，但還是跟工地上的村民打了聲招呼後，跟了上去。

兄弟二人來到一個四下無人的空曠之處，林泰華才一臉鄭重地對林泰立說道：「老二，大哥有件事要跟你說，但是，大哥希望你能憑著自己的良心去處理這件事。」

林泰立見林泰華這副模樣，心中咯噔了一下，升起一種不祥的預感。「大哥，是不是出什麼事了？」

林泰華猶豫了一會兒，隨即點了點頭，將林莫瑤跟他們說的事，原原本本的告訴了林泰立。

聽完了來龍去脈，林泰立臉上的神情震驚，痛苦、自責和愧疚交替著，隨後，他突然抱頭蹲了下來，將頭埋在臂膀裡，肩膀一聳一聳的。

林泰華看弟弟這樣，心中也難受，感慨弟弟的命苦，找了個那樣的媳婦不說，兩個兒子還成了如今的模樣，而他這個做大哥的，卻什麼事都幫不了他。一時之間，林泰華自己也充滿了自責。

兄弟倆就這樣，一個蹲著，一個站著。

許久後，直到林泰立發洩夠了，這才慢慢從地上站了起來。

林泰華看著他發紅的眼眶，有些難受。

「二弟，娘說了，這件事交給你自己處理，不管你作什麼決定，家裡人都不會怪你的。」

林泰華的話讓林泰立有些意外，只見他愣愣地看著林泰華，問道：「娘真的這麼說？」

林泰華點點頭。這個時候，他能看見林泰立的眼裡滿是掙扎。

一邊是自己管教不了的兒子，一邊則是自己的至親家人，林泰立的心裡很清楚，若是他選擇幫林紹武求情，林家人都絕不會再動林紹武半分，但他以後怕是再也沒有臉面見林家任何人了。

話說回來，林紹武如今的模樣，已經徹徹底底的長歪，偷雞摸狗各種壞事做盡，現在竟然還聯合起外人來禍害自己的家人！現在他就敢這麼做，誰知道他將來還會做出什麼樣的事來？而林紹武會如此，完全就是因為他的懦弱和林張氏的溺愛。

這些年，他掙的錢全都交給了林張氏，而林紹武每次在外面沒有錢花了就跑回來要，林張氏甚至都不跟他商量一下，就直接把錢給林紹武，這才導致林紹武好吃懶做，從而走上歪道。

經過一番糾結和掙扎，最終，林泰立作出了決定。

「大哥，你們報官吧。」

不能再放任林紹武這樣下去了，趁現在為時尚早，若是能將他糾正過來就再好不過，若是不行，那這輩子就讓他自生自滅吧。

林泰華的神情很是意外，他沒想到，林泰立會讓他們去報官，這樣一來，林紹武可以說是完全毀了。不說別的，光偷盜這一條，就夠他在大牢裡待上個一、兩年，而且，林泰華大膽猜測，林紹武犯下的罪狀絕對不止這一條，所以幾年內怕是都出不來了。

「老二，你可想好了？」林泰華再次詢問，希望林泰立自己考慮清楚。

林泰立不再看他，轉過身，斬釘截鐵地點了點頭，道：「大哥，就這樣吧！他現在所遭受的一切都是他自找的，我既然管不了他，那就讓縣太爺幫我管吧！」說完，不再等林泰華開口，直接就離開回了工地，埋頭苦幹起來。

林泰華老遠看著自家弟弟埋頭幹活的模樣，心中閃過一抹心酸，最終還是什麼都沒有說，嘆了口氣，回到了林家，把林泰立的回答轉告給林莫瑤等人。

林莫瑤注意到，林劉氏在聽見林泰立的決定時鬆了一口氣，顯然，林劉氏自己也很害怕林泰立會選擇包庇林紹武，這樣一來，林劉氏對林泰立又失望了。

得到林家人的同意，林莫瑤找來趙虎，讓他帶著之前跟蹤的幾個兄弟去縣城，接下來的事情就全部交給他了。至於縣衙會怎麼處置那幾個偷雞賊，還有那間幫著銷贓的小酒樓，就不是她該管的了，只囑咐趙虎處理完之後回來給林家人送個信。

因為是林家的事情，所以劉縣令特別上心，在抓住了幾個混混和林紹武之後，直接就派人開始清查他們犯下的事。這一查，竟然查到幾人不光偷雞摸狗，甚至還攔路搶劫、欺負良家婦女、聚眾鬥毆、恐嚇威脅等等，簡直就是除了殺人放火，無惡不作了。

最終，帶頭的那個人因為涉嫌強占婦女，被判了流放，其他人則或重或輕的，都被判了刑。至於林紹武，一開始劉縣令考慮到他是林家的人，還想著輕判，但是，在趙虎轉達了林家人的意思之後，劉縣令直接依法該判啥就判啥。按照罪名的輕重，林紹武被判了二十大板及五年監禁。

為了不連累林氏宗族的其他子弟，族長在詢問了林泰立之後，便開祠堂，將林紹武給逐出林氏一族。

行刑那天，林泰立特意帶著傷藥來了大牢，幫著林紹武處理身上的傷口，還請了大夫給他檢查。

「你滾開！不要你在這裡假好心！」林紹武趴在牢房的床上，因為疼痛，手腳不能動，只能對著林泰立吼叫。

林泰立對他的無禮充耳不聞，繼續為他處理身上的髒污，並且把自己從家裡帶來的褥子、被子給他鋪好，甚至還幫他準備了一張桌子和椅子，讓他平時能坐一坐，吃飯的時候不至於和其他犯人一樣，坐在地上吃。

只是，這一切林紹武並不領情。「我讓你滾啊！現在來假好心什麼？我被抓的時候你怎麼不幫我求情？你不是和大房的人關係很好嗎？你去讓他們放了我，讓他們放了我啊！我不要在這裡，我不要在這裡待著！」林紹武大喊大叫，說著說著，竟然就哭了。

林泰立做好手上的事情後，站在床邊看著趴在那裡痛哭流涕的林紹武，眼中有著心疼和無奈。過了許久，林泰立才緩緩地開口道：「大郎，這幾年你就在這裡好好的反省吧，爹走了。爹會經常來看你的，有什麼需要的你就跟牢頭大哥說，爹已經幫你打過招呼，你跟他說了，他會託人來跟爹說的。爹回家給你蓋好房子，等你回來。」

「不，不要！我要回家，我要回家！爹！爹，你去求他們，你去求他們放了我吧！我知道錯了，我知道錯了！爹，我不想在這裡，我要回家！」林泰立的話，猶如壓倒林紹武最後一根救命稻草，他這會兒茫然無措，根本就不知道該怎麼辦，滿腦子想的都是不要在這裡待著！

只是，林泰立根本就不理會他的求情，最後再看了一眼林紹武，就直接出了牢房。在林泰立走出牢房之後，就有衙役上前將牢房的門鎖了起來。

林紹武趴在床上，試圖掙扎著往門邊爬，卻一動就扯到傷口，最終只能嚎啕大哭地看著林泰立轉身離開。「爹，我錯了，你救救我，你救救我啊！爹，你別走，爹——」

耳邊林紹武的哭喊聲讓林泰立紅了眼眶，直到出了大牢的門，陽光灑在身上之後，林泰立終於忍不住，蹲在地上跟著嚎啕大哭了起來，絲毫不管路過的人們投來的異樣目光。

「大兄弟，你放心吧，我會幫你照顧好你兒子的。」這時，牢房的牢頭走到林泰立身邊，輕輕拍了拍他的肩膀說道。

林泰立紅著眼眶看著出現在自己面前的牢頭，最終什麼都沒有說，只是朝對方鞠了個躬，道了謝之後，才失魂落魄的離開了這裡。他知道，這些衙役、牢頭，林泰華怕是已經都打理好了，雖然林紹武要在裡面待上五年，但至少他以後在大牢裡的日子，過得不會太慘。

回了林家村後，林泰立沈寂了很長一段時間，每天不是去工地幹活，就是一個人待在院子裡發呆，人比從前更加沈默了。

直到有一天，村子裡隱隱約約傳來敲鑼打鼓的聲音，林泰立才知道，原來馬上要過年了。只是，看了看略顯淒涼的臨時住宅，原本的四口之家，如今只剩下他和小兒子兩個人，媳婦沒了，大兒子坐牢了，這年，還有什麼好過的？

林泰立垂頭喪氣，林紹強更是在聽見外面的敲鑼打鼓聲之後，直接鎖緊了房門，完全不願意出來。

到了下午，有人前來敲響了他們院子的門。

「二爺。」來人是林泰華身邊的隨從，名叫林忠，是林泰華在京城時救下的一個小乞丐，對方也是孤家寡人一個，就跟著林泰華回了林家村，一直伺候他的生活起居，說是伺候，不過是幫著林泰華跑跑腿罷了。

林泰立聽見喊聲就出來開門，看見林忠站在門口。

見林泰立開門了，林忠笑呵呵的上前一步，行了個禮，說道：「二爺，老夫人讓小的來請二爺和四少爺去那邊過年。」

林泰立尷尬地笑了笑，隨即拒絕道：「算了，你去跟我娘說，我和四郎就不過去了。」說完，抬手就要關門。

林忠眼疾手快的攔住了，有些為難地道：「二爺，老夫人讓小的來就是專門來請您和四少爺的，這……你們要是不去，老夫人會怪罪小人的。」

林泰立見他堅持，只能鬆開手，道：「那你等一下，我去問問四郎。」說完，就轉身到林紹強所住的屋子門外，敲了敲門問道：「四郎，你奶喊你去他們那邊過年。」

屋裡沒有聲音傳來，林泰立又敲了幾下門、喊了幾聲之後，屋裡終於有了動靜。

林忠只聽見砰的一聲，好像是什麼東西砸在了門上，隨即便聽見屋裡傳出一聲暴喝——

「不去！別來煩我！」

隨即，便再次陷入沈默。

林泰立無奈地嘆了口氣，轉身來到門口，對林忠說道：「你也看到了，四郎不去，我也不能留他一個人在家。你回去跟我娘和大哥說一聲，就說我們不過去了。」說完，不再管林忠，直接就把院門給關上。

林忠站在門口嘆了口氣，最終還是轉身回了林家，把自己看到的情況跟眾人說了。

林劉氏有些心疼，最後，只能讓人給林泰立和林紹強送一桌子的菜過去。也幸好提前做了他們不會來的準備，備下了菜，這才不至於慌亂。

這次，林忠帶著人把飯菜送過來，林泰立倒是沒有拒絕，煩勞林忠給林家的其他人問好之後，就把飯菜留下了。

林忠回來回報說林泰立收下了，看樣子也沒有不高興，林劉氏這才放下心來。看著如今越發光鮮的大兒子，她喃喃道：「你弟弟他也是命苦。」

林泰華知道，林劉氏這是看到自己和弟弟的差距，心有所感，便保證道；「娘，您放心吧，不管以後咱家日子過得多好，我都不會忘了二弟的。除非我死了，不然我是不會不管他的。」

得了林泰華的保證，林劉氏這才擦了擦眼淚，哽咽著點了點頭。她自己也知道，老二家的情況，她是真的不能再要求大兒子家和閨女家為他多做什麼了，現在這般已經是最好的結局。

第八十五章　我想出去走走

今年的大年三十，怕是林家村有史以來過得最熱鬧的一次。

初一這天，全村一百多戶人家、好幾百個人齊聚祠堂門口，進行祭祖、祈福，下午的時間，就是各家各戶的孩子們到處給其他人拜年。

大年初一一過，年初二的早上，人們就又重新投入到新村的建設當中。

林莫瑤閒暇時就站在院子門口，看著村子裡的大家如火如荼的忙碌著，眼看已經逐漸成形的村落，心中莫名的有了滿足感。

「阿瑤，妳在看什麼？」

突如其來的聲音打斷了林莫瑤的思緒，一回頭就看見林紹安和林紹平相攜走到自己的身旁，一左一右的站著，似乎想替她擋一擋外面吹來的冷風。

「沒什麼。你們怎麼來了？」林莫瑤看著突然出現的兩人問道。

林紹安背著手站在林莫瑤的右邊，聽了她的問話，就往林莫瑤的左邊指了指，道：「陪平哥出來轉轉。」

林莫瑤又看向林紹平。十五歲的林紹平已經長成了一個高眺的少年，褪去了青澀，有了書香氣息的渲染，整個人看起來溫文爾雅。

就在去年春天，林紹平總算是不負眾人所望，有了秀才的功名；到了秋季，又下場試著考了舉人，雖然名落孫山，但也算是意料之中的事情。林二老爺讓他去參加，也不過就是為了磨練一番罷了。

「咋了？平哥有心事？」林莫瑤歪著腦袋看著他問道。

林紹平如今整個人看起來豁達了許多，這會兒只見他仰著頭，目光看向遠處，也不知在想什麼？

林莫瑤見他沒有說話，也沒再追問，而是跟他一起看著遠方。三人就這樣並排站在臺階上，各有所思。

過了許久，林紹平突然開口了。「三郎、阿瑤，我想出去走走。」

正在愣神的兩人被他的一句話給拉回現實，林莫瑤覺得有些奇怪，林紹安則是已經一腳邁下了臺階，隨即說道：「行啊，走，我們再到那邊去轉轉。」

可是，林紹平卻紋絲不動，只將目光看向遠方，繼續道：「不是，三郎，不是村子裡，是外面。我想去外面走走，看看外面的大好河山、風土民情。」話語中有著的是對外界的憧憬和期望。

林莫瑤有些震驚地扭頭看向林紹平，發現他的眼中滿是嚮往。

林紹安則是驚了一下，就這樣呆呆地站在比兩人矮一階的臺階上，看著林紹平，出聲道：「你沒生病吧？」在他看來，林紹平如今雖然已經是個十幾歲的少年，但是一個半大小子說什麼要出去走走、看看大好河山及風土民情，萬一遇到危險怎麼辦？

聽了林紹安的話，林紹平收回視線，認真地看著他和林莫瑤，目光中有著堅定，說道：「我是認真的，我想出去看看。夫子也說了，讀萬卷書，不如行萬里路。」

林紹安毫不客氣地衝他翻了個白眼，說道：「話是這麼說，可是你見過哪個遊學的人沒成年就往外跑的？別說我們了，你爹娘就第一個不同意！」

林紹安的話猶如一記重錘，直接敲在林紹平的心上，只見他臉上漸漸籠上失望的神色。林紹安說得對，他若想出去遊學，他爹娘怕是第一個就不同意了。

林莫瑤將他的變化看在眼裡，問道：「平哥，你怎麼突然有這個想法？」

林紹安也好奇地看向林紹平，等著他的回答。

林紹平看著兩人，最後將目光落在林莫瑤的身上，說道：「我記得阿瑤之前跟我們說過，這世上還有許多地方沒有人去過，還有許多東西還未被人發覺。我有時候就在想，外面的世界是什麼樣的？是不是和我們興州府一樣，吃的、用的，包括他們種地的方法，跟我們有什麼差別？還有那些沒有人去過的地方，是不是也有一些人們還沒有發現的事物，等著我們去發掘呢？

「最初，我也只是隨便想一想，但是隨著時間越久，我腦子裡的這個想法就越來越強烈，經過這次的災難，讓我更加堅定了出去走走看看的想法。這事我跟夫子商量過了，夫子也是支持我的，他覺得我如果出去走走，開拓了眼界，對我的未來會更好。所以，我想去試試，哪怕我走得慢一些。」

聽完了林紹平的話，林莫瑤突然就有些懵了，指了指自己的鼻子，反問道：「這些話是我說的？」

林紹平看向她，笑著點頭。

這下，林莫瑤傻了。她什麼時候說過這話了？

「妳忘了嗎？妳之前曾經說過，炒菜的時候放上一點辣椒，滋味就會不同，還說這世上像這樣尚未被人發現的東西還很多，我從那時就記下了。」林紹平提醒她道。

經林紹平這麼一說，林莫瑤和林紹安都想起來了，她確實說過那樣的話。只是她說那話的時候，腦子裡想的就是那些現在還沒有發現的好吃東西，沒想到，林紹平竟然把那些話給聽進去了！

其實對於林紹平的想法，林莫瑤是支持的，「讀萬卷書，不如行萬里路」這句話，也並不是沒有道理的。

而且，林莫瑤很清楚，林紹平的志向並不在讀書這一條路上，不然的話，他也不會這麼多年了才考中一個秀才的功名。

「你真的想好了？」林莫瑤看著他，認真地問道。

就連林紹安都目光專注地看著他，等待他的回答。

林紹平毫不猶豫的點點頭，對兩人說道：「嗯，這是我深思熟慮後的結果。」

這下，林紹安和林莫瑤兩人互相看了看，最終兩人一咬牙、一跺腳，作下了決定。

「這件事你想好怎麼跟表舅他們說了嗎？」林莫瑤將目前最大的問題提了出來。基本上，只要解決了這個，林紹平若是真想出去遊學，也不是不可能。

林紹平想了想，道：「嗯，我原本打算過了年就走的，所以，這幾天就得跟他們說這事了。」

林紹安看著他，走上臺階，兩人齊平站著，抬起手拍了拍林紹平的肩膀，道：「好兄弟，你既然已經決定了，那我就支持你！放心吧，我會幫你一起說服二爺爺他們的！」

「嗯！」

林莫瑤看著兩兄弟那慷慨激昂的模樣，直接翻了個白眼，一盆冷水就潑了下去。「先別高興得太早，三郎，你是不是忘了一件很重要的事？平哥志在走遍那些還未有人發現的地方，你覺得他一個十幾歲的少年，表舅和二爺爺他們會同意他出門嗎？」

頓時，剛剛燃起鬥志的兩個少年，瞬間就蔫了。

「阿瑤，妳是不是有什麼辦法？」突然，林紹平眼前一亮，看著林莫瑤，滿是期盼。林莫瑤既然能提出這個問題，就說明她想到解決的辦法了。

林莫瑤看了他們一眼，攏了攏身上的披風，突然覺得變冷了，隨即說道：「行了，這事就交給我吧，你們只要能說服表舅和二爺爺他們，剩下的就都不是問題了。」

「哈哈，還是阿瑤有辦法！」林紹安哈哈大笑。

林紹平也滿懷感激的道謝。「阿瑤，謝謝妳！」

「好了，說什麼謝不謝的，咱們都是一家人。再說了，你能出去走走未嘗不是一件好事，以後你在外面若是看到什麼稀奇古怪的東西，儘管讓人送回來，說不定咱們有用呢！」林莫瑤說道。

林莫瑤沒有想到的是，因為自己的這句話，在往後的日子裡，林紹平幫了她多少的忙，也給她帶來了多少的驚喜和意外。

到了晚上，林紹平果然在一家人坐下聊天的時候，提出了這件事情，也意料之中的遭到全家人的反對。

這次的災害讓大家更加珍惜在一起的時光，像這樣有風險的事情，林家人是怎麼也不可能讓林紹平去做的。就這樣，第一次爭取，就以失敗告終了。

到了晚間，林莫瑤坐在梳妝檯前，任由墨香幫自己拆頭髮上的髮飾時，突然問道：「墨香，像你們這樣的侍衛，有很多嗎？」

墨香想了想，道：「唔，我們一批訓練的有二十來個人，最後合格的也有十多個。」

聽了她的話，林莫瑤想了想，又問道：「那現在他們都在哪兒？」

「司南和司北一直跟在少將軍的身邊，夫人身邊有四個，大將軍身邊有四個；另外，軍師身邊也有兩個，再加上奴婢和墨蘭，現在還有兩個留在文州的將軍府裡。」墨香說道。

還有兩個？林莫瑤想了想，突然轉過身看著墨香，問道：「那什麼……墨香，我能不能請妳幫個忙？」

墨香笑了笑，道：「二小姐儘管吩咐就是了。」

「妳能不能幫我找兩個像你們這樣的侍衛？」

墨香微微一笑，看著林莫瑤反問道：「二小姐是想替平少爺找人嗎？」

林莫瑤也不隱瞞，直接點了點頭，隨後起身走向內室，一邊走一邊說道：「其實，平哥他出去遊歷一番也不是一件壞事。」

墨香也不多嘴，只是說道：「奴婢可以給統領發個信問一下，但是小姐，這件事情，我覺得您還是跟少將軍說一聲吧，只要少將軍同意，統領那邊就一定沒問題了。」

林莫瑤想想也是，現在自己等於就是在找赫連軒逸他們借人，自然要問過他們。再說了，訓練墨香他們的統領也是將軍府的人，自然也會聽赫連軒逸的。

想到這裡，林莫瑤直接走到桌子後面，提筆寫了一封信交給墨香。「妳明天一早就讓人把信送出去，務必盡快送到逸哥哥手裡。」

接下來的日子，林莫瑤經常看到林紹平愁眉苦臉的一個人坐在一邊，要嘛就是看到他跟在林二老爺或者林泰業身後苦苦哀求，最後連林周氏都求上了，只可惜，全家沒有一個人鬆口，讓他很是難受。

直到一個月後，林家來了兩個客人。

「小姐，巴五、巴六到了。」

林莫瑤正在屋裡待著，聽見有人敲門的聲音，就讓墨香出去看一眼，隨後便聽見墨香回報說人來了。林莫瑤連忙從屋裡出去，就見院子裡站了兩個二十來歲的男子。

兩人見她出來，雙雙抱拳行禮。

「屬下巴五，見過小姐。」

「屬下巴六，見過小姐。」

「兩位辛苦了，屋裡說話吧！」說完，林莫瑤轉身進了會客廳，讓墨香把人帶進來，又吩咐紫苑下去給兩人準備點熱湯。

待詢問了一番兩人的情況之後，讓兩人都各自喝了一碗熱湯，又吃了點東西，這才帶著人往林泰華家去。

家裡這會兒沒人，只有林劉氏和林二奶奶。

林莫瑤將巴五、巴六叫到面前，對兩人介紹道：「外婆、二奶奶，這兩個是巴五、巴六，是我讓逸哥哥從文州找來的侍衛。他們都是跟墨香、墨蘭以及司南、司北一起訓練的侍衛，身手了得，也有足夠的閱歷，讓他們跟著平哥出去，一方面能保護平哥的生命安全，一方面還能照顧平哥的生活起居。」

林莫瑤的話直接讓兩個老太太驚呆了，林二奶奶更是驚訝道：「阿瑤，妳這是做什麼？

平哥兒胡鬧，妳難道也要跟著胡鬧嗎？」

林莫瑤看著兩人臉上流露出不贊同的神色，心中替林紹平默哀了一下，便說道：「二奶奶，我覺得平哥這個想法其實挺好的，他志不在讀書考科舉，還不如出去走走看看，說不定能有別的出路呢！這段時間我沒有說話，就是想等巴五、巴六到了再跟你們說，有他們兩個在平哥身邊跟著保護他，你們總該放心了吧？」

「這……不行不行，誰知道在外面會碰到什麼危險！」林二奶奶第一個就反對。

林劉氏看了看林莫瑤，見她不停的給自己使眼色，嗔怪地瞪了她一眼後，乾脆就幫著勸說林二奶奶。

「弟妹啊，妳想想看，這段時間平哥兒為了這遊學的事情，跟我們說過多少次了，現在更是連書院都不去，整天就在村子裡，要嘛就是教教小孩子們認字，要嘛就是去工地幫忙，一回家就把自己關在屋裡，也不跟咱們說話，這孩子怕是鐵了心要出去走走的啊！咱們攔得住一時，攔不住一世，還不如就像阿瑤說的，找兩個穩重的人跟著他，既能照顧他，也能保護他。」

「可這孩子才十五歲啊！一想到他要跑那麼遠，我這心裡就擔心得不行。」林二奶奶看著林劉氏說道。

「兒孫自有兒孫福，妳難道還能把他拘在身邊一輩子不成？」林劉氏繼續勸道。

這下，林二奶奶也說不出話來了，只是嘆了口氣，道：「這事我說了不算，還是問過老頭子再說吧！」

等到家人都回來時，林莫瑤又重新介紹了巴五、巴六。

林二老爺一直沈默不語，看了一眼巴五、巴六，又看向墨香，問道：「墨香，他們倆真的跟妳們和司南、司北一樣厲害嗎？」

被懷疑能力，巴五、巴六很是傷心。

墨香笑道：「二老爺，他們跟奴婢都是一個師父教出來的徒弟，您說呢？」

林二老爺聽了墨香的話，心中就有數了，最後，將目光看向了林紹平，問道：「你就這麼想出去遊學？」

林紹平知道這是自己最後的機會，若是不能說服林二老爺，那他以後就真的只能把這個想法放在肚子裡了。想到這裡，林紹平直接跪了下來，對著林二老爺磕了個頭，說道：「爺爺，孫子是認真的，求您就讓我去吧！」

林二老爺一句話不說，只是埋頭吧嗒吧嗒地抽著旱煙，過了許久，才幽幽地開口道：「也罷，你要去，就去吧。但是，我有個要求。」

「爺爺您說，只要您讓我去，就是十個我都答應！」林紹平急切地說道。

林二老爺瞪了他一眼，接著說道：「我的要求很簡單，你每個月必須給家裡寄一封家書回來，不管你身在何方。」

「好，我一定每個月都按時給家裡寄信！」林紹平保證道。

林二老爺這才嘆著氣，對著他揮了揮手，道：「行了，起來吧，這事回頭我會跟你爹說的。」說完，又對正在抹淚的林周氏說道：「老大媳婦，妳也別哭了，孩子的志氣在這兒，妳總不能攔著一輩子。去吧，看看家裡還有多少錢，給孩子準備些錢和東西，這路上換洗的衣裳什麼的，都要準備好了。」

林周氏狠狠地瞪了一眼林紹平，最終點了點頭，擦乾眼淚道：「爹，兒媳知道了，兒媳這就去。」說完，又瞪了一眼林紹平，嗔怪道：「愣著幹什麼？還不快跟我來！」

三月初一，林紹平在林家眾人和林家村人的目送下，由巴五、巴六護送，踏上了遠行的馬車。他這一走，讓林家好一段時間都有些沈悶。

好在，這樣的情況並沒有維持多久，到了三月中旬，蘇鴻博那邊幫林莫瑤找的棉種也終於有了消息。這一次，林莫瑤再次感謝蘇鴻博的用心，因為，隨著棉種一起來的，還有一個會種棉花的人。

這人的裝扮並不像中原人，林莫瑤也沒多問人是怎麼找來的，只是好好的招待了對方，等對方適應之後，就讓人帶著他去找適合種棉花的地方。

對於這棉花，林家人可是上心得很。自從聽了林莫瑤說的棉花的好處之後，林家人再也坐不住了，林二老爺更是親自天天陪著這個來教他們種棉花的外鄉人，挑選適合種植棉花的地。挑了幾圈，總算是找到幾畝適合的，只是，這些地並不全都是林家的。

最後，就由林二老爺出面，把這幾畝地全都買了下來。

林莫瑤拿到地契的那一天，就讓人按照那個異鄉人的安排，悉數將地裡種上的東西全都拔了。此舉雖然有些浪費，但比起棉花，這些都不算什麼。

既然有人會種，基本上就不用林莫瑤操心了。

接下來的時間，林莫瑤便全心全意地投入到店鋪中去了。

第八十六章　鋪子開張

緬縣的鋪子在地動後一個月開幕，店鋪一開，就在縣城裡引起不小的反響，只因為林莫瑤家的零食鋪子所出售的零食，品種繁多，還是之前沒有見過的，特別是各種肉脯、魚乾，基本上只要一上架，就被一掃而空。

其中有許多都是其他縣城過來買，或者是貨郎們來拿貨，對於這些走街串巷兜售雜貨、零食的商販，林莫瑤還是給了許多方便，每次這些人來拿貨，都直接按照批發價給他們，久而久之，這零食鋪子在貨郎中的名聲漸漸的就傳開了。

緬縣的鋪子生意極好，劉管事就提出趁此機會，在其他地方也把鋪子開起來，首要的就是府城。因為考慮到蘇鴻博的關係，林莫瑤在府城開鋪子可是經過深思熟慮的，但在和蘇鴻博談過之後，發現蘇鴻博現在很忙，肉脯這塊生意他目前都暫時顧不上了，全是交給下面的管事，林莫瑤一提出來，索性就讓她自己做了，而他那邊，只要鋪子和酒樓的貨不斷就行。至於他現在在做什麼，蘇鴻博不願意多說，林莫瑤也就沒有多問。

在和蘇鴻博商量之後，林莫瑤總算可以在府城找鋪子準備開店，這件事情從過年時就交代給劉管事，讓他找適合的鋪面，直到上個月才找到，接著還要招人、培訓，以及店鋪的裝修等等，一陣忙活下來，一個月的時間也就過了。

四月初，位於府城的零食鋪子也開張了。

與此同時，林家村的建設也接近尾聲，各家各戶的房子已經基本完工，接下來就是要進行一些細節上的修飾，比如門窗、家具，都是要各家自己去做的。

在最後一套房子的房梁落下之後，村長和族長找了個時間，在祠堂門口舉辦了一個分戶大會，所有的房子都已經事先排上了號。

不管是哪個地方，地勢都有優劣之分，比如現在的村子裡，有些房子會離河遠一些，用水不大方便，但好在每家每戶院子裡都會打上水井，這倒是沒什麼；有些房子會離山、離莊稼地近一些，這樣的話，靠河的房子每日去地裡幹活就會麻煩一些。

還有就是另外一邊的人要去西村幹活的話，要比這邊靠河的多走上一段路，這樣一來，選房的時候就會產生分歧。

為了解決這個問題，林莫瑤給村長出了個主意——抽籤。將所有房屋的編號全部寫在紙條上，放進木箱子裡，每戶派一個代表出來，抽中哪間就是哪間。反正這次林家村重建，所有的房子格局都差不多，大小都是經過丈量的，沒有誰家吃虧誰家賺的事。

正因為有了這樣的分配方式，讓村民們一個個的心中都充滿期待，每個人都在祈禱自己運氣能好一些，抽到自己中意的房子。

這個抽籤分房大會可謂是林家村有史以來最熱鬧的一次盛會，那些上臺抽取編號的人，若是能抽中自己中意的房子，便高呼幾聲，若是未能抽中的，也只是懊惱一下自己沒有運氣，之後便也沒有多說什麼。

整場大會下來，當所有的房屋分配完畢之後，村長還給了大家半個時辰的時間商量。所謂的商量，也就是讓大家自己合計，互相交流之後，看看有沒有人家想要互相換換位置的？比如這家兄弟兩個想在一起，可是抽籤沒抽到一起，那就找其中一個的鄰居商量一下，大家換一換。

半個時辰一過，每戶的人選就定下來了，挨家挨戶的排好隊，拿著自己抽到的編號到村長那裡去登記，領了房屋的門牌，就可以回去開始收拾裝飾自己的新家了。

當每個人拿到屬於自己的門牌時，臉上的表情都洋溢著開心幸福，有些家中有人在這次災難中去世的，在拿到門牌之後，就會一家人抱在一起痛哭一下，緊跟著又開開心心的朝著新房去了。

自從那日之後，林家村每天都能聽見村子裡傳來叮叮噹噹的敲打聲音，那是各家各戶在修理家具、整理門窗呢！

四月二十八，宜喬遷。村民們高高興興地搬進了新家，整個林家村又變得欣欣向榮起來，甚至比從前更熱鬧了。

就在這個時候，赫連軒逸收到了太子的詔書，讓他回京。

赫連軒逸第一時間將這件事告訴了林莫瑤。「阿瑤，妳真的不跟我去嗎？」

林莫瑤搖頭，說：「這事我得問過我娘，你也知道，我有個爹在京城呢，就怕她不肯去。」

赫連軒逸的眉頭一皺。這的確是個麻煩。

林莫瑤見他皺眉就勸道：「太子這麼著急的叫你回去，肯定是有急事，你就先走吧，等我把我娘說通了，我再去京城找你。」

即使心裡再不樂意，赫連軒逸也沒辦法，只能說：「那妳們得早點來。」他現在一天都不想和這個少女分開了。

林莫瑤失笑，點頭說：「嗯，你先回去，順便幫我物色個院子。」

「妳要在京城買房子？」赫連軒逸問。

林莫瑤點頭。

赫連軒逸就道：「何必這麼麻煩，我家還有個別院，到時候妳們住別院不就好了？」

林莫瑤聞言，嗔怪地瞪了他一眼。「我們倆現在非親非故的，我若是住進你家別院，指不定第二天京城就會傳出什麼謠言呢！我可不想還沒在京城站穩腳跟，就讓人給轟出來。」

「胡說！有我在，誰敢轟妳？」赫連軒逸出聲道。

林莫瑤也不接話，只是盯著他看。

赫連軒逸最終被看得敗下陣來，妥協道：「好吧，我聽妳的。」

第二天上午，赫連軒逸離開林家後，林莫瑤就去找林氏說了這事。

對於京城，林氏有種複雜的情緒，考慮了幾天，林氏才叫來林莫瑤問道：「阿瑤，妳想去京城嗎？」

林莫瑤垂著頭不說話。

林氏也知道女兒的心思，嘆息一聲，說道：「娘知道，妳和小將軍難捨難分，只是這京城不比咱們興州府，聽妳大舅說，那裡遍地都是當官的，到處都是貴人，拿不准哪天就會得罪了權貴。而且，妳也知道，妳爹他……」說到杜忠國，林氏再次嘆了口氣，繼續道：「咱們去了京城，若是被他知道，免不了又是一陣麻煩。」

林莫瑤看著林氏，突然問了一句。「娘，您是不是還放不下那個男人？」對於杜忠國，林莫瑤是連「爹」都懶得叫了。

林氏先是一愣，隨後便笑了起來，抬起手在林莫瑤的鼻子上輕輕捏了捏，嗔怪道：「胡說八道什麼，娘怎麼會放不下？那人跟我們早就已經沒有關係，我只不過是擔心他在京城經營了這麼多年，咱們若是去了，被他發現，會不會為難我們？雖說如今有了小將軍，卻也難保不出意外啊！」

林莫瑤看著她，想說的是：京城，那可是我混了一世的地方！只是話到嘴邊卻變成了別的。「娘，我們是去做生意，只要小心一些，不會有問題的。再說了，您和他已經和離，衙門的文書在那裡擺著呢，難不成他還能為了這個事情來刁難我們不成？娘，您放心吧，我去京城絕對不會做跟他有一絲接觸、有一點關係的事的。」

聽了女兒的話，又看看林莫瑤那堅毅的眼神，林氏沒辦法，只能點頭。

既然要去京城，那家裡的事情就得安排好。

肉脯作坊有林瑾娘盯著；緬縣和興州府的雜貨鋪也有劉管事帶出來的人看著；莊子上的事，林莫瑤交給了林泰業；棉花的事則有林泰華負責。屆時若實在碰上不能決策的事情，再寫信去問她。

歷經了兩世之後，林莫瑤終於再一次踏上這片土地，當車窗外閃過那些封存在記憶中的繁華街道時，林莫瑤的大腦不自覺的就跟著這人聲鼎沸的行人街道，飄回了前世。

林氏坐在林莫瑤身邊，看見女兒臉上的神情從淡然漸漸變成悲戚，不知道她是想到了什麼？這樣的林莫瑤讓林氏心疼又害怕，連忙出聲打斷了她的回憶。

「阿瑤，妳在想什麼？」林氏裝作無意的問道，一句話將林莫瑤拉回了現實。

「沒什麼。娘，咱們已經進城了，先找個地方安頓下來吧。」林莫瑤說道。也不知道逸哥哥幫她們找到房子沒有？

提起這個，林氏就奇怪地看了林莫瑤一眼，問道：「阿瑤，妳為什麼不提前跟小將軍送個信，說咱們今天到呢？」

林莫瑤微微一笑，往窗外看了一眼，道：「他這段時間應該挺忙的，就不麻煩他了。等我們安頓好了，再讓墨香去一趟將軍府，跟他說一聲就好。」

林莫瑤扭頭看外面，林氏就看不到她眼裡的擔憂了。

按照時間算來，正是這一年，李響開始和李賦爭奪皇位，也是兩人爭鬥最激烈的時候。前世的李響有自己的幫忙，聲勢如日中天，而今生，她一直都待在林家村麻痺自己，強迫自己不接觸這些事，偏偏到了最後，發現自己根本躲不過。現在既然來了，就不能再袖手旁觀，這一世，她絕不會再放任李響登上大寶。

林氏不知林莫瑤內心所想，只當女兒是心疼小將軍，這才沒有告訴他。想想也是這個道理，想通了的林氏就不再想這個問題，而是跟林莫瑤一樣，掀開了另外一邊的車簾往外看。

當看到外面的繁華街道時，林氏不由得在心中感嘆。這京城，果然就是不一樣。

為了不讓人看出異樣，林莫瑤一直假裝自己是第一次來京城，一直待在馬車裡，將安頓的事情交給對京城比較熟悉的墨香、墨蘭。

他們一行車隊也在兩人的帶領下，找了一家不是太小，位置也稍稍遠離鬧市的客棧安頓下來。待劉管事帶著人將行李都搬到樓上的屋子之後，林莫瑤就叫來墨香，讓她去將軍府報信。

墨香領命離開後，墨蘭就將林莫瑤扶到梳妝檯旁坐下，將她頭上的髮飾取下，愣是重新給林莫瑤梳了一個髮髻；另外，還從帶來的行李裡，重新拿了一套衣服給林莫瑤換上。等到將林莫瑤給收拾好，這才去隔壁的房間，也幫林氏從頭換到了腳。

這也是林莫瑤的意思。他們來之前，在興州府想低調一些，穿著上也就隨意了一點，但京城是個什麼樣的地方，林莫瑤比誰都清楚，為免她和林氏被人看不起，在來之前她就已經讓王家幫著做了好幾身衣服，都是照著京城的流行款式來的，就是首飾頭面也跟著做了幾套。

等到兩人都洗漱完畢、收拾好了，那邊去報信的墨香也回來了，不過，跟她一起回來的卻不是赫連軒逸。

「二小姐，將軍府上的人說，小將軍今天去軍營了，便去稟告了夫人，這位是夫人身邊的梅香姊姊。」墨香行禮回報道。

隨著她的話落，站在她身邊的少女便上前一步，對林莫瑤福了福身，笑道：「奴婢梅香，見過二小姐。」

「梅香姊姊快快請起。」林莫瑤笑咪咪地將人扶了起來，順手就將自己手腕上一只剛戴上的鐲子，推到了梅香的手腕上，笑道：「妳看，都沒準備什麼禮物，這個鐲子我剛剛才戴上，還沒半個時辰呢，瞧著和梅香姊姊配正好，就送給姊姊把玩吧！」這可是未來婆婆身邊的大丫鬟，多結善緣總沒錯。

梅香看了看手上的鐲子。常年跟在將軍夫人的身邊，這點眼色她還是有的，這手鐲看起來水色不錯，應該不便宜，但也不是很貴重的東西。梅香在心中權衡了一番後，也不扭捏，直接就將東西收下了。「奴婢多謝二小姐的賞！」說完，抬起手，好生觀摩了一番手上的鐲子，高興地笑道：「奴婢回去後，蘭香她們保准要說奴婢搶了她們的賞！小姐是不知道，墨香來了府上，說二小姐您到了京城時，夫人可高興壞了，讓奴婢們趕緊來看看有什麼需要幫忙的？得虧奴婢跑得快，不然這賞就成了她們的了！」

林莫瑤微微一笑。梅香這段話裡的意思，看似在炫耀自己跑得快、得了好處，可是林莫瑤卻知道，梅香這是在告訴她，自己前來沒有惡意，將軍夫人也沒有要刁難她的意思，讓她儘管放心。

兩人又是一番客套，那邊林氏就讓木蘭過來詢問情況了，於是林莫瑤便帶著幾人往林氏的房間去。

梅香見了林氏，便說明自己的來意，原來將軍夫人知道她們母女倆到了京城，特意讓梅香過來邀請二人去將軍府作客，給兩人接風洗塵。

「不瞞姑娘，其實這次來京城的不光我們娘倆，還有我一個姪子呢，這貿然上門叨擾，怕給夫人添麻煩。」林氏笑著婉拒。怕叨擾只是藉口，其實是她自己不敢去。雖說在興州府的時候，和蘇夫人等人相處得還算不錯，但在骨子裡，林氏還是有一絲的自卑。這些高高在上的人物，在林氏的想像中都是那樣高不可攀，她擔心自己若是去了將軍府，會給林莫瑤丟人，給將軍夫人留下不好的印象，影響到女兒將來的婚事。

林氏的想法林莫瑤多多少少能猜到一些，但將軍夫人是什麼樣的人，她還是知道的，所以，林氏的擔憂並不存在。而且林莫瑤覺得，林氏既然來了京城，以後必然要跟京城的這些貴婦們打交道，跟在將軍夫人身邊，正好能學習這些，也省得她一面要忙著在京城站穩腳跟，一面還要去教導林氏這些社交能力。

想到這裡，林莫瑤開口道：「娘，既然夫人都這麼說了，我們不去也不好。反正劉管事他們都會留在客棧安排，我們就帶著三哥去將軍府拜訪拜訪夫人吧？」

林氏看了看林莫瑤，見女兒眼中有著鼓勵的神色，猶豫了一會兒便點了點頭。「那好吧，木蘭，妳去看看三郎那邊收拾好了沒有？叫他換身衣服，咱們去將軍府上拜訪一下將軍夫人。」

不一會兒，林氏便帶著林莫瑤和林紹安，坐上馬車去了將軍府。

時隔兩世，林莫瑤再次站在將軍府門前，看著那巍峨的大門。

前世來這裡，是為了兵符；這一世來這裡，卻是為了裡面的人。

林莫瑤抬起手，摸了摸衣服裡一直掛在脖子上的玉珮。前世為了得到這個東西，她眼睜睜地看著整個將軍府覆滅，想到這裡，心中有說不出的難受，只是面上不顯，安安靜靜地跟在林氏身後，在梅香的帶領下，走進這座時隔了兩世的大門。

徐氏早在門房稟報他們到的時候，就等在了廳裡，當林氏帶著林莫瑤和林紹安抵達，徐氏連忙站起來迎了出去。沒等林氏行完禮，就主動上前將人給拉了起來，牽著她的手往座位上去。「妹妹總算是來了！快來坐、快來坐！蘭香，上茶！」徐氏拉著林氏的手，直接坐到了上首的主座。

林氏被徐氏這般熱情的抓著，心中有些忐忑，連連道謝：「多謝將軍夫人。」

徐氏對於林氏的稱呼一笑而過，道：「不用跟我這般客氣，早就聽逸兒說了不少妳們的事，如今總算是見著人了。以後啊，就把將軍府當成自己的家，不要跟我客氣，有什麼需要的，儘管派人來找我。」

「這怎麼能行呢？我們這次來京城也做了準備的，不敢煩勞夫人。」林氏連忙說道。

這時，門外突然響起了一道聲音——

「林姨，您就別跟我娘客氣了，有什麼事您就儘管來找她，她呀，巴不得有人天天來找她幫忙呢！」

隨著話音落下，眾人就見赫連軒逸從門外快步走了進來，風塵僕僕，顯然是馬不停蹄趕回來的。

第八十七章　不算很遠

赫連軒逸進了廳門，先是巡視一圈，找到了林莫瑤的所在，眼睛對著她眨了眨，惹來林莫瑤一眼嬌嗔，這才高高興興的來到徐氏和林氏面前，恭敬的行禮。「兒子給母親請安，給林姨請安。」

「小將軍不必多禮，快快請起！」林氏連忙起身想扶，卻被徐氏給按回了座位上。

徐氏對赫連軒逸說道：「瞧你這灰撲撲的一身，還不趕緊去把衣服換換，收拾一番再出來見客。」

赫連軒逸低頭掃了一眼自己的衣裳，尷尬的笑了兩聲後，又連忙告辭，朝著後院而去。

等到赫連軒逸走了，徐氏才拉著林氏的手，無奈道：「這孩子自懂事起就跟著他爹在文州，野慣了，雖說前幾年回來跟著我在這兒待了幾年，可這性子早已經養成，就是再改也改不過來，妹妹可千萬別介意啊！」

林氏受寵若驚，連聲說道：「哪裡哪裡，像小將軍這樣的好孩子已經很難得了！」

對於林氏的誇讚，徐氏雖然嘴上說著謙虛的話，可那笑容滿滿的眼睛已經說明了，別人這樣誇她兒子讓她受用得很。

等到兩人互相推讓了一番，徐氏才轉向林莫瑤和林紹安，笑道：「這就是阿瑤吧？快過來讓我瞧瞧！」

林莫瑤連忙恭敬地道了聲「是」，便邁著小步子來到徐氏的面前，規規矩矩地行了個禮。「阿瑤見過夫人，夫人萬福。」

「好孩子，快快起來！」徐氏將目光放在林莫瑤的身上，上上下下的將人打量了一番。眼前的少女容色嬌俏，進退有度，從剛才行禮的細節來看，比京城那些貴女也不遑多讓，而且自己打量她的時候，她態度大大方方，毫不矯揉造作，僅僅是這一點，就比那些個文文弱弱的貴女們要好上許多了。「好、好……」徐氏看著林莫瑤，笑著連說了好幾個「好」。

林氏見了，心中懸著的一塊大石才堪堪落下。

徐氏又將目光放在林紹安的身上。

「這位是？」

徐氏知道林氏的兄長家都是兒子，卻不知道這是第幾個兒子，便看向林氏問了一句。

林氏便對林紹安招了招手，將人叫到了近前，隨即對徐氏說道：「回夫人話，這是我大哥的二兒子，家族中排行老三，這次帶著他一起來，也是存了能在京城給他找個好老師的想法。三郎，還不快給夫人行禮。」

林紹安點點頭，後退一步，對徐氏深深地作了個揖，語氣恭敬地說道：「紹安見過夫人。」

徐氏恍然大悟地點點頭，笑道：「原來是三公子，早就聽逸兒說過你天資聰穎，學識了得，如今一見，果然與眾不同。」

「多謝夫人誇讚，小子受寵若驚。」林紹安聽了徐氏的評價，連忙又是一禮，此時，去換衣服的赫連軒逸也回來了。

赫連軒逸一進門就聽見林紹安這句感謝的話，便接話過去，說道：「三郎，我娘又沒說錯，你自己說說，你去琳琅書院才多久，便能拿下年末考試的第一，這不是厲害是什麼？」

林紹安趁著幾人不注意，悄悄抬頭瞪了一眼赫連軒逸，嘴裡卻說道：「承蒙小將軍誇獎，小子受之有愧。」

赫連軒逸這下直接就被他逗笑了，哈哈大笑幾聲後，來到林紹安的面前，直接哥倆好的一把摟住對方的肩膀，笑道：「行了，別裝了，我娘又不是外人！」

一句話，說得林紹安臉上尷尬無比，想笑又不敢笑。

徐氏見他這樣，嗔怪道：「淨胡說八道！別在客人面前失了禮。」嘴裡雖然說著責怪的話，可眼裡的寵溺卻是怎麼都擋不住的。說完，又看向林氏，笑得無奈，說了一句。「讓林夫人見笑了。」

林氏如今也算是知道了，這將軍夫人看起來派頭挺大，但人是真的不錯，對於赫連軒逸的疼愛溢於言表，對他們也是真的和善，提著的心這才放了一些下來，相處的時候也輕鬆了許多。「沒事沒事！」

赫連軒逸趁著這個空檔，又悄悄歪頭跟林莫瑤使了幾個眼色，惹得林莫瑤鬧了個紅臉，狠狠地瞪了赫連軒逸一眼，他才消停。

徐氏和林氏裝作沒有看到兩人之間的小動作，自顧自的聊著自己的話題。

時間一長，這三個小的就坐不住，赫連軒逸和林紹安倒還好，兩人還能湊在一起說點悄悄話，可苦了林莫瑤，要在徐氏面前有好表現，又不能亂動，關鍵是，赫連軒逸還時不時的逗她一下，簡直要人命了！

徐氏不是沒有注意這邊的情況，見林莫瑤每次都偷偷趁她們不注意的時候，才回瞪赫連軒逸，徐氏的嘴角就忍不住上揚，露出一抹笑意。看著幾人，她突然說道：「逸兒，現在時辰還早，不如你就帶著三公子和二小姐去咱們府上逛逛吧。」

聽了徐氏的話，林莫瑤就差沒跳起來歡呼了！儘管心中很想離開這裡出去走走，但該做的樣子還是得做。她微微俯身行了禮，溫聲道：「不用了，阿瑤在這裡陪著娘親和夫人就好。」

林莫瑤剛剛說完這話，就聽見身後不合時宜地傳過來兩道笑聲，一道肆無忌憚，一道還有些壓抑。林莫瑤低著頭、咬著牙，心中把偷笑的兩人咒罵了千萬遍還不解氣。

徐氏只是微微一笑，便說道：「無妨，你們年輕人之間的話題我們就不參與了，你們在這裡，我們兩個老的說話也不自在，就這麼說定了。逸兒，好好招呼客人。」

林氏見徐氏這般堅持，便對林莫瑤交代道：「既然夫人都這麼說了，那妳就跟小將軍和三郎他們一起去吧，帶上紫苑和墨香，這裡留墨蘭和木蘭就行。」

林莫瑤見林氏都這麼說了，只好福了福身，應了一聲「是」。緊跟著，赫連軒逸、林紹安也上前行禮拜別，三人這才一前一後的出了會客廳。

待到了後院，徐氏和林氏看不到的地方，林莫瑤才黑下臉，趁著赫連軒逸和林紹安不注意的空檔，一人給了一腳。

一串行雲流水的動作，直接把將軍府的下人給驚呆了，而毫無防備的兩人也被踢了個措手不及，穩穩當當的每人都挨了一下。

「哎喲……」兩人齊齊發出一聲低呼。

林莫瑤咬牙切齒地看著兩人，憤憤道：「讓你們倆剛才捉弄我，哼！」

赫連軒逸揉了揉被踹了一腳的小腿，毫不介意地湊到林莫瑤的身邊，安撫道：「我這不是跟妳開個玩笑嘛，這麼長時間妳都沒跟我送信說來京城，我這不是突然見到妳，開心的嘛！」

林莫瑤沒想到，赫連軒逸會這麼大剌剌地就在這裡說出這些話，剛才還有些惱怒的臉色頓時就染上了紅暈，嗔怪地瞪了他一眼，又聽見周圍低低的哄笑聲，直接就羞得低下了頭，狠狠地跺了一腳，掉頭就想走。

好不容易才把人給帶出來，赫連軒逸又怎麼可能放人離開呢？只見他手一伸，一把就抓住了林莫瑤的手臂，將人給拽著，隨後便對花園裡的下人們吩咐道：「你們都下去吧。」

圍觀看熱鬧的下人們，這才一個個摀著嘴應了一聲「是」，慢慢的退了下去，臨走時還不忘揶揄地看了一眼林莫瑤和赫連軒逸兩人。

林莫瑤都快氣死了，將軍府的下人膽子都這麼大的嗎？還敢取笑他們！

「都怪你！」林莫瑤氣不過，狠狠瞪了一眼赫連軒逸，隨後甩開他的手，直接走到花園中間的一座亭子裡坐了下來。

赫連軒逸見她在亭子坐下了，就對院子外面守著的婢女吩咐一句，然後叫上林紹安一起，抬腳走了過去，也跟著進入亭子坐下來。

「你們怎麼突然來了？也不給我送個信，我好去接你們啊！」當三人一起坐下之後，赫連軒逸才認真的說起話來。

林莫瑤瞥了他一眼，回道：「我想著你怕是有事要忙，所以就沒讓人給你送信。反正我們帶著劉管事他們，墨香、墨蘭對京城也熟悉，左右不過是在客棧住上一天的事，沒關係的。」

赫連軒逸聽了林莫瑤這般善解人意的話，眼中的愛意都快要溢出來了。

林紹安坐在一旁看著，掩嘴咳嗽了兩聲，道：「咳咳，你們倆是不是考慮考慮我的感受？」他一個孤家寡人，容易嗎？

林紹安的突然出聲打斷了兩人的對視，雙方臉上都掛上了些不好意思。

赫連軒逸稍稍整理了一番，便接著說道：「房子我已經幫你們找好了，按照阿瑤的要求，找了個三進三出的院子，以前是京城裡的一個官員住的，不過因為外派，現在一家人已經搬走，房子才空了下來。裡面的東西倒是齊全，直接就可以搬進去住了。」

聽他一說，林莫瑤便點了點頭。能夠拎包入住是最好的。想到這裡，林莫瑤又問道：「房子在哪兒？」

「不遠，從將軍府過去，馬車大概一刻鐘就能到了。」赫連軒逸說道。

林紹安在一旁一聽，嘖嘖稱奇道：「駕馬車都要一刻鐘還叫不遠啊？」

赫連軒逸點點頭說道：「是啊。你們這才剛到京城，慢慢熟悉了以後你就會發現，這已經算是很近的房子了。而且這套房子距離東市也近，阿瑤以後若想在京城做生意，最熱鬧的地方就是東市，這樣也方便一些。」

林莫瑤自然知道京城有多大，所以並沒有太過驚訝，只是這房子既然靠近東市，想必價格也不菲，京城可謂是寸土寸金，她現在的家底也不知道能不能買得起這套房子？

「那，這房子是不是很貴？」林莫瑤得先弄清楚自己買不買得起。

赫連軒逸看著她，本想說自己送給她，但想到林莫瑤的性子，就打消了這個念頭，回道：「原本對方要價兩千兩的，不過，對方是沈太傅的學生，我找了太傅大人出面，便宜了一些，也要了一千八百兩。因為他們急著走，這房子的錢就讓我娘先墊上了。」

林莫瑤點點頭。「嗯，回頭我把錢給你，你交給夫人，總不好讓夫人貼錢幫我們買房子。」雖然一千八百兩有些貴，但深知京城地價不便宜的她也滿足了。三進三出的院子賣一千八百兩，在京城真的不貴了。

三人在花園的小亭裡一待就是一下午，直到前廳那邊徐氏派人來尋，說可以開飯了。

將軍府人丁單薄，並未講究什麼分席而坐，都是一家子人坐在一起吃飯——說是一家子，實際上也就只有赫連軒逸和徐氏罷了，老夫人還在的時候還有老夫人。現在林莫瑤一家來了，可謂是將軍府有史以來最熱鬧的一次。

吃過飯，徐氏本想留下三人在將軍府過夜，第二天直接去赫連軒逸幫他們買下的房子，只是劉管事等人和行李什麼的都還在客棧，留下確實是不方便。無奈之下，徐氏只能交代赫連軒逸將三人送回暫住的客棧，又跟林氏說好，等安頓好之後就來將軍府陪她說話。

經過一下午的相處，林氏和徐氏竟然生出了一種惺惺相惜的感情，兩人的友情迅速升溫，如今說是好友閨密也不為過了。而且赫連將軍常年不在家，林氏又是獨身一人，兩人在一起倒也可以做個伴。

知道這件事的時候，最高興的莫過於赫連軒逸了。林氏若能經常來將軍府，那林莫瑤必然是要跟著來的，這樣兩人就有大把的時間碰面了。雖說京城民風開放，男女經常出去約會也不是沒有，但是赫連軒逸很清楚，像林莫瑤這樣剛剛到京城、還未站穩腳跟的小姑娘，自己若是跟她一起出去，難保那些世家小姐們不會對她做出什麼刁難的事，到時候就麻煩了，還不如在府裡一起玩耍來得舒服。

第八十八章　這麼貴的房子

一行人回了客棧，赫連軒逸將人送上樓才依依不捨的回了將軍府。

等到人一走，林氏就把林莫瑤叫了過去，拉著她上上下下好生打量一番，正當林莫瑤莫名其妙的時候，林氏突然就感慨了一句。「我們的阿瑤，真的是長大了。」

林莫瑤看著林氏，疑惑地問道：「娘，您說啥呢？」

林氏笑了笑，拉著林莫瑤坐在自己身邊，拍著她的手，笑著感慨道：「阿瑤啊，今天見了將軍夫人之後，娘這心，也算是徹底放下來了。夫人是個好人，以後啊，妳如果真的嫁進將軍府，娘也就放心了。」

林莫瑤看著林氏這般感慨，心中突然就起了捉弄的心思，問道：「娘，您之前不是還擔心咱們配不上大將軍府，怎麼這一下午的時間就改變主意了？」

林氏聽得出女兒語氣中的揶揄，笑道：「就知道取笑娘！娘之前只是擔心像將軍府這樣的高門大戶，妳若嫁進去會吃虧，只是今天見了夫人之後，娘這擔憂就不復存在了。不說將軍府的人口簡單，單單有將軍夫人這樣的好婆婆，妳能嫁到將軍府，真是修了幾世的福氣了。」

聽了林氏的話，林莫瑤嘴上含笑，心中卻在感嘆。可不就是修了幾世的福氣，才能碰上像他這樣好的男人。

「好了，娘，早點休息吧，明天一早咱們就出發去逸哥哥幫我們找好的房子。」林莫瑤說道。

林氏有些意外，驚訝道：「這麼快就找到了？」

林莫瑤笑著搖了搖頭，道：「房子是他之前回來就讓他提前找的，方便我們來的時候住。再說京城的好房子不是不好買，就是價格太高，所以提早準備也是有好處的。」

林氏了然地點了點頭。下午已經聽徐氏說了不少京城的情況，這會兒聽了林莫瑤的話也不算太驚訝，只是，這房子既然買了，那就得花錢了。「妳問了是什麼樣的房子嗎？多少錢？」

林莫瑤點點頭，說道：「問了，說是一間三進三出的院子，以前是一個在京城做官的人家住的，走得急，裡面的東西都還在，咱們搬進去就能住。至於錢，花了一千八百兩。」

「一千八百兩？這麼貴！」林氏想過貴，卻沒想到這麼貴，這在縣城都可以買好幾個大院子了。

對於林氏的驚訝，林莫瑤早在意料之中。「娘，逸哥哥說了，一千八百兩已經算是便宜的了，這還是多虧沈太傅出面才便宜了二百兩，不然的話，就是兩千兩的整數呢！」

林氏拍了拍胸口，深呼吸了一下，才感慨道：「都說京城寸土寸金，現在看來果然是如此啊！只是，這沈太傅又是誰？」

「沈太傅是當朝太子的老師，聽逸哥哥說，他和沈太傅家的公子是從小一起長大的好友，這才請得動太傅大人幫著講價。」林莫瑤解釋道。

林氏了然地點點頭，而後想到了什麼一般，交代道：「那回頭搬進去後，得找個時間給這位太傅大人家送份禮，不管輕重，終歸是咱們的一點心意，畢竟人家幫了這麼大的忙。」

林莫瑤點點頭。「嗯，娘，我知道的。」

安頓好了林氏，林莫瑤才慢吞吞地回了自己的房間。

第二天一早，林莫瑤下樓吃早飯時，就看見赫連軒逸和林紹安已經坐在那裡開始吃了，心下好奇，便問了一句。「逸哥哥，你怎麼這麼早？」

赫連軒逸還沒說話呢，旁邊的林紹安就抱怨道：「這人天還沒亮就來敲我的房門，早早的就把我拖了起來，又怕吵到妳們，這才拉著我到了樓下，在這兒都坐了半個時辰了！」

林莫瑤聞言噗哧一笑，嗔怪地瞪了一眼赫連軒逸，這才坐下，也開始吃早飯。

林氏的早飯是讓人送到房間去的，等她收拾穩妥下來，林莫瑤他們也吃好了。赫連軒逸又跟林氏見了禮，一行人這才爬上馬車，朝著新家而去。

馬車沿著外面的街道往赫連軒逸買好的房子駛去，因為時辰尚早，街道上除了三三兩兩的攤販之外，就沒什麼人了，看這些人的打扮，都是京城裡的平民。

馬車七拐八拐的，大約走了半個時辰，才來到新家的門口。

林莫瑤下了馬車，看著面前的房子，腦子裡並沒有印象，想來以前應該沒來過才是。赫連軒逸帶來的人見眾人都下馬車了，便拿著鑰匙，和劉管事一起上前將大門打開。

林莫瑤這才扶著林氏，慢慢往裡面走去。

一進的院子顯然是從前那位當官的人辦公、接待客人的地方，佈置簡潔卻不失雅致，而且四處給人一種文人氣息；二進的院子中間是個很大的花園，裡面亭臺樓閣、假山流水應有盡有；穿過迴廊到了三進的院子，也算是清新雅致。

林莫瑤陪著林氏大致走了一圈看過之後，覺得還算滿意。

「林姨，怎麼樣？這房子還合心意嗎？」赫連軒逸連忙行禮問道。

林氏滿意地點點頭。反正他們家就娘兒兩個，加上林紹安也才三個人，這三進的院子就足夠了。林紹安住在一進，作為家裡的男主子；二進空著，用來招待客人，佈置客房；三進的院子就她們母女倆自己住，這樣分配下來，也就適合了。

林莫瑤一圈轉下來之後也覺得這房子挺好的。京城的房子格局應該都差不多，因為前世裡，林氏住的那間別院也是這樣的格局，不過是個兩進的，比這個小一些罷了。

看過了房子，便開始著手收拾了。好在前面那家人走的時候，只帶走了一些細軟，家裡的家具都是現成的，他們只需要把行李收拾好就行。

這個時候就發現人手的不足了。林氏身邊只有一個木蘭，林莫瑤身邊加上紫苑的話有三個，還有跟著紫苑一起來負責廚房的黃氏。前院那邊，林紹安帶了一個隨從，劉管事帶著四個夥計負責做些粗活累活。

一天忙活下來，林莫瑤看著紫苑累得直不起腰，就是她和林氏都收拾得夠嗆。這好長時間不動、不幹活，真是夠累的。想到這裡，林莫瑤真是覺得這添人一事，事不宜遲了。

也不管什麼時辰，林莫瑤直接讓墨香去尋了劉管事來，交代道：「劉管事，你明天和墨香一起，去坊市裡買幾個下人回來，這換了房子，家裡的人手就不夠了。」

「小人明白。小姐，那要買多少？」劉管事問道。

林莫瑤想了想，道：「我娘的身邊只有木蘭一個人，肯定是忙不過來的，再添兩個二等丫鬟；我這邊有紫苑和墨蘭、墨香，就不用再添人；三郎那邊也填上兩個二等丫鬟，打掃屋子；至於黃嬸那邊，也買上兩個粗使婆子給她打打下手。」

吩咐完，林莫瑤似乎想到了什麼事情一般，補充道：「還有，劉管事，給三郎挑人的時候，一定要挑老實本分、手腳麻利的，這長相嘛，一般就行了。」

劉管事一把年紀了，還有什麼不知道的？林莫瑤這麼一說，立即就明白過來，連忙躬身應道：「小人記下了，小姐放心吧。」

劉管事第二天就把人買回來，安排到各個院裡，將府裡全部都安排妥當之後，才開始忙活外面的事。

他們當初來京城的目的，就是為了在京城開鋪子、做生意，既然家裡已經安排好，那自然就要開始著手開店的事。

這找鋪子的工作自然就落在劉管事的身上，林莫瑤還特意給劉管事兩百兩的銀錢傍身。既然要找鋪子，這京城的生意網就得摸清楚，其中免不了請客吃飯、送些禮的，這些錢，林莫瑤是一點都沒省，讓劉管事自己看著花，只要這錢能花得值就行。

這時候，林莫瑤就看出了劉管事的能幹之處來了，這才短短半個月，劉管事就跟好幾家商行的管事都混熟。林莫瑤也是後來才知道，原來對方一聽他們是興州府的林家，自然而然的就想到了松花蛋和肉脯的林家，還有林家的西瓜，這都是現在風靡全國的東西。

劉管事只是略微謙虛的謙讓一番，就坦白了身分，這樣一來，和這些人結交起來就容易得多，畢竟，誰家還沒有個雜貨鋪、零食鋪的啊？

劉管事這邊混得如魚得水，卻也沒有忘了正事，這段時間一直都在留心鋪面，而這些個新結交的「朋友」，得知林家的當家要將鋪子開到京城來，心中也開始動起了小心思，一個個的幫著尋找鋪子，可說是積極得很。

原因無他，他們只希望林家的鋪子趕緊開起來，這樣他們拿貨也就方便許多，再不用以較貴的價格購買這些貨品回來，放在自己的鋪子裡售賣了。

林莫瑤從一開始就交代了劉管事，這京城的零食鋪子，還是以批發為主，零售為輔，這樣一來，雖說賺得不多，可勝在量大，薄利多銷才是細水長流的好法子，也相當於是後世的直營店了。

另外，除了這個生意，林莫瑤還準備在京城開一家成衣鋪子，專賣女人的衣帽、首飾及各種胭脂水粉，這也是林莫瑤前世唯一一個抓在自己手裡，且是所有生意當中，最為賺錢的一樁。憑著這個，林莫瑤才真正有了和謝家談判的資本，不再受制於謝家。

在千挑萬選之後，劉管事定下了東市的幾家鋪子讓林莫瑤挑，她挑了一間帶後院的來做零食鋪子，另外又選了一間三層小樓的做成衣鋪子。

兩間鋪子，一間租的，一間買的，單單是買下用來做成衣鋪子的三層小樓，就花去了林莫瑤一大半的錢，足足要了七千兩。這個時候，林莫瑤不得不再次感嘆京城的地貴。至於另外一間零食鋪子，和對方簽了契書，一個月也要了二百兩的租金，根據劉管事打探來的消息，這租金在這地界，已經算是少的了。

為了以後，林莫瑤終究是一咬牙，把錢給掏了。既然錢已經掏出去，接下來就得趕緊加把勁，讓鋪子開張了。

零食鋪子比較簡單，只需按照縣城和府城那幾間鋪子的風格裝修，完成後，送信回去，讓那邊開始往京城送貨過來就行。

費事的是成衣鋪子。林莫瑤從買下小樓之後，就直接把門給封了，關起門來，所有的裝修圖紙、格局到各種配色，全都是她親自操刀畫圖，然後現場盯著施工。

在裝修鋪面的同時，林莫瑤還得準備這鋪子裡賣的東西，光是每天畫圖和找人打造製作，就費了她不少功夫，為防止這些商業機密外露，還得找信得過的人。

好在林莫瑤記得前世和自己合作的繡坊和首飾鋪，在圖紙畫好之後，就直接讓劉管事去請人了。這兩家人的手藝都是頂好的，林莫瑤一點也不擔心他們做不出來自己畫的東西，交給劉管事之後，她就不再操心這事。

這邊林莫瑤和劉管事為著開店的事忙得焦頭爛額，那邊林氏卻天天往將軍府跑，要不就是徐氏帶著人往林府跑。

而赫連軒逸也只有最開始的幾天曾來找過林莫瑤，後來也不知道是不是有事絆住了，漸漸的很少出現，而且每次來都匆匆待一下就走。林莫瑤也沒多問，只是每次赫連軒逸來的時候，都會丟開手上所有的事，專注地陪著他。

林紹安因為有著赫連軒逸的牽線，認識了沈太傅的公子沈康平，還跟著沾光，見到了太子李賦。李賦珍惜林紹安的才學，主動將人舉薦給了自己的老師，再加上又有沈康平和赫連軒逸在一旁說話，太傅沈德瑞見林紹安的確是難得的人才，這才收下了這個學生。

林氏知道這件事之後可高興壞了，還特意跑去跟徐氏商量了一番，要不要給沈太傅送點禮、該送什麼好等等的。

徐氏和沈太傅算是老相識了，對他也算瞭解，想到這人好像並沒有什麼特別的愛好之後，乾脆給林氏出了個主意。「我看啊，不如這樣，我在府上設個宴，邀請沈太傅一家來做客。我們兩家算是世交，逸兒和康平還有琳兒都是從小一起長大的，他們也經常到府上來玩，到時候我叫上我大哥和二哥來作陪，妳帶上阿瑤和三郎一起過來，這樣當面道謝，總比送禮來得好吧？」

林氏一聽，頓時覺得這個主意不錯，當即便和徐氏商量了一些細節，還提出到時候她可以親自下廚，燒幾個興州府的特色菜。這些年林氏跟著林莫瑤也學了不少手藝，林莫瑤好吃，但自己又懶，所以很多時候都是口述，讓林氏動手，久而久之，林氏的廚藝自然就見長了。

兩家約定了日期後，就由徐氏給沈大傅一家下帖子。

這件事林氏回來之後跟林莫瑤提過幾次，只是林莫瑤這段時間都在忙著鋪子的事情，並沒有太在意，林氏見她興致不高的模樣，也就不再跟她多說，自己悄悄去準備了。

到了赴宴這日，林氏起了一個大早打扮，還盯著林莫瑤和林紹安，生怕兩人在客人面前失了禮。若不是看時辰來不及了，林氏怕是都要逼著兩人再去換上兩件衣服來比較一下不可。

就這樣，三人匆匆忙忙的坐著馬車趕到將軍府，提著心進了院子。

當徐氏告知沈太傅一家還沒來時，林氏大大地鬆了一口氣，拉著徐氏就開始詢問他們三人的打扮有沒有任何失禮之處？那緊張的模樣讓林莫瑤都有些無語了。

「娘，又不是什麼大事，您這麼緊張幹什麼？」林莫瑤看不下去了，嫌棄地吐槽了一句。

林氏一聽，嗔怪地瞪了她一眼，說道：「能不緊張嗎？太傅大人，多大的官啊，娘當然擔心給人留下不好的印象啊！再說了，三郎以後是要跟著太傅大人學習的，我這個做姑姑的，總不能給他丟了臉吧？而且，能當上太子殿下的老師，這沈大人一定是個很了不起的人物，咱們怎麼能失禮於人呢？」

林莫瑤看著林氏，聽她又開始絮絮叨叨，真是想要扶額了。沈太傅的學識淵博，可是為人卻不古板，要不然也不會教出沈康平和沈康琳這樣個性跳脫的人來了，但自己又不能跟林氏多說，畢竟自己現在可是連見都沒見過沈太傅的人，怎麼可能知道他的為人和性格如何？

在林氏的忐忑中，下人來報，說沈太傅帶著兒女來了，幾人連忙起身迎出去。

剛到將軍府門口，正好就看見沈家的馬車停穩，隨後上面依次下來三個人，先是四十出頭的沈太傅，緊跟著跳下來的是沈太傅的長子沈康平，等到父子兩人都下來了，這才有婢女上前，小心地掀開簾子，扶著一個妙齡少女緩緩走下，這便是沈太傅的次女沈康琳了。

「學生見過先生！」林紹安連忙上前行禮。

就連赫連軒逸也跟了過去喊了一聲。「沈伯伯！」

沈德瑞看著自己這個新收的弟子，再看看赫連軒逸，滿意地點了點頭。「好，起來吧。」

兩人這才重新站直了身體。

緊跟著，徐氏便帶著林氏迎了上來，笑道：「崇亮不在家，今天就由我來招待沈大哥了！」徐氏口中的崇亮，便是赫連澤的字。

沈德瑞一聽，笑著擺了擺手，道：「弟妹客氣了！按理說崇亮不在家，平日我就應多照顧照顧你們娘兒倆的，早就該來拜訪弟妹了，只是最近事情實在是太多，也就耽擱了，還煩勞弟妹請我們過來吃飯，理該是弟妹到我們家去吃飯才對呢！」

林莫瑤從沈德瑞這番話裡就能聽得出來，兩家的感情是很好的。

徐氏聽了他的話之後，噗哧一聲就笑了。「這可是沈大哥說的，下次就換我帶軒逸去你們家吃飯吧！不過，今天就算了，今天可不光是我請你，還有她呢！」說完，便輕輕推了推旁邊的林氏。

林氏會意，連忙對著沈德瑞福了福身，恭敬道：「小婦人林氏見過大人，多謝大人之前的幫忙，今日就借著徐姊姊這裡，請大人喝杯薄酒了。」

隨著林氏說話，沈德瑞這才注意到今日徐氏身邊還站著另外一個人。

當他將目光挪到林氏身上時，突然愣了一下，看著那行完福禮後緩緩起身的身影，沈德瑞愣是沒有說出一句回禮的話。

第八十九章　妳看我做什麼

站在沈德瑞身後的沈康平見勢不對，悄悄地推了他一下。

沈德瑞立即回神，連忙回禮。「林夫人客氣了。」

由於沈康平的動作太快，徐氏和林氏都沒有發現。

在兩人互相認識之後，徐氏就說道：「好了，別在這裡站著了，咱們進去說話吧！」說完，對著沈德瑞做了一個「請」的手勢。

沈德瑞悄悄地往林氏那邊掃了一眼，便跟徐氏一邊說話，一邊走進了將軍府的大門。

沈康平、林紹安和赫連軒逸緊隨其後，接著就是林莫瑤和那個妙齡少女了。

並排走著的兩人一路上都沒有開口說話，林莫瑤更是目不斜視地看著前方，可是，她旁邊的沈康琳卻不是這樣。

在門外看似很是端莊、不苟言笑，衣服上就連個褶子都看不見的人，在邁進了將軍府的大門之後，隨著大門關上，本性就露出來了。

沈康琳的視線直接落在林莫瑤的身上，一邊走，一邊打量，無意間帶著林莫瑤的腳步都變慢了。眼看已落後前面的人有些距離，沈康琳便靠近林莫瑤，開口問道：「妳就是林莫瑤？那個救了逸哥哥的小農女？」

聽了沈康琳的話，林莫瑤的眉頭微微蹙了蹙，卻還是禮貌地回道：「沈小姐好，我就是林莫瑤。」語氣淡淡的，聽不出情緒。

沈康琳聽她承認了自己的身分，打量的目光就更加肆無忌憚了。終於，在好好地審視了一番林莫瑤之後，沈康琳發表了一句她的審視「結果」——「好像也不怎麼樣嘛！」

若非一再地在心裡對自己強調沈康琳的為人和性子，林莫瑤怕是在聽了這句，任誰聽來都存有挑釁和鄙夷的話之後，都會立即和沈康琳發生口角。只是，正因為她瞭解這個千金小姐的脾氣，所以她雖然有些不悅，卻還沒有憤怒到和她發生爭執。

或許是林莫瑤的沈默讓沈康琳感到無趣，在接下來的時間裡，林莫瑤總算是聽不見她那嘰嘰喳喳的聲音了。

一行人徑直來到將軍府的會客廳，由徐氏做介紹，林、沈兩家又重新認識了一番，接下來的時間，便是一些閒聊了。沈德瑞、沈康平和沈康琳顯然經常來將軍府，相處之中也比較隨意，漸漸的，林氏也就放鬆下來。

但林莫瑤一直被兩道目光時不時的打量，實在是高興不起來，便悄悄向林紹安和赫連軒逸使了個眼色。

兩人會意，赫連軒逸便提議帶他們去花園裡玩耍，也省得在這兒吵著長輩說話。

林氏覺得這幾個孩子年紀都不小了，這樣一起出去玩有些於禮不和，她擔心像沈太傅這樣的大學問家，會因此對林紹安和林莫瑤有不好的印象。但看徐氏無所謂，沈德瑞也一副見怪不怪、贊同他們一起出去玩的樣子，倒是讓林氏說不出阻止的話來，只能同意。

脫離了長輩的幾人就像脫了韁的馬，進了花園的涼亭之後，也不再拘謹了。

「妳就是阿瑤吧？常聽軒逸說起妳，這麼多年了，總算是有機會見面了。」進了涼亭之後，沈康平就跟林莫瑤行了個禮，笑著套近乎。

林莫瑤也規規矩矩的回禮。這人在前世時可是太子李賦身邊最得力的人才，和他父親沈太傅一樣，沈康平飽讀詩書、滿腹經綸，在治國之道上有著獨特的見解，可因為他那不羈隨意的性格，倒是讓人們忽略了他的才華。

林莫瑤還記得，前世李賦殞落時，他們沈家的下場都不大好——沈德瑞死了，沈康平被流放，至於林莫瑤面前那個進了涼亭後就失去溫柔外表、開始對著沈康平和赫連軒逸大吼大叫的少女，則是成了官妓，永世不得脫籍。聽說，在送到窯子的當晚，便自盡了。

想到這些，林莫瑤心中有些難受，因為這都是她一手造成的……

「喂？喂！」

突然，一道喊聲讓林莫瑤從前世的記憶回過了神，一抬頭，就對上了沈康琳那疑惑的眼神。

沈康琳小嘴一張，問道：「妳想什麼呢？跟妳說話都沒聽見。」

其他幾人也有些擔心的看向林莫瑤，若不是這會兒有幾個人在場，怕是赫連軒逸就要直接撲過來噓寒問暖了。

林莫瑤看見大家有些擔心的神色，便笑著回道：「沒事，就是剛才一下子走神了。」

幾人一聽，又見林莫瑤已經恢復正常，就沒有多問，而是繼續剛才的話題。

只有赫連軒逸不停地向她投來詢問的目光，林莫瑤再三表示自己沒事之後，他才安心地和沈康平、林紹安說話。

兩位好友將他的表現看在眼裡，很是取笑了一番，最後，三人嬉嬉鬧鬧的直接去了赫連軒逸的書房，房門一關，被留在亭子裡的林莫瑤和沈康琳兩人，再也看不見他們的身影了。

「嗟，又來這套！每次我哥和逸哥哥見面，不是待在他家書房，就是待在我家書房；要嘛就是拖著我哥跟他去軍營，或者拉著太子哥哥去西山打獵，每次都不帶我！」沈康琳不高興地說道。

林莫瑤往那邊瞥了一眼。剛才三人雖然看似在嬉鬧，可沈康平和赫連軒逸使眼色時，她可沒有錯過，想來他們應是有事要商量。讓林莫瑤意外的是，他們竟然會帶上林紹安……

涼亭裡只剩下林莫瑤和沈康琳兩人，一時間氣氛變得有些尷尬，兩個人面對面坐著，誰也不知道該說什麼？

因為之前腦海中浮現的前世記憶，林莫瑤對於面前這個前世被自己害得悽慘的少女，有著一絲愧疚，不知道該說什麼？

而沈康琳則實在是無話可說。她之前有試著找話題，卻都被林莫瑤要嘛無視了，要嘛幾句話給結束了，饒是她這樣在京城貴女圈混得風生水起的人，都實在想不到該怎麼跟林莫瑤接近了。想到這裡，沈康琳不禁默默在心裡罵了一句——這逸哥哥的眼光怎麼這麼差？居然看上個木頭！

既然找不到話題聊天，也不能讓氣氛這樣繼續尷尬下去，乾脆就給自己找點事情做好了。於是沈康琳便帶著婢女去了花園，欣賞起院子裡盛開的鮮花。

而林莫瑤就這樣趴在涼亭的欄杆上，欣賞沈康琳看花的樣子。她發現，沈康琳凡是看到那種開得很漂亮的花朵時，臉上都會出現驚豔的表情，隨後便會在那朵花跟前停留很長時間，等到看夠了，才會換到下一個地方。由於沈康琳本就長得漂亮，這樣的風景，可以說是很賞心悅目的。

看到這裡，林莫瑤突然想起來前世關於沈康琳的一個說法。都說沈太傅家的千金非常喜歡美麗的事物，不論是人還是東西，只要長得好看的、漂亮的，沈康琳都喜歡。因為這個癖好，沈康琳前世也得罪了不少人，但礙於她的父親是太子殿下的老師而有所畏懼，再加上太子和皇后對她也是寵愛有加，因此，在京城倒是沒有誰會輕易去得罪沈康琳。

這邊林莫瑤正看得起勁，那邊沈康琳身邊的婢女突然在她耳邊說了句什麼。

沈康琳一臉的莫名其妙，隨後突然扭頭看向了涼亭的方向。

於是，偷看的林莫瑤被正主逮了個正著，一時尷尬，訕訕地把目光移開，假裝什麼事都沒有發生。

不過，沈康琳好不容易抓著了機會，怎麼可能這麼輕易的放過林莫瑤？只見她帶著婢女，氣勢洶洶地朝著涼亭走來。

一旁的墨蘭看見，無奈地嘆氣道：「小姐，沈小姐過來了。」

林莫瑤的嘴角抽了抽，隨後揚起一抹適宜的笑容，起身迎上了沈康琳，福身行禮。「沈小姐。」

沈康琳卻不買帳，冷哼一聲問道：「妳幹麼偷看我？」

林莫瑤的嘴角又抽了抽，福身道：「沈小姐誤會了，我只是覺得沈小姐長得漂亮，在花叢之中，甚至將那些美麗的花兒都給比了下去，一時有些看癡了，還請沈小姐不要見怪。」

沈康琳瞇著眼睛上上下下的打量林莫瑤，心中暗忖她說的這話是真是假？當然，光聽字面上的意思，還是讓沈康琳心情愉悅。

「算妳有眼光！」沈康琳給了林莫瑤一個讚賞的眼神，便直接在涼亭裡坐了下來。

「沈小姐不去看花了嗎？」林莫瑤笑著問道。

沈康琳順手給自己倒了杯水，不以為意地說道：「這些花我從小看到大，看不看都無所謂，剛才要不是怕留在亭子裡和妳這樣乾坐著有些尷尬，我也懶得出去。再說了，在這亭子裡也能看見花不是？」

林莫瑤被沈康琳這般直言直語弄得有些不好意思起來。「呵呵，其實我也不是話少，只是跟沈小姐初次見面，不知道聊什麼罷了。而且沈小姐也知道，我就是一個鄉下丫頭，第一次見到沈小姐這樣的貴女，自然會有些緊張的。」

這可算是今天見面之後，林莫瑤跟沈康琳說的最長的一句話了。沈康琳一手撐著腦袋，就這樣看著林莫瑤，說道：「我這人說話就這樣，妳也不要介意，我之前說妳出身的話妳也不用放在心上，不過是個形容罷了。」

林莫瑤掩嘴笑了一下，道：「我可沒有和沈小姐計較的意思。」

沈康琳兩手一攤，道：「不計較就對了。其實我也是這幾年經常聽我哥和逸哥哥他們說起妳，卻從未見過，剛剛初次見面難免好奇了一些，多看了妳幾眼，妳別不高興啊！」

「沈小姐哪裡的話，能認識沈小姐也是阿瑤的福分。」林莫瑤微笑著回答，心中也釋懷了。既然前世自己差點毀了眼前這個少女，那今生就做個好友，好好的守護她吧！

聽了林莫瑤的話，沈康琳想了想，突然說道：「妳也別沈小姐、沈小姐的叫我了，我比妳大一歲，妳就叫我一聲姊姊吧！」

林莫瑤心中暗笑。妳比我大一歲，我可比妳大了幾十歲不止！嘴裡卻輕笑著吐出一句話。「那阿瑤就恭敬不如從命了。」說完，直接起身，鄭重地朝沈康琳又行了個禮，喚道：「沈姊姊。」

沈康琳笑著點了點頭，伸手將林莫瑤拉了起來，順勢就拉到自己旁邊的位子讓她坐下，這樣也方便兩人說話。

女孩子之間的友誼很神奇，也或許是改變了一個稱呼之後，兩人的關係瞬間也拉近了不少，沈康琳就這樣拉著林莫瑤，問了許多林家村的事情，又問了許多林莫瑤身上發生的事，聽得她嘖嘖稱奇。在聽到林莫瑤說，那一年從林家村送來的西瓜，竟然是林莫瑤自己親手種的之後，沈康琳震驚不已。

「妳真的太厲害了！」沈康琳感慨道。

那次送上京城的西瓜，雖然都讓太子進貢到了皇宮裡，但赫連軒逸自己家也留了不少，而他們家因為和將軍府的關係好，僥倖得了一些，沈康琳嚐過，那些西瓜可比之前從番邦買來的好吃多了。

林莫瑤只是微微一笑就給帶了過去，接下來兩人又說了許多的話。

沈康琳得知林莫瑤家的零食鋪子即將開業後，可是激動壞了，連聲表示等開業後，她一定常去捧場！

沈康琳的話提醒了林莫瑤，她的視線落在沈康琳的身上，目光變得深邃起來。

沈康琳被她看得頭皮發麻，問：「阿瑤，妳看我做什麼？」

林莫瑤微微一笑，問：「沈姊姊，妳喜歡漂亮的衣服和首飾嗎？」

沈康琳雖說只比她大一歲，但是個子很高，比她整整高出了大半個頭，身材修長、窈窕勻稱，簡直就是個行走的衣架子啊！

之前林莫瑤還在發愁，該怎麼讓自己的店在京城貴女圈打出名氣呢！前世有她自己親自上陣，自然不用發愁推廣的問題，可今生她只是一個小小的農女，想要進入京城的貴女圈怕是有些困難。

沈康琳先是一愣，隨即道：「妳這不是廢話嗎？這世上有哪個女子不愛這些？怎麼，好好的問這個做什麼？難不成妳要送我漂亮衣服和首飾？」後面這句話明顯就是打趣林莫瑤的。

只是，林莫瑤卻不準備和她開玩笑，神秘一笑後，拉過沈康琳，就在她耳邊低語了起來。

越聽下去，沈康琳眼中的亮光便越發的多了，等到林莫瑤收回了手，沈康琳臉上的喜悅之情是藏都藏不住，拉著林莫瑤急切地說道：「妳可不許唬我！」

「放心吧，絕對不會唬妳。」林莫瑤保證道。

沈康琳看她那認真的神色，這才放心下來，重新靠坐在涼亭的欄杆上，問道：「妳放著好好的零食鋪子不開，怎的想起來要開這麼個鋪子？」

「就像妳剛才說的，女孩子哪有不喜歡這些的道理，我自然也不例外。自己開個鋪子，又能賺點錢，又能滿足隨時穿新衣的夢想，這不是挺好的嗎？」林莫瑤笑著說道。此時的她並沒有告訴沈康琳，自己這間鋪子將會在京城掀起多大的風潮。

沈康琳點點頭。在她的圈子裡，那些好友家裡的母親、姨娘什麼的，哪個背後沒有個鋪子撐著？就是她家，現在也有些產業和鋪子，不然光靠她爹那點俸祿，如何能讓她天天這般打扮？不過，這鋪子裡的事情都是她哥哥在忙活，她啥也不懂。

想到這裡，沈康琳腦子裡突然閃過一個想法，目光炙熱地看著林莫瑤。

第九十章　入股

沈康琳央求道：「阿瑤，妳開鋪子，帶我一個唄？」

「什麼？」林莫瑤一愣。

沈康琳又坐近了她一些，笑著說道：「我說，妳開這鋪子，我跟妳合夥如何？」

林莫瑤並沒有一口答應她，而是反問道：「沈姊姊想做生意？」

沈康琳搖搖頭，道：「倒也不是想做生意，我爹是個只會讀書的人，以前我娘還在的時候，家裡的鋪子和莊子都是她在忙活，她走了之後，就是我哥在打理，現在我也這麼大了，總想著能幫家裡做點什麼事。雖說哥哥從來不會少了我的零花錢，就是太子哥哥和逸哥哥他們在外面看到好看的首飾、漂亮的衣服，也都會想著給我搜羅回來，可這畢竟不是我自己賺的。剛才聽妳一說，覺得這樣的鋪子適合女孩子經營，倒也是個門路，所以就問問妳。若是有什麼不方便的話就算了，我不會怪妳的。」

林莫瑤見她那小心翼翼的樣子，突然就笑了，說道：「不是我不同意，只是現在我這鋪子還沒開起來呢，能不能賺到錢我也不知道，萬一帶著妳，賠了怎麼辦？」

這點沈康琳倒是無所謂，說道：「賠了就賠了唄！賠了咱們把那些衣服拿回來自己穿就是了，有什麼大不了的？」

林莫瑤看著她這不拘小節的灑脫性子，突然間不知道說什麼好了。「那妳有本錢嗎？這做生意可是要本錢的。」

「這個好辦，我去找我哥要！妳說吧，要多少？」沈康琳拍拍胸脯說道。

林莫瑤看著她，問道：「妳認真的？」

沈康琳大眼一瞪，嗔道：「當然是認真的！」

林莫瑤略微思考了一下，便道：「那好吧，最近鋪子裡需要抓緊時間從江南進一批布料過來，我手上用來進貨的錢只有六千兩，要不，妳就投個四千兩，我給妳兩成的股，怎麼樣？要知道，我前期已經投入了不少錢，四千兩換兩成的股，妳不虧。」

沈康琳在剛才的聊天裡已經知道，林莫瑤為了這鋪子，前期投入上萬兩了，自己掏四千兩就能分上兩成的股，確實已經不少了。想到這裡，沈康琳便說道：「行，一言為定！妳給我幾天時間，我找我哥要到錢，就去妳家找妳！」

到了晚上，從赫連軒逸家回到太傅府之後，沈康琳就當著沈德瑞的面，伸手向沈康平要錢。「哥，給我四千兩，我要做生意。」

一句話，讓正在喝水的父子倆，一口茶水直接就噴了出來，弄得滿地都是。

下人們連忙上前，趕緊撤杯子的撤杯子，擦地的擦地，還有婢女重新給沈德瑞和沈康平送上了新的茶水。

「妹妹，妳剛剛說什麼？」沈康平覺得自己肯定是聽錯了。不過，沈康琳接下來的話卻讓沈康平的心直接沈到了谷底。

「我說，讓你給我四千兩，我要跟阿瑤一起開鋪子！」斬釘截鐵的話，加上那已經伸到沈康平面前的手都說明了，她不是在開玩笑。

沈康平這次聽清楚了，只見他深呼吸了一口氣，然後慢慢倒在椅子上，兩眼直直地看著沈康琳，雙手一攤，說道：「妹妹，妳看我像四千兩嗎？像的話妳就儘管拿走。」

就是一旁的沈德瑞都有些無奈地說道：「琳兒啊，這麼多錢可不是開玩笑的。妳跟那個林家的丫頭，是要開什麼鋪子啊？」

沈康琳看了沈德瑞一眼，說道：「這個就不用你們操心了。哥，你就給我吧，你看平時家裡都是你在操持的，你多累啊，我也想幫你分擔一點嘛！」

沈康平看著沈康琳那撒嬌的樣子就有些頭疼，但還是溫言勸道：「我說妹妹啊，這四千兩可不是一筆小數目，平時妳要個一、二百兩的，哥哥從來都不會吝嗇，只是這四千兩，哥哥實在是沒有啊！」說到這裡，沈康平話音一頓，繼續道：「而且，妳以為開個鋪子這麼簡單嗎？這其中的彎彎繞繞，妳不知道的東西可多著呢！妳看看我，平時雖然看起來事情不多，可真要是遇到事的時候，我都忙得一個頭兩個大的。妹妹乖啊，咱們不湊這熱鬧，家裡的錢夠用了，不用妳操心這個，妳安安心心做妳的千金小姐就好。」

被拒絕的沈康琳有些挫敗，臉上也帶上了失望的神色。

沈康平心中不忍，便問道：「那妳跟我說說，妳跟林小姐準備開個什麼鋪子？」

林家那個丫頭的本事，沈康平並不擔心，當沈康琳說她要跟林莫瑤合作開鋪子的時候，沈康平心中其實並沒有那麼牴觸，只是如今他手上的錢都用出去了，一時半會兒的還真拿不出四千兩來，所以才會拒絕沈康琳。

這會兒看著這個從小就被寵愛在手心的妹妹，沈康平突然間又有些不忍心了。雖說他只比沈康琳大了兩歲，可自從娘親去世之後，爹平日又要教導太子殿下，這家裡頭就只有他們兄妹兩個相依為命，兩人的感情不言而喻。

沈康琳第一次被沈康平拒絕，心中有些失望，也知道自己怕是拿不到錢去開鋪子了，正在想著該如何跟林莫瑤說時，聽見沈康平的問話，就直接把她和林莫瑤商量的事情說了。

沈康平聽完了她的話之後，眉頭一挑，問道：「妳是說，林小姐準備在京城開一家專門賣妳們女孩子的衣服、首飾等小玩意兒的鋪子？」

「是啊！哥，難道你不知道嗎？」沈康琳以為沈康平至少是知情的。

沈康平搖搖頭，說道：「我只知道她要把她家的零食鋪子開到京城來，至於妳說的這個，我還真是聽都沒聽說過。」

「喔。」沈康琳有些蔫蔫地應道。

沈康平於心不忍，看著妹妹，心中想著，這林莫瑤確實是個能幹的，若是琳兒跟她一起做生意，不一定會虧本。至少，在從赫連軒逸這裡知道林莫瑤這個人之後，這麼多年來，他還沒見林莫瑤什麼時候做過讓自己吃虧的事。

想到這裡，沈康平就決定讓妹妹胡鬧一次。只是，他現在真的一次拿不出這麼多錢來，最多也就只能拿出兩千兩。

「妹妹，我是真的沒這麼多錢，這還沒到季節，莊子上的收成還沒上來，鋪子裡的生意也是一般般，現在哥哥手上能拿出來的現銀，最多也就能給妳湊個兩千兩，多的，哥哥實在是沒有了。」沈康平說道。

沈康琳原本還在失望中，聽見沈康平的話之後，整個人就瞬間活了一般，驚喜道：「哥，你真的同意我和阿瑤一起開鋪子了嗎？」

沈康平點點頭，繼續道：「林小姐是個有本事的，妳跟她合作，我倒是不擔心妳會吃虧。這個錢，哥就當是提前給妳的嫁妝，以後妳們這鋪子賺了錢，妳就自己收著，我也不要妳拿來貼補家裡，妳只管留下，做以後的嫁妝吧！」

說起這個，沈康琳小臉一紅，嗔道：「哥，你胡說什麼嘛！」

沈家父子見她這樣，都笑了起來。

拿著沈康平給的兩千兩，沈康琳沒有立刻給林莫瑤送去，而是帶著丫鬟，去了禮部尚書柏玉海家。

柏玉海有個女兒，叫柏婧紓，和沈康琳是閨中密友。幾個月前，皇帝突然下旨，將柏婧紓指給了太子做正妃，沈康琳和太子關係好，就時常跑來找柏婧紓。

「妳今天怎麼來了？」柏婧紓這段時間都被押著和宮裡的嬤嬤學規矩，好不容易沈康琳來了，兩位嬤嬤給她放了半天假，好讓她們說說話。

「婧紓姊姊，我今天來是找妳幫忙的。」沈康琳不是個會拐彎抹角的人，直接就說明了來意。

柏婧紓和她相熟，自然也是瞭解的，便問道：「怎麼了？說來聽聽。」

遣退了兩人的丫鬟之後，沈康琳才低聲說道：「婧紓姊姊，我今天來，是來跟妳借錢的。」

柏婧紓一愣，隨即問道：「借錢？妳錢不夠花嗎？沈康平難不成又扣妳的零花錢了？」

沈康琳一聽這話，連忙幫自家哥哥澄清道：「不是不是！我哥給我了，只是不夠。」

柏婧紓看著她，繼續問道：「喔？那妳倒是說說，妳要借多少？」

「嘿嘿，不多不多，兩千兩！」沈康琳笑著開口道。

「兩千兩?!」柏婧紓一聽，聲音不自覺就揚了起來，隨後想到，亭子外面還有宮裡的人守著，便重新恢復了之前的模樣，問道：「琳兒，妳要這麼多錢幹什麼？」這下柏婧紓總算是明白，為什麼沈康平給的錢不夠了。

沈康琳便將自己準備和林莫瑤合作開店的事給說了，事無鉅細。

柏婧紓聽完了她的話，挑了挑眉看向沈康琳，問道：「所以，妳是為了做生意才借錢的？」

沈康琳點頭。「是啊！我哥說他沒有這麼多錢，就給了我兩千兩，可我明明跟阿瑤說好要給她四千兩的！」

一而再、再而三地聽沈康琳提起林莫瑤這個人，柏婧紓不由得有些好奇了起來，遂問道：「從剛剛就聽妳說這阿瑤、阿瑤的，這位阿瑤到底是何方神聖？是哪家的千金？」

沈康琳這才驚覺，她只顧著說借錢的事，忘記跟柏婧紓介紹林莫瑤的身分了。

當柏婧紓聽到沈康琳說，這個阿瑤就是之前上貢冬小麥的種植方法給太子，後來又給太子送了西瓜來的那個林家的小姐，頓時恍然大悟。「原來是他家的人啊！」

在外人眼中，這冬小麥是林家人送上來的，這個功勞自然就落在林家當家人林泰華的身上；再加上後來送上來的西瓜也是林泰華出面頂下的功勞，所以，除了赫連軒逸、李賦還有沈康平及林家人之外，還沒有外人知道這些都是出自林莫瑤的手。

這樣一說，柏婧紓對林莫瑤的印象就好了許多，畢竟她即將嫁給太子，以後便是太子身邊的人，能夠幫助太子的人，自然就是她柏婧紓的朋友了。

想到這裡，柏婧紓突然就笑了，說道：「琳兒，我可以把錢給妳。」

沈康琳面上一喜，但接下來柏婧紓的話卻讓沈康琳愣住了。

「不過，我不是借給妳，我想跟妳們一起合夥。」

「婧紓姊姊，妳沒說笑吧？」沈康琳並不覺得即將做太子妃的柏婧紓，會缺錢到要和她們一起做生意。

柏婧紓溫婉一笑，道：「當然不是說笑。說實話，剛才聽了妳說的那些之後，我也對這間鋪子裡即將售賣的東西產生了興趣，就像妳說的，與其以後還得花錢去買，不如現在就拿點錢出來投入，一方面能幫林小姐一把，一方面，也能給自己以後討個便宜不是？」

沈康琳恍然大悟，甚至不覺得柏婧紓這話有什麼不對。而且，若是能拉上柏婧紓，那林莫瑤的這家店，以後在京城可就真的穩立不倒了，畢竟，太子妃的生意，誰敢來使壞呢？

沈康琳看到柏婧紓入股的好處，林莫瑤自然也看到了，所以，當沈康琳來詢問能否讓柏婧紓入股的時候，她只是略微考慮一番就答應了。

其實，要不是怕自己表現得太急切、太難看，在沈康琳一提起的那一刻，林莫瑤就想答應了！

但是，這未來太子妃的錢，是萬萬不能收的，所以，林莫瑤便對沈康琳說道：「柏小姐若是不嫌棄，我可以直接拿出兩成乾股送她，至於柏小姐的錢，還是不要了吧？」

沈康琳知道，林莫瑤這是顧慮到柏婧紓未來太子妃的身分，這樣做也算是帶上一些討好的意味，但深知柏婧紓為人的沈康琳卻曉得，若林莫瑤這麼做了，柏婧紓非但不會高興，或許反而還會有些不悅，所以便好心地提醒她。「我覺得還是不要，既然婧紓姊姊願意出錢，那咱們就拿著，該給她多少股就給她多少股，不要刻意去討好，她不喜歡。」

對於這個柏家的千金，林莫瑤並不熟悉，唯一的印象便是她太子妃的身分。前世的奪位之爭，李賦大敗，被奪了太子之位，更淪為階下囚，這位柏家千金愣是對李賦不離不棄。後來李賦被陷害處死，柏家千金竟然在李賦行刑之日，一根麻繩跟著上吊死了，這件事當時在京城也算是一段佳話。

由此可見，這位柏家美人是何等的堅毅之人，這樣的人，自然不會貪這點蠅頭小利，想來，她要入股，應該也是存了要幫一把的意思才對，否則像她這樣的身分，只要開口說一句，這乾股分紅，林莫瑤必定得雙手奉上。

「那好吧，既然這樣，那咱們之前的約定就得變一下。之前本想給妳兩成的股，現在既然多了柏小姐，那就給妳們每人兩成怎麼樣？」林莫瑤考慮了一番之後說道。

沈康琳一聽，卻連連擺頭，拒絕了林莫瑤的提議。「這店鋪前期本就是妳投入了心血和銀子的，我們不過是半路上插進來想討個好，怎麼能分掉妳這麼多股呢？還是按照咱們之前說好的，給我兩成就行，我和婧紓姊姊一人一成就夠。」

林莫瑤卻覺得這樣不妥，一成真的太少了，於是兩人僵持不下。

最後還是沈康琳退了一步，道：「那這樣吧，咱們各退一步，我和婧紓姊姊一人一成半，妳自己拿七成，我們倆啥事不管，只管拿錢，這樣總行了吧？」

見沈康琳堅持，林莫瑤最終只得答應了沈康琳的這個提議，當即就寫了文書，一式三份，她自己、沈康琳和柏婧紓一人一份。

當沈康琳給柏婧紓簽了字，將林莫瑤的那一份文書送還給林莫瑤的時候，順帶也給她帶來了一個消息。

「再過半個月，婧紓姊姊會以未來太子妃的身分舉辦一場花會，邀請京城各家的名門千金前去，這是給妳的帖子。還有件事，婧紓姊姊讓我問妳，能不能趕在花會之前幫她做一套衣服出來？」

林莫瑤一聽，立即就喜上眉梢。能有什麼宣傳抵得上在這樣一個充滿名門閨秀的花會裡，讓重要主角穿上她店裡的衣服和首飾來得實在呢？

「這個沒問題，過幾天我就把衣服給妳們送過去。」林莫瑤說道。

幸好工坊那邊已經做好一套了，距離花會還有半個月的時間，這兩天找個空檔送過去試穿，就算不合身，現改都來得及。至於沈康琳，她的衣服不能太出挑，越過未來的太子妃，可半個月的時間也能趕製出來了。

沈康琳得了林莫瑤的保證，高高興興的走了，只等著林莫瑤給她們送衣服。

——未完，待續，請看文創風649《起手有回小女子》4（完結篇）

為流浪貓狗加油 和貓寶貝 狗寶貝 廝守終生(一定要終生喔！)的幸福機會

對人來說，貓寶貝狗寶貝只是生活的一部分，
但妳（你）對牠們來說，卻是生活的全部，領養前請一定要考慮清楚——

▲ 有著迷人微笑的守護天使　小四

性　　別：男生
品　　種：米克斯
年　　紀：約1歲多
個　　性：穩重親人，對熟人具有佔有慾。
健康狀況：身形健壯，無疾病，已按時接種疫苗。
目前住所：台中市霧峰區

『小四』的故事：

在2017年的初夏，中途當志工的狗園救援了一批幼犬，小四便是其中的一隻。中途說，小四其實在九個兄弟姐妹中，較不起眼，也沒什麼特殊之處，因而也較無法吸引一般人特別留意。

然而，中途幾次去狗園幫忙後發現，打掃時，小四會突然出現在身旁，但不會打擾人工作，也不會沒多久就離開，反而會默默守在一邊看著。每當暫時停下手邊工作，向牠招招手時，小四便立刻走向前來，而且是很溫柔的、慢慢的靠近，不像其他同年紀相當活潑的狗兒那樣，因為興奮而徑直地飛撲上來。

中途表示，小四總是會這樣，靜靜地跟在一旁守候，等到有人呼喚牠，才會上前來依偎著，然後再藉機撒嬌、討摸摸，令她覺得十分體貼又窩心，尤其小四還會露出牠的招牌笑容，每次看到，甚至後來想起時，都會不自覺微笑，真是甜死人不償命呀！

若您希望能有一個專屬自己的「守護天使」，不妨考慮一下小四喔！歡迎來信leader1998@gmail.com（陳小姐），或傳Line：leader1998，或是私訊臉書專頁：狗狗山-Gougoushan。

認養資格：

1. 認養者須年滿23歲，有穩定經濟能力，並獲得全家人的同意。
2. 須同意簽認養寵物切結書，並讓中途瞭解小四以後的生活環境。
3. 同意送養人日後之追蹤採訪，對待小四不離不棄。
4. 同意讓小四絕育，且不可長期關、綁著小四，亦不可隨意放養。
5. 為讓中途對您有更深入的瞭解，中途會先有份線上問卷請您填寫。

來信請說明：

a. 個人基本資料：姓名、性別、年齡、家庭狀況、職業與經濟來源等。
b. 想認養小四的理由。
c. 過去養寵物的經驗，及簡介一下您的飼養環境。
d. 若未來有結婚、懷孕、出國或搬家等計劃，將如何安置小四？

文創風 648

起手有回小女子 3

國家圖書館出版品預行編目資料

起手有回小女子 / 笙歌著. --
初版. -- 臺北市 : 狗屋, 2018.06-
冊 ; 公分. --（文創風）
ISBN 978-986-328-881-7（第3冊：平裝）. --

857.7　　107005729

著作者　笙歌
編輯　黃淑珍
校對　黃亭蓁　簡郁珊
發行所　狗屋出版社有限公司
地址　台北市104中山區龍江路71巷15號1樓
電話　02-2776-5889～0
發行字號　局版台業字845號
法律顧問　蕭雄淋律師
總經銷　知遠文化事業有限公司
電話　02-2664-8800
初版　2018年7月
國際書碼　ISBN-13　978-986-328-881-7

定價250元
狗屋劃撥帳號：19001626
網址：love.doghouse.com.tw　E-mail：love@doghouse.com.tw